「十四五」国家重点图书出版规划项目

国家社会科学基金重大项目「中国近代日记文献叙录、整理与研究」（项目编号：1=ZDA259）阶段性研究成果

中国近现代稀见史料丛刊 【第十辑】

张剑 徐雁平 彭国忠 主编

方濬师日记

（清）方濬师 著

杨起帆 敬鸿章 整理

本辑执行主编 张剑

凤凰出版社

图书在版编目（ＣＩＰ）数据

方濬师日记 ／（清）方濬师著 ；杨起帆，敬鸿章整
理. -- 南京 ：凤凰出版社，2023.10
（中国近现代稀见史料丛刊. 第十辑）
ISBN 978-7-5506-4003-0

Ⅰ. ①方… Ⅱ. ①方… ②杨… ③敬… Ⅲ. ①日记－
作品集－中国－清后期 Ⅳ. ①I265.2

中国国家版本馆CIP数据核字(2023)第185511号

书　　　　名	方濬师日记
著　　　者	(清)方濬师 著　杨起帆　敬鸿章 整理
责 任 编 辑	孙思贤
装 帧 设 计	姜　嵩
责 任 监 制	程明娇
出 版 发 行	凤凰出版社(原江苏古籍出版社)
	发行部电话025-83223462
出版社地址	江苏省南京市中央路165号，邮编:210009
照　　　排	南京凯建文化发展有限公司
印　　　刷	江苏凤凰通达印刷有限公司
	江苏省南京市六合区冶山镇，邮编:211523
开　　　本	880毫米×1230毫米　1/32
印　　　张	8.5
字　　　数	221千字
版　　　次	2023年10月第1版
印　　　次	2023年10月第1次印刷
标 准 书 号	ISBN 978-7-5506-4003-0
定　　　价	88.00元

(本书凡印装错误可向承印厂调换,电话:025-57572508)

存史鑒今

袁行霈題

袁行霈先生題辭

「音实难知，知实难逢，逢其知音，千载其一乎！」（《文心雕龙·知音》）今读新编稀见史料丛刊，真有治学知音之感矣。

傅璇琮谨书

二〇一三年

傅璇琮先生题辞

殚精竭虑旁搜远绍

重新打造中华文史资

料库

王水照 二〇二三年一月

王水照先生题辞

《中国近现代稀见史料丛刊》总序

在世界所有的文明中,中华文明也许可说是"唯一从古代存留至今的文明"(罗素《中国问题》)。她绵延不绝、永葆生机的秘诀何在?袁行霈先生做过很好的总结:"和平、和谐、包容、开明、革新、开放,就是回顾中华文明史所得到的主要启示。凡是大体上处于这种状况的时候,文明就繁荣发展,而当与之背离的时候,文明就会减慢发展的速度甚至停滞不前。"(《中华文明的历史启示》,《北京大学学报》2007年第1期)

但我们也要清醒看到,数千年的中华文明带给我们的并不全是积极遗产,其长时段积累而成的生活方式与价值观具有强大的稳定性,使她在应对挑战时所做的必要革新与转变,相比他者往往显得迟缓和沉重。即使是面对佛教这种柔性的文化进入,也是历经数百年之久才使之彻底完成中国化,成为中华文明的一部分;更不用说遭逢"数千年来未有之变局""数千年未有之强敌"(李鸿章《筹议海防折》),"数千年未有之巨劫奇变"(陈寅恪《王观堂先生挽词序》)的中国近现代。晚清至今虽历一百六十余年,但是,足以应对当今世界全方位挑战的新型中华文明还没能最终形成,变动和融合仍在进行。1998年6月17日,美国三位前总统(布什、卡特、福特)和二十四位前国务卿、前财政部长、前国防部长、前国家安全顾问致信国会称:"中国注定要在21世纪中成为一个伟大的经济和政治强国。"(徐中约《中国近代史》上册第六版英文版序,香港中文大学2002年版)即便如此,我们也不能盲目乐观,认为中华文明已经转型成功,相反,中华文明今天面对的挑战更为复杂和严峻。新型的中华文明到底会怎样呈现,又怎样具体表现或作用于政治、经济、文化等层面,人们还在不断探索。这个问题,我们这一代恐怕无法给出答案。但我们坚信,在历史上曾经灿烂辉煌的中华文明必将凤凰浴火,涅槃重生。这既是数千年已经存在的中华文明发展史告诉我们的经验事实,也是所有为中国文化所化之人应有的信念和责任。

不过,对于近现代这一涉及当代中国合法性的重要历史阶段,我们了解得还过于粗线条。她所遗存下来的史料范围广阔,内容复杂,且有数量庞大且富有价值的稀见史料未被发掘和利用,这不仅会影响到我们对这段历史的全面了解和规律性认识,也会影响到今天中国新型文明和现代化建设对其的科学借鉴。有一则印度谚语如是说:"骑在树枝上锯树枝的时候,千万不要锯自己骑着的那一根。"那么,就让我们用自己的专业知识与能力,为承载和养育我们的中华文明做一点有益的事情——这是我们编纂这套《中国近现代稀见史料丛刊》的初衷。

书名中的"近现代",主要指 1840—1949 年这一时段,但上限并非以一标志性的事件一刀切割,可以适当向前延展,然与所指较为宽泛的包含整个清朝的"近代中国""晚期中华帝国"又有所区分。将近现代连为一体,并有意淡化起始的界限,是想表达一种历史的整体观。我们观看社会发展变革的波澜,当然要回看波澜如何生,风从何处来;也要看波澜如何扩散,或为涟漪,或为浪涛。个人的生活记录,与大历史相比,更多地显现出生活的连续。变局中的个体,经历的可能是渐变。《丛刊》期望通过整合多种稀见史料,以个体陈述的方式,从生活、文化、风习、人情等多个层面,重现具有连续性的近现代中国社会。

书名中的"稀见",只是相对而言。因为随着时代与科技的进步,越来越多的珍本秘籍经影印或数字化方式处理后,真身虽仍"稀见",化身却成为"可见"。但是,高昂的定价、难辨的字迹、未经标点的文本,仍使其处于专业研究的小众阅读状态。况且尚有大量未被影印或数字化的文献，或流传较少，或未被整合，也造成阅读和利用的不便。因此，《丛刊》侧重选择未被纳入电子数据库的文献，尤欢迎整理那些辨识困难、断句费力、裒合不易或是其他具有难度和挑战性的文献，也欢迎整理那些确有价值但被人们习见思维与眼光所遮蔽的文献，在我们看来，这些文献都可属于"稀见"。

书名中的"史料"，不局限于严格意义上的历史学范畴，举凡日记、书信、奏牍、笔记、诗文集、诗话、词话乃至序跋汇编等，只要是某方面能够反映时代政治、经济、文化特色以及人物生平、思想、性情的文献，都在考虑之列。我们的目的，是想以切实的工作，促进处于秘藏、边缘、零散等状态的史料转化为新型的文献，通过一辑、二辑、三辑……这样的累积性整理，自然地呈现出一种规模与气象，与其他已经整理出版的文献相互关联，形成一个丰茂的文献群，从而揭示在宏大的中国近现代叙事背后，还有很多未被打量过的局部、日常与细节；在主流周边或更远处，还有富于变化的细小溪流；甚至在主流中，还有漩涡，在边缘，还有静止之水。近现代中国是大变革、大痛苦的时代，身处变局中的个体接物处事的伸屈、所思所想的起落，借纸墨得以留存，这是一个时代的个人记录。此中有文学、文化、生活；也时有动乱、战争、革命。我们整理史料，是提供一种俯首细看的方式，或者一种贴近近现代社会和文化的文本。当然，对这些个人印记明显的史料，也要客观地看待其价值，需要与其他史料联系和比照阅读，减少因个人视角、立场或叙述体裁带来的偏差。

知识皆有其价值和魅力，知识分子也应具有价值关怀和理想追求。清人舒位诗云"名士十年无赖贼"（《金谷园故址》），我们警惕袖手空谈，傲慢指点江山；鲁迅先生诗云"我以我血荐轩辕"（《自题小像》），我们愿意埋头苦干，逐步趋近理想。我们没有奢望这套《丛刊》产生宏大的效果，只是盼望所做的一切，能融合于前贤时彦所做的贡献之中，共同为中华文明的成功转型，适当"缩短和减轻分娩的痛苦"（马克思《资本论》第一卷第一版序言）。

《丛刊》的编纂，得到了诸多前辈、时贤和出版社的大力扶植。袁行霈先生、傅璇琮先生、王水照先生题辞勖勉，周勋初先生来信鼓励，凤凰出版社姜小青总编辑赋予信任，刘跃进先生还慷慨同意将其列入"中华文学史史料学会"重大规划项目，学界其他友好也多有不同形式的帮助……这些，都增添了我们做好这套《丛刊》的信心。必须一提的是，《丛刊》原拟主编四人(张剑、张晖、徐雁平、彭国忠)，每位主编负责一辑，周而复始，滚动发展，原计划由张晖负责第四辑，但他尚未正式投入工作即于 2013 年 3 月 15 日赍志而殁，令人抱恨终天，我们将以兢兢业业的工作表达对他的怀念。

《丛刊》的基本整理方式为简体横排和标点(鼓励必要的校释)，以期更广泛地传播知识、更好地服务社会。希望我们的工作，得到更多朋友的理解和支持。

2013 年 4 月 15 日

目　录

整理说明

　　方濬师(1830—1889),字子严,号梦簪,安徽定远人。道光十年(1830)出生于安徽凤阳府定远县炉桥镇。道光二十九年(1849)考取乙酉科优贡,咸丰五年(1855)五月到阁行走,同年乙卯科顺天乡试中举。同治元年(1862)二月充补总理各国事务衙门章京。三年(1864)四月保升内阁侍读。五年(1866)七月总理衙门奏保奉旨赏加三品顶戴以道员用。八年(1869)二月调补雷琼道。庚午、癸酉两科充广东乡试提调官。十二年(1873)补肇罗道,另颁关防。光绪五年(1879)归田养亲,十三年(1887)起服,任直隶永定河道,十五年(1889)卒于任上,享年六十岁。著有《退一步斋诗集》十六卷、《退一步斋文集》四卷、《蕉轩随录》十二卷、《蕉轩续录》二卷、《蹉政备览》等。

　　方濬师是晚清有名的官员、诗人和藏书家,其手稿《安宜日记》,是他弃官养亲、寓居宝应安宜镇时所记,故署为《安宜日记》。手稿现藏上海图书馆,分为两册,第一册记事起光绪十年(1884)闰五月初一至十月初五日,第二册记事起光绪十二年(1886)七月初一日至十二月三十日。书中既有私人日记,又按日期编排记录了其私人信函。汇集其与亲人、同僚以及其他各类人员信札共计346通。

　　日记的内容比较繁杂,涵盖中法战事、讣文和丧葬礼仪、病症和药方、所购图书的书目、贡卷和考试题目、交游往来、朝廷宦事、家庭琐事等内容,为研究晚清的时政以及风土人情保存了珍贵的资料。

　　其日记按内容可大致分为如下几大类:

　　(一)个人生活。此类日记涵盖其个人、家庭、家族关系、人情世故、社会生活等内容,保存了大量作者所处时代的社会生活信息,包括作者宦游之地如南京、扬州以及上海、天津、北京等地的社会历史史料。

（二）晚清官场。作者记述了其于丁母忧之后，四处谋事补官之始末，其中细节之处，颇能看出晚清官场夤缘攀附、吏治腐败之风，对研究晚清政治、官场形态以及探索晚清官场行政效率之低下与清亡之原因，能提供生动的史料补充。

（三）时局变化。作者对中法战争颇为关切，对战争之局势甚为关注，其在日记中记述了中法战争中一些鲜为人知的历史信息与细节，可资研究中法战争者参考。

本次整理，以上海图书馆藏《安宜日记》手稿为底本，为统一丛书出版体例，方便读者辨识，整理时更名为《方濬师日记》。现就整理体例作如下说明：

（一）日记原稿不分卷，以干支纪年。为方便阅读、使用，现按日记通例，除保留干支纪日，再补充公元纪年，精确到日。日记中偶见干支纪日缺漏或有误的，于原文中径改，不出校记。

（二）日记原稿使用的繁体字、异体字、通假字、古体字，尽量改为简体规范汉字；涉及人名、字号或专名的，仍从其旧。

（三）日记原稿中表示敬称的抬头、空格，现予取消，文字连排。但代替人名的"△"或"○"保留。

（四）日记原稿明显的错字或书写讹误，书中径以改正；原稿空缺、残缺或难辨的，以□标注；原稿如有明显的衍文或缺漏，衍文径行删除，缺漏而补入者以〔　〕标注。

（五）日记原文为小字或双行小字的，书中亦以小字表示。

（六）原稿中偶有错乱而有所整理、更改的，即于该页出校记简要说明。

校理手稿，实为不易，作者书写往往草、行并用，加之简写字、异体字并出，小字、夹注等处常常漫漶不清，殊难辨认，更增加了整理的难度。整理者学识所限，难免有谬误不足之处，敬祈方家指瑕摘谬，以补缺憾。天下学问，天下人共成之，若此，实为整理者之大幸！

安宜日记

光绪十年闰五月初一日(1884年6月23日)起，

十月初五日(1884年11月22日)止。

光绪甲申十年(1884)

闰五月初一日(1884年6月23日)起抄，至十月初五日

(1884年11月22日)止。后粘药单二纸。

闰五月初一日(6月23日)　甲辰　阴

许乐泉今午回清江，送其子少泉罗扇、笺纸、十锦饭单、湖笔四色。全领。

闰五月初二日(6月24日)　乙巳　阴

郑子恭之姑母有使女一名，名曰桂香，托老夏出卖于予。言明本洋四十六元，今日人钱两交，并附来卖字一纸，照录于后：

立绝卖使女纸　魏郑氏情因手中拮据，央请中人夏单氏说合，愿将自己使女名桂香，年十二岁，绝卖与方名下为仆。当凭中议，作身价本洋四十六元，立即交兑，毫无悬欠。自卖之后，听凭买者改名使唤，长大择配，以及天年有不测之事，俱与出笔人无涉。倘有别人争认、走失、拐带等弊，亦在出笔人一面承管。今欲有凭，立此存照。

光绪十年闰五月初二日，立绝卖使女纸魏郑氏，凭中人夏单氏。

闰五月初三日(6月25日)　丙午　晴

王锡三树焜来道喜。

闰五月初四日（6月26日） 丁未 晴

周镜湖来道喜。

请问孚先午饭，约程毅甫，宫翰臣，余绍臣，汪集梧，汪鉴堂，孙北垣、纶辉，滋青侄作陪。未到者集梧、鉴堂、滋青。

接林小溪来函，照录于后：

> 日前过宝，畅聆教言，告别匆匆，时深依恋。昨奉惠函，谨悉种切。弟于望日后由浦旋胸，料理家务，守株无益，日内仍拟打桨袁江。仆仆道途，自怜自笑。倘赴邗江，道出安宜，再当趋候左右也。京都第六号竹报并照抄风属拔贡全单，一并带上。乞检入。外致芰塘六哥一函，乞附寄。 五月廿三日

乙酉风属拔贡全录：

怀远府学	许邦达
寿州府学	孙传沔
凤阳	俞锡畴
临淮	朱学濂
怀远	林介仁
定远	方臻广
宿州	周儒臣
灵璧	高树实

照录芰塘六兄来甲字第六号信：

> 二十日接信局第七号函，廿一日又接小溪专差所带六号专函，欣知一是，平安为慰。小溪所托件在部查明，系二月之限期，现已逾限，不能办补交矣，另想他法。飞信与之相商，随伊自定主意可也。来函属开教官分发银两，此时停捐，连常捐之分发一并停止不能办，故未开也。朝政更张，实多年未有之变局，现枢院尽属生手，幸昨将许星老派入，较为得力。西南兵事消息不佳，无饷无兵，如何是好？看此局面，不定将来如何了结。杞忧乌能已耶？家乡小考何时进取者，早日寄知为属。兄传补御史，

四月间仍恐未能传到,以上届考取又来一人也。同乡汪正元。家眷移涿约在四月。小迎有解饷差来京之信,俟其到京帮同照料,自己可以省心些。稼老足疾仍未能霍然,思家甚切,一时亦未能即言旋也。　三月廿四日

接陈半樵五月廿二日发来候信,无事,不录。

闰五月初五日(6月27日)　戊申　晴

与寿卿步至稼生、强侄两处茶话。

照录巨川来函:

> 顷接仲棣来书,知三弟已安抵宝城。两仆妇已到,试用服役,未识合规矩否? 张九爷到邗。第九号信交来,当即交吴庆家寄金陵,由吴庆转呈。缘大舅来信,虽云廿一日起程,而不知何时到金陵,且住处虽云唐河厅,而未接来示,未敢即交信局也。吴子坚表妹倩之函,即交胡万昌信局寄去,有地名可询,万不致误。恭沈母舅大人择于初十来扬守候大舅,伯融闻之,甚为欣喜,当即拟于自己书房收拾,请大人住。大舅春间吩咐即住在大人前岁所住之屋,相离不远,可以朝夕晤谈,属甥先行禀知。前者大舅来信云,约在闰月底或六月初方可到扬,甥忆南京亦无多事,大约二十外必可到扬矣。　闰月初一日

闰五月初六日(6月28日)　己酉　阴

闰五月初七日(6月29日)　庚戌　早晴晚小雨

棣臣、叔岳暨稼生来梅谂,晤谭良久。

闰五月初八日(6月30日)　辛亥　阴晴不定

照录许乐泉寄来电音:本月初四日奉上谕,前直隶提督刘铭传着赏给巡抚衔,督办台湾事务。所有台湾镇道以下各官,均归节制。钦此。

接果卿侄来函,照录于后:

> 敬禀者,日前三弟过邗,匆匆一晤,未能畅聚,殊觉歉然。侄昭阳一役,想三弟必代详禀。昨日接永斋二叔来信,云大伯伯廿

五日到宁,寓贡院前唐河厅。叔父大人寄函,已属王玉交局递去矣。巨川表弟回邵伯,大约两三日可旋。侄昭阳之行,承运府宪颇为奖许。前月杪,夏君禀请代理宜太守或然请示,昨闻已由方伯委冯弁云大令代理展云中丞介弟。侄即欲销差请假赴省,顷奉府谕仍须赴丹提解哄堂一案,现将交替之所,呼应亦必不灵。迟次设有走脱,干系匪轻,今日只得禀辞到丹守候新任矣。此次代理失此机会,殊为可惜。一切知膚慈念,不及细禀。兹将复府禀呈览,一切俟旋邗叩见面禀验收。宝应城工,亦请藩委矣。

敬再禀者,叔父大人卧室,伯融侄业已扫除洁净。六弟奉杨栈宪委十二圩巡查,每月十六金,可以聊敷食用,已赴圩到差。前日晤黄沰阶太守,叙及过宝时蒙叔父大人留饭,并承关注,深为感激云云。朱曼翁闻已到邗,未卜通融如何耳。   闰端阳前一日。

闰五月初九日(7月1日) 壬子　晴

寿卿送三儿进学贺仪一元,命其璧谢。

闰五月初十日(7月2日)　癸丑　晴

周镜湖印鼎文送臻壹芹联喜酒爆烛四色。收联,余璧〔谢〕。

汪荫亭来晤。

闰五月十一日(7月3日)　甲寅　晴

接芟塘六兄甲字第九号信,照录于后:五月廿五日发。

四月卅日寄八号信,未知何日可到? 月之廿二日,接由津附寄之九号信,欣知挹赵侄入泮喜音,并臻广侄拔贡之喜,闻信之下,欢忭奚如。胡万昌之八号信至今尚未寄到。箴兄已由叔梅处搭寄一函道贺,闻其有白门之游,来扬过夏,老年乐聚,不可多得之境,闻之艳羡无已。家中应童试者寥寥无几,书香莫继,是大可虑。孙府进取如此之多,真可羡也。都门自春至今未得透雨,闻自大河以北皆未得雨,旱象已成,杞忧时切。自去冬阙大钱,直至此时,街面方稍平静。现在仍照旧使用,银价又涨至十四千文。朝廷近亦安静无事，泄沓之习总不能免，积重难返，无法可治。和议已来，可以苟安，而合肥被人骂得不堪，此时封疆之难做如此。振帅闻亦系言者多人，自求告退，高而愈危，但使有碗粥喝，此时世界不必做官也。左帅到京尚未见面，闻沅帅尽反其所为，江南政令一新，亦朝廷之福也。刘省帅闻日内亦即入都，无位置处所，奈何？召棠至今尚未言旋。渠同济、莘两人皆墨惜如金，殊不可解，大约皆烟之为累也。兄自上月传补后接着节事，节后又搬家，直忙至此时，方稍清净。交下月即清闲无个事矣。家眷于十八、廿二日分两起赴涿，大约通不愿意回涿。而兄现处之境，若不再为打算，实不得了。现在所住之宅后半截，截断赁与人家，兄留下前半截。召棠来可以同住，免得自己又搬一回家。传闻今年冬月考军机，叔梅、长孺两人皆上上选。如能得此出路，京中可以住下矣。龚引生送仓差已记名，伊若无此一路，直不能住京，亦天无绝人之路也。子敦多年无信，昨来一信，一切尚好，惟"窘"之一字，内外皆同耳！矞青闻至金陵当差，渠多年积蓄闻亦被人坑害。做官钱之不足恃，大率如此。稼生在京，云仍有回寿之意，未知果否？兹由轮船局渤寄数行，布贺大喜。

摘录吴子坚五月廿七日致二儿信：

　　日前三弟匆匆一过，诸多简慢。贡卷已托三弟带呈，务乞老人家细加增改，以便更正刷印。弟亦思早日来宝，一切事宜尚求教诲，奈病未大愈，堂上恐难放心，现服补心丹，不日当可渐愈矣。

又接子坚本月初二日来禀，照录于后：

　　前附呈禀件想蒙尊察，昨读二哥壹函，就审福体违和，未识近日服药已全愈否？下怀不胜驰慕之至。婿抱病已痊，定于月初间泛棹前来，晋叩起居，祗领训诲。知关廑注，先此附陈。

闰五月十二日(7月4日)　乙卯　早间细雨，旋晴

汪荫亭以其子凤藻入学，借予厅房请苏健斋、沈云生、鲍仲愚、吕少徐、棣臣、叔岳、稼生、鹤生兄之叔寿卿、迩明侄及予食喜酒。午刻入座，云生、仲愚、少徐、鹤生未到。

接伯融来函，照录于后：闰五月初八日渤。

敬覆者：奉到教函，恭悉一一，并悉三叔祖母大人寿躬安泰，合寓清祥，为慰为欣。本拟即作禀，因连朝料理房屋器具，一切以备吾叔祖及祖父到时居住应用，事事必须躬亲，故未得闲握管。巨叔又返邵伯，更形忙迫。大父在白门，尚须候合肥相公覆书方能来扬，到时总在廿外矣。兹有函一封，系装在侄孙函内，命加封寄呈者，查览是叩。侄孙如恒安适，宅中亦均顺平，足慰慈系。《春秋胡传》，侄孙处无专本。《钦定词谱》，务乞叔祖到扬时带来，以便一钞，幸甚祝甚！《春秋四传》侄孙有精本，如可查对，示知即寄上。席辑《唐诗》，上海扫叶山房有重刻本，仿初印本精校。定价十六元，约百余本。外加水脚共计十九元二角，侄孙已托人往买，带来时将所缺之六家补钞完全，即将新书出售，情愿少数元卖去，十五元即可出脱，不知吾叔祖要否？侄孙之意欲补全所得初印之书，新书卖后又可买来带他书，不过亏去五六元，可以完美一大部全书，未非善算也。再上海新出之袖珍本《玉函山房丛书》三百余种，二百余本，定价二十六元。侄孙意欲往带一部，吾叔祖亦要否？如要，可以同带也。有便赴沪，二成水脚可省，只用付洋钱每元数十文即可寄来矣。仲叔砵卷，侄孙之意最好用侄孙砵卷履历批改更正，好在一派下来，只须将辈分及三代、妻子、受业、受知改正即可用。刻时可以将旧板履历挖补，添刻文诗几块，省费多矣。此侄孙打算省俭办法。将来大父一印不知多少，毫无算计。似此可以省少刻工，而印工纸章即可以之弥补也。吾叔祖大人当以为然，幸勿使大父知之是叩。

照录子箴兄甲字第七号来函：又五月初一日自白门渤。

前月十三日交揖赵寄去第六号书，随于廿一日束装陆行，廿五日由新开河渡江安抵金陵。周海龄为假馆于贡院前唐俊侯之河厅,颇为轩爽。月之朔,又得吾弟由邗上寄来之八号书,备悉桥二兄始意。二儿贡卷俟明年汇考后再刻。继闻近来本年先刻者居多,不妨从俗,且兄亲到邗散卷较为好。看其履历,务望弟斟酌尽善为要。二儿现命其每日写大卷五百,作时文半首,夜作试帖。果不间断,必有功效。兄于廿六日谒九帅,深为扼腕太息,曰君是海内知名之人,称许过甚,无任主臣。因以移捐天津一事奉商,当即允为致书合肥相国,并属兄自作一禀附呈,加排单飞递,八日可到。次日即在寓成合肥禀送去,今早即得复信,云已缄发飞递。兄禀内声名不愿仰邀议叙,候此复信,必在廿日外方能作广陵之行。新秋即赴梅谳,吾弟来一粟园销夏,又与前年间听琴社时相等,亦一段韵事也。所居与子芳比邻,已见数面,往来若不甚多。水榭纳凉清旷,足增吟兴,却非少年时所能梦见也。慰农大病初起,殊有颓唐老态。其新筑薛庐精甚,令人生妒。然渠自六十后即不作诗,抑何过馁! 今日乃闻春帆下世,可伤之至。稼生得离六安返八宝,可谓知机,望先为道念。家乡雨水不匀,出门后连得大雨,未知一律沾足否? 此间亦沛甘澍矣。兄逐日酬应,尚不疲乏。谦斋云日内亦到白门,尚无消息也。

闰五月十三日(7月5日)　丙辰　早晴极热,晚间雷暴雨成阵

稼生请午饭,同席:沈云生、苏健斋、郭叔云、寿卿、迩明、棣臣、叔岳。

闰五月十四日(7月6日)　丁巳　黎明大雨,旋露日光

致子箴大兄甲字第十号信,照录于后:

闰月十二日接展朔日金陵七号来函,系伯融信中装来并无封筒,欣悉在金陵安好,且与子方比邻,朝夕聚谈,当不寂寞。弟本定初十起程,因兄留滞金陵,是亦迟迟登舟。移捐一节,已蒙李曾两公许诺,出卷必速。弟近日思索此项何不留作生息? 就现在茶捐不过七百金便可请一品封典,然既已办出,邀一赏还原衔之恩,亦聊以解嘲,但不卜能连翱支否。阿同贡卷、履历已为叙清,又逐日属迩明暨枣和诸人详加校对,恐尚有错字。老师望叙入,弟无从得知。至子敦之子有一府经者,亦记忆不真,乞为填写。南京有活字板,凑齐刷刻,价廉工巧。吴婿卷闻即用活板,望至畏斋寓询明。如吴婿已来,则伊家老王名兆英,即载卿弟之婿,亦可为之料理。万不可忙,忙则舛误必多,想以为然。兹恐盼望,特专人将履历送上,乞细阅一过,斟酌办理。文诗外或刻赋一篇,亦应为酌定为要。弟现定二十三四登舟赴扬,万无移改。本拟住兴教寺,伯融不肯,已为我打扫卧房,只可遵办。弟因避喧又服药饵及洗足诸事,恐太烦琐,非客气也,书博一笑。六月二兄寿辰,弟意六月廿边奉陪杖履至如皋小住十日。果老三想不致省,不辞却两翁也。呵呵。我兄弟分处各方,聚首不可多得,借祝筵而递联床之乐,亦大快事。老太太系散生日,似不必拘拘七月初三以前赶回宝应。况梅谚之蚊比百万雄兵犹盛,深秋便可消散矣。此番兄出门实应谅,断不能来。而此间花稼诸公及新结邻之苏提沈令皆仰慕甚重,排日作东道主,似较扬州有过之无不及也。抑更有愚见应陈者,吾兄秋凉归里,弟尚可陪伴而去,到家扫墓,又可多聚月余,岂非两便乎?弟前月廿八所寄九号信并九帅禀,谅早收悉。弟为潘文甫所累,万不得了,非谋一事不可,吾兄谅已为九帅陈之,此信到后望再向九帅遇便一提。倘已禀辞,亦不妨作一函上之,弟与九帅三十年同年且受宪恩,或不膜外相视耳,至祷至祷!余容晤罄。

　　履历写副本时,须饬刻匠写正体,不宜俗书,缮成须加意校对,恐有漏脱,盖错字好改,漏脱则费事矣。总批请兄撰几句四六,或属吴子坚昆仲代劳,弟实在懒于费神。业师可将芰塘兄刻上,即江蓉兄亦应刻,此近日俗例。周文俞老八记得终于员外,升郎中否?望查明。商城相公身后萧条,其子七人刻在卷中,将来兄家子孙尚知相公一派,想以为然。弟平生于师友间刻刻不忘,追念相公,不觉增西州之感矣。

复伯融函,照录于后:

十二日晚接手书,标初三日发,直至八天方到,或初三系虚写耶?愚因伯兄未来,遂亦迟迟吾行。兹定廿三四起程,万无改移。承为老夫净扫卜榻之室,爱我匪浅。即遵来函,一到即搬行李。来函云及仲仁卷子履历,意欲挖癸酉之□板,足征节俭一端,但京中科第最忌讳挖自家板片。昔年曾见商城相公将父子叔侄兄弟碌卷板刻并贮一箱,作记示后,以为佳话。侄孙前程远大,遽将自己贡板挖作他人用,非正办也。既承告我,不得不以正言直之。现在南京活字板价廉工巧,吴子坚即用活字板刷印者,愚所叙仲仁履历已寄伯兄,似可候箴公到扬再议,不须亟亟。愚此说遵侄孙信,绝不向箴公提及一字,可以相信。所要之书查出带来,惟自搬移书室,如青山乱叠,检查不易耳。上海之书,俟愚到扬与侄孙面酌。巨川、果卿不另作札,可将此函与之一阅。德安之局何如?此间郭老辅仆仆扬宝之间,恐难如数归原也。外有覆子祥二老爷信,望交果卿寄去,勿误。

照录复子祥二兄函:

前接来函,备悉一是。吾兄腹泻,闻入夏以来渐次就痊,不须夜起,尤为欣慰。箴兄前月廿五日到金陵,闻于本月二十外来扬。弟俟其一到,即买舟前去,践联床之约。六月为吾兄七旬正庆,弟当随箴兄同赴嵋山祝寿,并拟多住旬日,借为欢聚,想兄闻之必喜悦也。弟一是如恒,寓中自慈帏以次均各安好。三儿幸列邑庠,现已归来,仍从向先生照常课读。知念附陈,握手匪遥,统容面罄。

照录致少鹤二弟函:

许久未接手书,驰系之至。兄一是如恒,寓中自慈帏以次均各安好。子箴大兄抵金陵后,兄曾去信请其向九帅前为弟谋一长差,光景何如?便中寄知为盼。闻大兄廿外来扬,兄亦拟到扬寓小住两旬,并拟于中秋前后作白门之游,又可与吾弟聚晤矣。

近接霭卿信否？兄前有函致之，尚未接到复信也。

命儿辈致子坚信，无事不录，稿存启稿簿。

专轿夫张林送子箴兄及子坚信至金陵，言明来回八九天，川资来往共二千六百文，附记于此。

闰五月十五日（7月7日）　戊午　晴

朱序东来谈。

接芟塘六兄闰月初三日寄来第拾号信，附后：

　　五弟如晤。五月廿五日发去九号信，想可达阅。廿七日接老福兴送来第十号信，具悉一切。即谂侍奉万福，合寓安和，至以为慰。捐赵想已旋宝。箴兄未知抵扬否？闻其赈捐未能办成，未知有别样机会否？朱序东之件已托友人至署为之办理，言明费用七十金。此时兄不在此衙门，呼应不灵，一切转托旁人，不能为之节省也。总在一个月堂稿方能画齐行文，其项望即嘱序兄速为兑入，缘一有底稿即须给之也。刘省帅见面两次，上封奏条陈时事，光景有令其赴闽之意。闻听虽有和议，而两下兵俱未返，仍不知后面文章若何。都门干旱，望雨已极，闻大河以北均无雨，若再遇凶年，时事更不可问矣。近日银价又稍长，我辈又略好些，惟进项无有，实属可虑。家眷移涿，已陆续搬完。迎儿六月内方回，东固安又出缺，小兰未知能得与否？召棠尚未回京前，寄去皮筒，吉双来信嫌毛小不要了，已告知老王退还与他，他嘱早些觅便与之寄来为要。光缉甫之子系与其一亲戚有苟合之事，光家表外甥女。其夫山西乔姓在外作幕，回来适此妇有孕，被其夫盘出实情，将光请至其家，醉以酒吞以烟，送回光宅。此妇亦即吞烟而死。一日之间两条性命，亦冤业哉！张海柯之子来办其难荫。闻随刘省三同阵入京，尚未来拜，京员津贴三节分给，不无裨益。惟非作正开销，恐行之一二年即有不能者，终非长策耳。闻江南一带年岁尚好，此时以此为第一件要事。京内各赈厂及平粜局至今未撤，扶老携幼，鹄面鸠形，不知若干，何穷人之多也！箴兄如晤时乞为请安,未及另函,前已由叔眉处发一复函,未知达到否？蓉舫尚未进京。臻广喜信已为达知矣。兹因朱序东之件赶速,发数语达知,即问近好。

孙棣臣叔岳来辞行,晤谈两刻。

命儿辈致文年信,嘱其将庄田上所存粮食早为料理,预备弥补亏空。书卿经手炉桥房租须嘱其上紧催索,莴苣菜遇便带来。稿存启稿簿,托孙六太爷带交。

闰五月十六日(7月8日) 己未　晴

孙棣臣叔岳今日起程旋寿州,送其路菜点心。下午,偕寿卿前去送行。

接少鹤二弟闰月初五自金陵来信,附后:少鹤又号静峰。

　　五哥大人尊前:入夏以来,想伯母大人寿躬康健,合宅顺平,至以为慰。前闻三侄入泮之喜,弟因患目疾,贺信稍迟,殊深歉仄。弟金陵听鼓一年有余,现奉委河南段保甲差使,知念附闻。了箴伯兄已到白门,大约当有半月耽搁,精神步履均健旺之至。手函,恭贺大喜,敬请尊安。二弟泽含谨启。

闰五月十七日(7月9日) 庚申　晴

吴子坚婿抵寓。

苏健斋赴沪候见刘省三,明日起程。予往候之,晤谈良久,托其转致省三带吴子受等上台湾。

致子箴大兄第拾壹号信附后:交子坚寄。

子箴大兄大人尊前:十五日专足赴宁。寄上第十号信,计十九早晨定可收到矣。十七日,子坚婿安抵寓居,述及吾兄精神康健,至迟月底必至邗江,欣慰已极。弟行装一切均已整齐,亦即鼓棹前来,俾践联床之约。子坚来,询其乃兄子受近况,准差万难敷衍。现在省翁赴台湾,正好机遇。弟已托苏健斋军门到上海时面与省翁商之,总愿格外培植带之而往为好。三儿亦信致张鸿青,缘鸿青同乃岳到沪也。兹子坚信知子受属其赶到上海一谒。

知兄向来垂念甚殷,请弟奉进,求兄再加一函致省翁,即乞亲泐数行,成固感戴,即不成亦感提携,所谓成事在人耳。至叩至叩!弟所托,想已在沅丈前道及矣。正缮函间,阅邸抄,振轩因覆奉倪件,又为公瑾攻讦,处分不小。此时宦途直不堪设想,奈何奈何!余容晤谈。手泐,即请近安。

接许乐泉信附后:

亲家观察大人阁下:昨在安宜,深承指教,并荷招饮,又假华堂宴客,诸多叨扰,感谢不遑。辰维侍祉延禧,潭祺纳吉,定如所颂。晚缘在外日久,恐误浦差,匆匆解缆,又承三世兄专人赶赐多珍,当因舟行较远,未克趋谢,拜登之下,殊抱不安。李君赋闲,属代修函荐事,已令大儿开文拟稿寄呈钧览,未识有当尊意否?如其可用,即乞改缮可也。专函谢忱,敬请钧安。乡晚许佐廷顿首。

附录许茮臣致宝应盐店吴筱湘、许兆文荐信:

筱湘、兆文尊兄大人阁下:久未趋教,歉仄良殷,近维履祉绥和,时祺佳畅,以欣以颂。弟一官匏系,善状毫无,所幸公私顺平,堪以奉慰耳。兹托者敝同乡李长兄,人极老成,惜无恒业,未可赋闲。想令东新近接办南藏,需人必夥,务祈鼎力代为推毂。不计薪资,但得一噉饭之所,则感激盛情,永矢弗谖,专泐奉恳,顺请台安,并乞回玉。不具。愚弟许开文顿首。

接克臣侄婿贺年信再启附录于后:由扬寓寄到。

谨再启者:越法构兵,屡载《申报》,真赝参半。惟法人攻陷桑台或无讹,刻与中国虽未见决裂,而已有索赔军饷浮言。地系沿海,防务吃紧,前虽防俄防倭,未臻严密,即因议和中止。此次炮台营勇急须修募战舰军火,筹款购置,动辄支绌,大不易易。通省口岸壤接内地,尚可据守,台湾海中孤立,久为洋人垂涎,港汊纷歧,随处皆可登岸,兼以五方杂处,薰莸丛集,非地方熟悉、谋勇将弁不敢仗倚。澎湖为省台咽喉,周围环海,四无屏蔽,即有重兵，难以接济。法若失和，或图此地。敌藉驻扎，要我省之弃该处武职督署节制，时值海防抚署，始得商办。卒然谈兵，难辨优劣，惟详加考核，酌度调用，以期有济而已。知关钧念，谨以附陈。侄婿俊谨又启。

巨川荐来仆妇程姓染患痢疾，据刘琢之云病势不轻。当令老夏送其旋扬，并命二儿函致巨川也。

闰五月十八日（7月10日） 辛酉 晴

致芰塘六兄第拾壹号信，照录于后：交朱序东寄。

芰塘六兄大人尊前：闰五月十一日接到京中九号书，望日又奉十号书，小溪处所带六号亦于闰月初四日收到。备悉种种。惟弟三月廿六发八号书，交胡万昌顺寄，来示并未提及。此号内尚有覆龚引生兄及潘世兄荐琴轩之子为景剑泉之子告帮。两函存有信票，不知其在何处失落，已将其叫至公馆骂斥。而伊云四月已送方宅，真不可解。兹将八号函再抄录呈阅。如晤引生及潘世兄，务祈代为致意，是所切祷。弟之女婿吴子坚兆毅得选拔后，在霍山、金陵耽搁，直至本月十七始回宝应。伊之五哥兆英，夅卿弟之婿。亦入霍庠，竹丈后起有人，欣慰已极。贡卷已刻，随后再为寄上。序东起服之事，当将兄书与之阅看，感泐之至。部费照数兑上，系由伯相行营银钱所兑。到京祈查收，并望速将部文中行文稿赶紧寄来，仍交弟手转交序东，俾免舛误。大儿买皮筒忽又嫌毛头小了，无便带来，倘有遗失，岂不更难交代。弟已加以申斥。兹将价银廿九两交序东一并寄京，望命皮货店写一收条带下，以清此款。以后大儿再有请买之件，俟伊银到再办。尤叩二千余里令伯伯劳神，真不懂事也。子箴兄前月廿五日抵金陵，仍因捐赈之举。现由少老与九帅会禀，似可邀一恩点，弟思之似可不必耳。箴翁信云尚在金陵小作勾留，大约月底到扬。弟俟箴翁到，即登舟前往候之。今年子祥兄七十，大约六月尚拟作如皋之游。白头兄弟话雨联床，是为乐事。吴春帆前月廿四日仙游，张侄媳须赴江宁一行,奈十太太暨张侄均在炉桥不归,弟实在不能过问矣。少鹤弟已得河南保甲差,江宁城外。可以敷衍。近日宝应寓中上下平安。十九兄亦在宁候差,尚无消息,或云欲随刘六巡抚渡台,未知准否?振翁先有申饬,昨又因豹岑事同交部议处。然看谕旨所云,处分恐重。昨又传闻彭张查办他件,亦振翁与其令郎事。私衷代为焦灼。粤中连去两书,尚未回音。时势如此,宦途如何得了。顷又闻法越变和为战,初三、初五已开两仗,我师获胜。果尔,则兵戎仍不能罢息,大可虑也。涿寓安顿停妥,家眷分起而行,闻之慰甚。召棠胡不归?济莘须格外谨慎方好。子敬光景若何?念念。匆匆不多述。三儿前月廿七日由庐州返寓,并闻。此请近安,不尽缕缕。闰五月十八日五弟手函。外覆龚引生信、潘世兄等公信,又照写一份,望分致之。另林筱溪信望收阅。

覆许乐泉信,附后:

　　乐泉仁兄亲家大人如晤:日前台旆惠临,诸多辎䡱。顷披手简,辱荷齿芬,三复之余,惭感交并。就谂元旋叶吉,尊宅顺平,至以为颂。承示致吴君信稿,措词妥协,已属寿翁缮封交去,静候回音。弟日内有邗江之游,大家兄尚在白下小作勾留。约计抵扬之期亦不远也。昨阅邸报,振轩制军因覆禀事与倪豹翁均交部议处,系初八日谕旨,部议数天即应陈禀。清江电报最速,吾兄得信即乞飞示为祷。弟一是如恒,敝寓叨庇粗适,堪以告纾雅廑。小婿吴子坚已由金陵返八宝矣。手泐,即颂升绥,并问嫂夫人以序安吉。弟名正肃。

命三儿致陈岱源信,打听振翁被查办事,又托买《东华续录》道光朝的。

闰五月十九日(7月11日)　壬戌　晴

苏健斋赴沪,亲到辞行。

沈云生送三儿入学贺礼团扇一柄、印色一盒、笔十枝、墨一匣,全领。

闰五月二十日(7月12日)　癸亥　晴

送问先生谢敬百元。命二儿先为致意,秋天再付,目下周转不开也。

闰五月二十一日(7月13日)　甲子　晴

闰五月二十二日(7月14日)　乙丑　晴　午后细雨一阵

接李伯相覆信,闰月初八日自天津发。照录于后:

　　△△五兄年大人阁下:顷奉五月廿五日惠缄,就谂侍福绥愉,履祺嘉乐,至慰颂私。粤案已奉明旨,浮云点缀,变灭随风,尽可一笑置之。中法款议粗成,惟详细约章尚未会订。关外两军针锋紧逼,都下议论游移,举棋不定,垂成之局仍恐变更,不敢遂云大定也。三世兄高掇芹香,英年秀发,可为忻贺。令亲吴生兆毅得与拔萃,竹如先生有替人矣。张鸿青来津谒晤,其承荫一节尚难办理。此间防务绥平,惟天气亢旱,亟盼渥沛甘霖,秋禾方可畅发。专泐布复,敬颂侍祺,顺壁芳版。不具。年愚弟制李鸿章顿首。

冕三叔来谈,留吃早饭。

稼生、鹤生来谈。

偕寿卿、子坚至儒学前散步。

闰五月二十三日(7月15日)　丙寅　晴

下晚,稼生兄来谈。

致孙稼生字,照录于后:

　　顷兄子持尊柬请示,适弟已呼司庖者预备鸡粥,定于明日邀兄来寓同餐,以四簋为度,绝不客套。望台驾明午早为餐饭,饭毕即至敝寓,与高堂作叶子局,切祝之至。弟并非远游,无庸赐饯。若兄肯候东,则请随便另择一日小聚,亦不须多肴也。此订,即颂台绥,弟顿首。

专差旋接子箴伯兄第八号信,附后:十九日自金陵发。

五弟入览：月之初旬连得八九两号书。十八日又得专力十号书，并贡卷履历，备悉一是。兄到白下亦致七号信，未审何日收到，履历应刻业□，尚须信询二儿，再为补上。吴子坚所交《岭还七友图》，已面托慰农题诗，渠今春大病新愈，为兄来游兴勃，权且破戒作诗词，日来屡有酬倡，并润州老门生赵季梅结消夏社，水榭勾留，足补从前之缺。妙在心如止水，万念皆空。老人实有进境，子方亦时相过从，惟彼耽叶子戏，非兄所乐。移赈一事，合肥回信尚未来，不得不在此静候。此番出游，尚欲谋皋比一席。九帅虽相待甚优，以多病仅得一见面，故书院事未能面呈。转告方伯并总统陈舫仙，尚未获的音。日内不及买棹，恐须月杪月初方能到扬。弟所谋之事来禀，早为设法。濒行再为面达。吾弟俟兄到邗，再来不迟。子祥已来信，准到扬州相见。吾辈似无须作雉皋之行矣。梅谛之聚，总在新秋，但军事又起，群狙朝三暮四，反覆狡诈，致开门户之祸。征调防捍，在在可虑。白头野叟，书空咄咄，欲以酒浇愁，而大病之后不能再贪杯杓，慎之又慎，仍以吟咏消遣长昼。吴兆英亦循谨可喜，欲以谋一馆地，尚不可得，存之不辞而去。此间左右甚不得人，且内有劲敌与之相攻，殊为骫骳。岭南两巨公重谴改为薄罚，诚大幸事。少鹤已有保甲差，六叔因公来江宁小聚三日，并见任甫兄，疲于酬应，身子尚可搘拄，即讯侍安。不具。

又接静峰二弟覆书，照录于后：

五哥大人尊前：月初寄上一函，计蒙鉴及。顷奉手示，欣知伯母大人福寿康强，合家迪吉为慰。弟前月奉委河南段保甲差使，前信业已详达。蒙吾兄致书大哥为弟说项，足征老哥手足关怀，感激无已。倘此后托庇，能量移较优差使，悉出自吾兄所赐矣。俟兄到宁再为面谢一切。父亲奉运宪委解军饷来宁，在此耽搁十天，已于初十日旋扬销差。知念用禀，敬请金安。弟泽含百叩。闰五月十八日泐。

闰五月二十四日(7月16日) 丁卯 晴

稼生三兄、鹤生十四弟、冕卿三叔、迤明二侄来陪慈亲看牌,留在寓晚饭。

闰五月二十五日(7月17日) 戊辰 晴

接张振轩亲家信,并由扬寓专价送三儿入学贺礼:芝纱袍褂料一套、京靴一双、纬帽一顶、金腿四肘、茶叶四瓶、查糕两合、洋点心四瓶、湖笔二匣、徽墨二匣。全收。

附录振翁覆书:

△△仁兄亲家大人阁下:海天遥隔,音讯久稽,契阔之私,时萦梦毂。顷奉来示,欣悉捣赵侄情奋袂芹宫,曷胜快慰。伏惟我亲家德阀钟祥,义方垂教。捣赵云程发轫,固自不凡,来年捷步秋闱,可为预贺。弟引疾得请留办东防,虽置索之卸肩,仍戈铤之警备,一俟大局稍定,再请放归。兹赍呈菲仪十色,祈察收书毕。手此,敬贺大喜并请台安。姻愚弟张树声顿首。

老夏由扬州旋。阅巨川信。程妈已交媒人带去,并寄刘代买。二蓝绸裤料两条。

张府来价送礼,赏其一饭,并代茶四元,随领回信旋扬矣。

覆张振轩信,附录于后:

振轩宫保亲家大人阁下:顷奉华函,备聆壹是。三小儿入泮,远荷吉词奖饰,并承惠寄多珍,重以长者之赐,当命其敬谨祇领矣。即谂台候万福,合署千祥,引企光仪,弥殷忭颂。弟栗碌如恒,寓中自家慈以次均各安好,堪纾厪注。中法和约尚未大定,粤防尤为吃紧。我公威望素著,统率其间,外族自不难宾服耳。专函鸣谢,祇请台安,惟希霁照不庄。姻愚弟顿首。

覆张少蓝信,附录于后:

少蓝七兄亲家大人阁下:睽隔芝晖,时深葭溯,顷奉惠书,猥以三儿入学,远荷吉词奖饰,回环三复,且感且惭。敬维履祉增绥,合潭迪吉为慰。弟历碌如恒,寓中自家慈以次均各粗适。三儿前在潭第，诸多叨扰，不安之至。月杪归来，仍从问孚翁照常温习旧业。今侄女产后有恙，现已医治痊愈。一俟秋凉，当命三儿送其归宁也。月前九令弟兰生亲家、八令侄鸿青兄先后抵寓，攀留小住，均当面谈定，想竹报中已详言之，无庸琐琐。便中尚望转达二令嫂亲家母夫人放怀可也。子箴家兄现抵金陵，本月杪即来扬寓销夏。弟俟其到时，当买舟前去，借联棠棣之欢。秋凉得暇，尚拟旋里扫墓，并拟绕道庐阳与亲家一聚也。皖云淮月，怅望为劳，惟冀鱼雁时颁，是所为祷。嵩渤鸣谢，敬请大安，惟照不具。

覆张绮卿信附后：

绮卿姻四兄大人史席：顷展华函，备承藻饰，临风雒诵，积日驰思，就谂侍奉康娱，文祺增曶，至以为慰。弟一是粗平，寓中均各安好。三儿归来，仍照常课读，知念附陈。子箴家兄不日到扬，弟亦作邗上之游，借践联床之约，并拟秋深回里扫墓，将来绕道肥津，又可与文驾情话，何快如之。嘱书条幅，祇以俗冗纠缠，未能握管，现撰小诗一章奉赠，属小婿吴子坚书就寄上，到时望检收为荷。手此布复，即请文安。不具。

闰五月二十六日（7 月 18 日）　己巳　早上细雨一阵旋晴，晚间又雨

稼生仍来陪慈亲看牌。晚上便酌，稼生、候东、冕三叔、寿卿、子坚、迩明、鹤生均在座。

闰五月二十七日（7 月 19 日）　庚午　雨　午后晴

闰五月二十八日（7 月 20 日）　辛未　晴

闰五月二十九日（7 月 21 日）　壬申　早微雨旋晴

致荭塘六兄第十二号信，附后：交镒大局寄京。

荭塘六兄大人尊前：闰五月十六日十八日发。交朱序东寄上十一号信，并纹银九十九两。此信由天津转递，计日当可照收。近未接京信，想一切安顺也。子箴兄尚在金陵，候伯相奉底。现有钟山书院一席似可望得,惟闻沅丈病中,不多见客。大约此月初旬可以由金陵而邗江,弟俟篯翁到时,再买舟前往。今年各处旱甚,八宝新得透雨,农田有秋矣。弟为潘累,用度不充,亦乞沅丈谋一馆穀,尚未复函。少鹤保甲之差可以敷衍。翥兄仍滞官场,目下差使极不容易,人满之故,无法。吴婿兆毅在寓用功,期于朝考必得,方有出路。丙戌教习,二儿亦有志观光,已令渠等逐日写字,诗文亦不宜间断,庶副厚望。吴婿清门之孤,一应均须打算。弟之境况又难多为伙助。秋间拟作粤游,渠为沈廉使镕经赏识,系方存之先生嘘拂。而豹岑同年与竹丈交谊又非恒泛,仗其武力,或可稍有生色,敢祈吾兄先为作书分致沈公、倪公,但云佺婿某公之孙,本获萃科朝考入都,成行不易,恳其格外照拂,并云渠秋后方起程,先此布达云云。随后弟再作一札交吴婿面递豹岑。弟与沈公素无往来,不便通候也。素知兄爱怜兆毅,当乐为搦管。如蒙作允,信稿乞寄入一阅,是所切祷。花翁病未愈,可虑之至。稼生不时过晤,足则仍旧耳。京中新政及振老光景闻有查办。望详细示悉。弟寓平善,余容续陈。手泐,即请简安,不戬。六月朔五弟顿首。

接广东试用知府多与三龄贺午节禀一扣。

六月初一日(7月22日)　月建辛未　日干癸酉　时雨时晴

六月初二日(7月23日)　甲戌　晴

十弟妇由炉桥旋,来见。

六月初三日(7月24日)　乙亥　阴雨

六月初四日(7月25日)　丙子　晴

接苏健斋自上海来信,照录于后:

久挹芳晖,实为快意;偶违芝采,未免怅怀。刻维□□乡台大人褆躬笃祜,福履延祥。引睇乔云,倾心祝露。晚揖别后即于十九日买舟兼程南下,廿二日午刻甫抵申江。询悉爵帅两点钟启节,仍坐海宴轮船赴台湾。盖以迫于朝命,刻不容缓也。晚赶赴行台谒见,匆匆数语,令晚当即随行。晚以束装不及,求展数日,承谕廿五日有靖远兵轮开行,务必乘此到访,切勿再缓等因,晚只得谨遵办理。日前由宝应起行,本拟到沪禀见爵帅,仍回宝寓料理一切,再行驰赴台防,今既迫于公令,定于廿五日登轮回宝之说已作罢论。承荐方寿卿之令郎随营办事一节,俟晚到防后,事有定局,自当恪遵台命,专函敦请矣。再蒙谆嘱令亲吴少爷之事,晚已向张鸿卿转述尊意,惟爵帅启行过促,尚未言及耳。张鸿卿现经爵帅谕令回籍也。诸关锦注,并函奉闻。专此,敬请福安,统希原鉴不备。乡晚苏得胜顿首。

六月初五日(7 月 26 日)　丁丑　晴

何世兄名庆衍,字寿山,兵部主事,乃何子贞之侄,其父名绍祺字子京,前任浙江督粮道。路过宝应来拜,住在天枢道院。命二儿见之。

定远县学门斗专送本年科试新进文童生红案册,并交到三儿入学咨部注册院照一张。

照录定远县儒学新进儒童生二十名:

汪凤藻	年十六岁	何开祥	年十九岁
冯堃元	年十六岁	李士燮	年二十四岁
陈恩寿	年二十岁	周焕彤	年二十一岁
刘锦荣	年二十六岁	徐焕章	年三十岁
吴道继	年十九岁	杨玉成	年二十一岁
王维泰	年十八岁	潘廷举	年十七岁
凌文蔚	年二十六岁	方臻壹	年十七岁
武恩章	年二十岁	杭朝楷	年二十岁
范锡恩	年十七岁	陈鼎炘	年二十六岁
方书云	年二十四岁	张成麟	年十七岁

拨府学三名:

　　丁相贤　周铭传　许鼎霖

院照

钦命安徽督学部院徐,为考试事,准礼部咨为发给注册红案事。前准安徽学政咨送光绪十年新进文童生试卷,及姓名、年岁、籍贯、三代到部除试卷请:题外并将各童姓名、年岁、三代、籍贯由部注册,所有名次相应行文,俟学政转饬知照可也等因到院,准此合将红案名次檄发,饬承分别转给该童知照。切之。须至照者,计开一第十四名新进文童生方臻壹,年十七岁,身中面白无须,系凤阳府定远县乡敕图民籍

曾祖○○　祖○○　父○○

右仰新进文童生方臻壹准此。

光绪拾年闰五月　日

鹤生十四弟来,回候吴婿至梅谂一叙。

赏送红案院照之人酒钱二千文。

六月初六日(7月27日)　戊寅　晴

朱仲书搬家,送其贺礼四色,收去糕馒。二儿去道喜。

接芰塘六兄闰五月廿日发来第拾壹号信,附后:

五弟如握:闰五月初三日由老福兴发去十号函,想已接到。近想侍奉康娱,合家安好,至以为慰。朱序东之件,稿底已出来,俟书画齐后即行文,大约六月中旬必行出去。前信叙七十金,望即催其速为兑来,勿缓。切之。京内已得雨深透,人心、粮价俱平定为幸。惟法人之事,闻已反覆再索两千万兵费之语,闻有四兵轮至海口,仍有六兵轮在沪。现在合肥被人唾骂不堪,朝廷亦是主战仍不定,将来是何局面,时事如此,为唤奈何。兄眷属已于月之初旬搬移至涿,惟初到乡间安家,一切费用不赀。留此退步,亦防老之一道,不仅为目前计也。召棠至今尚未到海口,如有事即恐阻滞难行。刘省三得文衔赴闽,得意之至,在京只住数日即行,上头催促甚急也。大兄现想已在扬,未知至宝应小住否?兄至此衙门,甚觉清闲,现家眷已全走,只一人独居。小兰、

召棠均未来,殊嫌寂寞。近儿在涿料理家务,尚未回京,大约六月方能旋省。子言之交代,已在下边借着些款项备抵,未知上游答应否? 京内别无甚事。稼生前寄兄一函已收到,匆匆未及复之,晤时望为道会。泐此,即颂近祺。六兄顿首。

为知照事。据知府衔江苏候补同知直隶州知州朱廷球呈称,窃职朱廷球系安徽合肥县人。亲母黄氏,迎养宝应县寓所,于光绪八年二月初十日在寓病故,即日见丧,并无过继,例应丁忧,请给咨回籍。于八年七月初四日领咨扶枢起程,沿途患病,风雨阻滞,于是年九月二十三日到籍,安葬守制,呈报详咨在案,职于葬亲事毕,因家计维艰,资斧不继,由籍外出探亲措资,嗣便道来京。计自光绪八年二月初十日见丧丁母忧之日起,扣至十年五月初十日服满,例应起复,缘职见丧丁母忧,系已经扶枢到籍安葬,在籍守制将届服满,由籍外出探亲措资。兹已来京,业经服满,理合遵照大部章程,就近备具服满,亲供邀同在京教读之邻居族长出具甘结,并取同乡京官印结赴部呈请起复,伏乞恩准查照,准予起复等因前来。查候补同知直隶州知州朱廷球,于光绪八年二月初十日丁母忧,前准安徽巡抚咨报该员于八年七月初四日扶枢起程,九月二十三日到籍在案,兹据该员呈称于葬亲事毕,由籍外出探亲措资,嗣便道来京。计自光绪八年二月初十日见丧丁母忧之日起,扣至十年五月初十日服满。遵照章程,就近备具服满。亲供邀同在京教读之邻居族长出具甘结,并取具同乡京官印结,呈请起复等因到部。核与章程相符,应准其起复。知照江苏巡抚查照可也。咨江苏。

何寿山世兄送我自画墨笔梅花一幅,字屏四幅,手笔不见高妙,不过借此打秋风耳,俟与稼生诸公商酌再为致送。

孙传瀛自寿州来,云平岗尚有伊名下田四石种,欲卖与予。此事前在粤时文年曾有信代他说过,因无余项,只可从缓耳。

偕寿卿、子坚到十弟妇寓茶话,并至杨小园寓小坐。

六月初七日(7月28日) 己卯 晴

接适陵五外甥女专信告助："予被潘振康冒账后,各事拮据,入不敷出。"当即泐函覆之,不能代为筹画耳。

六月初八日(7月29日) 庚辰 晴

臻喜去见稼翁,商定各送何寿山世兄微敬票钱二千文。

致子祥二兄信,照录于后:此信由儿辈寄交果卿转寄如皋。

子祥二兄大人尊前:闰月十四日曾寄一函,谅已邀览。近维寿祺纳祜,合宅增绥,至以为慰。弟历碌如恒,寓中自慈亲以次均各顺平,堪纾远念。月之廿二日为吾兄大人七旬正庆,弟本拟约同大兄亲到嵊山祝寿,嗣接大兄书,知本月初十外来扬,并云兄亦有邗江之行。弟准于月半后买棹前来,当在扬州称觥奉祝也。兹乘明便附呈寿幛一悬,共纱袍褂料一套,聊伸敬意。到乞哂收为幸,握晤匪遥,统容面罄,专函恭祝千秋,并请著安。不具。五弟顿首。

六月初九日(7月30日) 辛巳 晴

朱序东来与儿辈谈,并拿去起服咨文底稿。

沈云生招饮晦庵,同席稼生、鹤生、少徐、冕叔、寿卿、子厚、渭泉、理堂、松轩。

回拜何寿山,并至鲍花翁寓小坐,花翁病势稍减。

六月初十日(7月31日) 壬午 晴 热

稼生邀冕叔、鹤生来陪慈亲看牌,留在寓晚饭。

接武巨川初七八来信。子箴大兄初八日安抵扬寓。吴子受事大兄已函托刘省三,尚未接覆书也。

六月十一日(8月1日) 癸未 晴 热

六月十二日(8月2日) 甲申 晴 热

二儿致巨川信,告知予十八日动身赴扬。

孙传瀛来,因寓中无处下榻,属杨筱园带至顺兴栈住,并为租蚊帐行李。每日两餐,属其到寓来吃。伊由寿州到宝应尚欠船价一千八百文,亦属筱园开账照付。予不大舒服,令内子暨二儿见之。伊拟将平岗头四石种之田定要售于予,当告以田之好坏、距坟远近,不得而知,应与管庄定先斟酌再办不迟。现被振康冒账,用项既多,筹款不易,小赠其四千文,属其早日回寿,随后总好商量。伊不肯受,拂袖而去。向十弟妇说在街上候着,二儿与之拼刀,其言如粪土,其性若豺狼。不料宾阁先生后人一坏至此。回忆先公弃养寿春,承宾阁先生情,借厝灵椟于北山平岗头,嗣将坟基买来,而于宾阁先生后人,亦曾一一尽情,问心似觉无愧。顷十弟妇邀迩明侄来代为恳情,以增予追念宾阁先生,未与计较,允其所请,附记于此。

六月十三日(8月3日)　乙酉　阴　微雨　天气转凉

接李培松、李培桢谢送伊母祭帐信。

朱序东、郭辅臣来与二儿谈,序东谈凌照圃会项事,辅臣谈还款事。

宝应盐店吴许两君有信回覆,荩臣所荐李长发未收。

六月十四日(8月4日)　丙戌　阴

鲍花潭中丞于本日辰时仙逝。老成凋谢,殊可伤也。当偕稼生等至其寓照料一切。

接子敦七弟五月十五日自湘来信,附录于后:

五兄大人尊前:上年春间曾泐安禀,由庐城转寄,未知曾否邀览。年余以来,未接手书,时深驰系。敬惟侍奉康强,福躬迪吉,欣符远颂。弟时运不辰,猝遭变故。四月廿九日,大儿又添一男,甚为欣慰,讵料胎衣不下,媳妇移时毕命。暮夜仓皇,医药无及,此心终抱不安。虽幼孩得保无恙,勉自宽怀,然当此垂暮之年,遭此惨伤之事,人生到此,其何以堪!现去念经七日,超度众生,同解劫厄。三七后料理出殡,暂厝公山,拟俟秋间舟行,设法伴送回乡,免羁旅榇。未审办理能如愿否?窃思在湘需次廿年,毫无寸进,赋闲日久,仰屋空嗟。今又忽遭此变,进退两难,清夜自思,不觉泪下。为名为利,抑又何求?连日以来心绪烦劣,茫茫前路,徒唤奈何。上下人口众多,又不得不勉自支持,照料一切。幸叨庇顺平,堪慰慈厪。年来湘省雨水调匀,收成可望丰稔,粮价亦渐次减跌。谈时事者,闻知大局已定,海防当可无虞。沿江一带,想皆平静。宝应公馆如恒,遥跂姊母大人精神康健,侍奉欢娱,曷胜颂祷,此请钧安。弟□后谨禀。五月十五日湘省小吴门寓中。

代拟遗折,附录于后:

> 前山西巡抚臣鲍源深跪奏,为天恩未报,臣病垂危,伏枕哀鸣,勉伸愚悃恭折,仰祈圣鉴事。窃臣皖江下士,渥荷四朝知遇,由翰林洊跻卿贰,入直书房,曾分校于京闱,复持衡于各省。同治十年,臣在顺天学政任内拜山西巡抚之命,责任愈重,报称愈难。嗣因患病,迭蒙赏假调理,并俞允开缺回籍。年来寄寓江苏宝应县,延医诊视,奈血气早亏,疾与年进,缠绵床蓐,渐至弥留。伏念臣一介庸愚,遭逢优眷,犬马之齿七十有三,虽退处田园,自叹桑榆迟暮,而睠怀君国,益殷葑菲微忱。近闻海氛不靖,疆务需才,帑藏未充,民生待治。惟愿皇上禀承慈训典学日新,恢大度以立恩威,重封圻以资佐理,量入为出,而勿容臣下有聚敛之名,赈廪蠲租,而必令黎庶受帡幪之实,行见普天率土共享升平,是则微臣所祷祝于地下者也。神瞀语竭,冒昧敷陈,衔结之私,矢诸再世。臣长子道衔江西候补知府孝光现在差次,谨口授遗折,令臣次子两淮候补运判孝裕代缮,赍送两江督臣曾国荃恭递。伏乞皇太后皇上圣鉴。谨奏。

六月十五日(8月5日) 丁亥 早雨旋晴

午后至稼生寓茶话。

附记鲍花翁自挽对联两副:

> 未有寸功在人世,幸无遗孽到泉台。

> 到此一生真结果,从前万事总空花。 旁注:澹庵老人自挽。

又自挽横额:还我本来。

六月十六日(8月6日)　戊子　晴

稼生等来陪慈亲看牌,留吃晚饭。

致子箴伯兄第十二号信,照录于后:

初十日接巨川书,欣悉兄安抵邗寓,望弟速到。昨买舟定十八起身,计期可祝子祥兄大寿。行装整办齐备,讵十四日辰刻,花老因黄瘅证,误信马培之孽畜之言,服了三十余剂附桂大暖药,将肾火提上,喘逆不止,连用凉药清解,已不可救逆尔仙去。三十七年至好,近结邻又复六年,老成凋谢,不觉感恸交集。刻下伊家无料理外事之人,弟与稼生、序东不得不为之筹画。能否十八登舟尚不敢必,恐扬州盼望,特此布闻。花叟有自挽两联,"未有寸功在人世,幸无余孽到泉台。""到此一生真结果,从前万事总空花。"又横额云:"还我本来。"此老本精禅理,亦可云了然于去来矣。子敦遭大媳妇之变,俟到扬再写信慰之。孙氏侄女自湖南来否? 念念。法事和战纷然,近亦不知作何光景? 稼兄有感事七律、香合全三江韵五排,属先转呈望检收,余容晤罄。

鲍花翁仙逝,今届三朝,备祭席亲往致奠。

附记鲍小润挽其兄花潭中丞联:

昆季本无多,幸兄燕息归来,始得相依偏撒手;

衰年同丧偶,况我雁行全失,益形孤另倍伤心。

立秋　六月十七日(8月7日)　己丑　晴

郭瀛槎之母生日,二儿去拜寿,照例送礼,未收。

接吴春帆讣文。生于道光三年八月初一日午时,卒于光绪十年五月廿四日辰时。子三人。学廉、学庄、学恂。

附记挽鲍花潭中丞联:

清望在三天,内登台省,外重疆圻,倾心一代名臣,屡进谠言焚谏草;

寄居同八宝,正喜结邻,遽悲捐馆,回首卅年交谊,空余老泪奠生刍。

花潭中丞年大人灵鉴

　　　方○○谨挽

代杨小园挽花潭中丞：

　　前身从仙佛中来，七字遗诗，结果空花皆妙喻；

　　多士失斗山之仰，两行清泪，光风霁月有余思。

代方寿卿挽花潭中丞：

　　果证菩提，感应一篇能济世；

　　神归兜率，交情五载敢忘公。

代吴婿挽花潭中丞：

　　望公多少苍生，霖雨兴歌，尚想东山迎谢傅；

　　记我追随白下，春风虚坐，又从西颍哭欧阳。

六月十八日(8月8日)　庚寅　晴

六月十九日(8月9日)　辛卯　晴

致芰塘六兄甲字第十三号信，照录于后：

　　闰五月廿九日寄上十二号安函，计日可以收悉。六月六日奉到闰月二十日吾兄所发第十一号手书，备悉种种。朱序东起服咨文稿业经交去，伊所兑银两并皮筒价银一并兑京，此时谅已接着矣。中法之事尚无的音，而谣言蜂起。刘省三台湾之行，翥青兄系总办粮台。昨纶辉送其第四子至金陵，翥兄携之渡台。六十余老翁冒重洋之险，亦出于不得已。盖翥兄历手所蓄万金，尽为洋人股票所骗，真令人无法也。吴婿粤游必不能不往。振轩、豹岑两处，想吾兄接十二号信后定已致意，叩企曷胜。吴子健丈已至京，现裕受翁丁艰，皖席必可坐得。乞兄将弟近况详细告之。今年受潘老父之累，颇形拮据，将来求其觅一小书院添补家用方好。又吴彦孙名兆英，竹如先生第五孙、豸卿大弟之婿，本年科试入霍山学案首。恂谨可爱，写作均佳，画亦讲究。伊曾随方存之明府宗诚，曾文正幕宾竹丈之高足也，在督幕襄办奏折。顷弟与子箴兄为之觅馆，尚无合式者，望兄荐与子健丈，敢保称职，且人品尤端。弟一生不轻誉人，惟遇才士，心为识之故尔。谆谆奉托，并祈转致燮兄，代为同荐。更感前日燮兄致书稼老，殷殷垂询。鄙人近日懒甚，不另作书，乞即以此信呈燮兄一阅为叩。邸抄中见两明旨文章，拜服无地。近又阅各公荐章，所谓枭鸾并进，似转间请托之门，履霜坚冰，不可不防其渐。尊意以为然否？再黄宗羲请入圣庙，是陈百泉之疏，此公学业不醇，况与我朝为敌。舟山之役不能一死塞责，草间偷活，至康熙间始亡，留待他年则可。若大清，似不容此公食两庑特豚也。与亭林相提并论，未免稍欠。《明史》及《四库书目》可覆案，非弟一人之私言，兄留神为祝。弟之《蕉轩随录》有一段可查出一阅。子箴兄六月初八日抵扬，弟本已买舟，忽鲍花老六月十四日化去。须与稼生在他宅内照料，大约出月方赴邗上。花老黄瘅之证，误于劣医马培之三十余剂桂附大热药，竟至不起，卅余年至好，恸也何如！伯熙在景德镇厘差，下月可以奔丧来宝。今年如春帆、花潭诸君相继谢世，皆可悼耳。宝应县典史程学伊曾保举库大使求代在部中行文苏省，以便见缺时可以望补，另节略呈览小费若干，示下即付，同乡之求不能不费兄心，谅不责烦琐也。涿宅想常有信来，苕林回来否？

　　署苏州布政使司按察使许为饬知事，据宝应县申据，典史程学伊申称，切卑职现年五十五岁，安徽婺源县监生，遵筹饷例报捐典史，分发江苏补用。同治五年八月十三日奉部验看到省，东捻肃清，案内保加五品衔。十三年准补宝应县典史。光绪元年十月初九日任事，销去试俸字样。光绪五六两年安澜案内保以道库大使，尽先补用。七年六月十三日奉旨依议钦此。奉到行知理合造具出身履历清册，申请核转等情到县，据此卑职复查无异。理合将该典史送到履历清册具文申送，仰祈电鉴，照例补用等情到司，据此查该员由宝应县典史于安澜案内保举道库大使，尽先补用,应以光绪七年六月十三日奉旨后第五日行文起,按江苏省照限减半计算,扣至是年七月十三日,作为道库大使在任,尽先补用日期,兹据申请注册补用前来,核案相符。除注册详咨,并将履历清册存案,外合行饬知札到该员,即便知照毋违。此札。光绪九年九月初二日札。

札知事准苏藩司,咨奉护抚部院潭批本署司详宝应县典史程学伊保举以道库大使,在任尽先补用,请咨注册由奉批,已于光绪七年十一月廿五日咨移吏部科查照矣。希饬知照此复等因到司奉此除注册,并转行外咨司查照注册等因到司准此,除注册外合就札知。札到该员,即便遵照毋违。此札。光绪八年二月二十四日,江苏藩司札。

查此案早经咨部,至今来奉,核准部文,请在吏部亦办一咨文,行知江苏督抚注册补用。

今日系花潭中丞首七,送挽联一付,香楮四事,命二儿前去行礼。

六月二十日(8月10日) 壬辰 晴

十九嫂生日,二儿三儿暨子坚均去拜寿吃面。

六月二十一日(8月11日) 癸巳 晴

偕寿卿、子坚步至迩明寓茶话,并约迩明到予寓晚饭。

六月廿二日(8月12日) 甲午 晴

朱序东送来二十日清江浦电报,云十五日午刻鸡笼炮台失守,营无恙,法兵上岸四百人,由营包抄,杀死法兵百人,得炮四尊云云。

本地花烟馆马五之义孙徐玉玺开一小布店名恒茂于张仙庙街,前欠恒益布帐计钱五千,曾补手条,恒益欠已用去。昨有执此条到恒茂买布,徐玉玺甚不如意,归告其家人,讵马五之老妇马应氏,意在图赖,由家吞烟,跑至恒益,卧于地,声称我要同你拼了,当时毙命。纶辉不在家,汪荫庭不面,仅应昌兄弟先后来禀知,予告以请官相验,饬令收殓,并嘱寿卿到该店看视。予并与沈云生面商,亦以请官相验话为然。午后,郭辅臣来说,伊从中调处,归为私结。予告以无论如何结法,总以请官相验为是。当请汪树丹来,告以如此,并告以报呈,不可用纶辉、荫庭之名。

六月廿三日(8月13日) 乙未 阴

接长乐初将军闰五月廿一日覆信,附后:

> 年五兄几右:别来六易寒暑矣。世变纷纭,波诡云谲,闻见所触,但增郁结,一官久系,枯寂无俚,又如裹败絮行荆棘中,不得摆脱以求自容。视足下林园自得,旷荡天真,殊有仙凡之判,致足羡也。闰五月朔由振帅处出所寄五月二日覆翰,知前函已达。比来侍养康豫,即事多欣。三令郎高掇芹香,令侄考列前茅,选拔可望。贵甥馆亦登萃科,德行骈喜,忻贺无量。弟年来老态渐臻,精神尚可撑拄。顾以世情勘破,官兴索然。此次请觐,得奉台命,实获我心,惟用舍听之,决无所容心于其间。盖今之时,安有真是非?荣辱得丧,皆不足以撄其怀。倘得好风色,便于收帆以优以游。看儿辈扶摇而上,诚为至愿。近年儿侄先后成进士、入词林,实弟数十载浮沉中之极乐事,极佳遇也。此切己良图,既得之矣,复何计其他哉?继述堂将军远在热河,辗转交代,入都或再乞假,不航海来,则弟之行期势必延至封冻。道清江道陆北上,必将过访。平泉握手话旧,作数日之盘桓,何幸如之,深所乐也。振轩相与甚洽,自其世兄霭卿为小儿同年,友谊更笃。去秋回粤督后,忧谗畏讥,百凡掣阻,其情状良可怜念。今张湘涛来权此席已卸篆。闻防事稍弛,或当乞去耳。中法和议粗定,忽尔中变,正未知兵氛起伏,若何转圜,梦幻戏剧,想吾兄必不欲深闻,弟亦不欲深谈矣。草草裁复,旷若代面会合,莫必临其惘然。伏暑尚冀万万顺时慎护,不尽所怀。年世愚弟期长善再拜,侍妾附候,小儿志钧随叩。

又接倪豹岑同年寄来新刻《拙修室诗集补编》,并无信。

又接林棣如外甥信,附后:

> 五舅父大人尊前:敬禀者,久违钧海,时系孺忧,辰下慕维,

上侍康娱,起居安吉为颂。甥傲幸选拔,自顾增惭,惟有加以揣摩,以图上进,仰副期望耳。兹奉母命求赐白凤丸五十粒,即交元美转寄板浦,或交杨琴舫表兄转交亦可为祷。附生芰六舅信一封,乞附寄,又禀。甥介仁谨函。六月十六日。

稼生、树丹、辅臣、嗣昌侄孙先后来谈。

六月廿四日(8月14日)　丙申　晴
六月廿五日(8月15日)　丁酉　晴

接武巨川寄来电音,附后:

　　金陵于六月二十日接刘爵帅电信,六月十五卯刻法船五打基隆炮台,午刻破毁,法亦未据营,仍守住,又戌刻法兵四百余攻曹营,我军旁抄,破其山头炮台,擒一法人,杀伤百余法人。

六月廿一日接金陵传来电音云云,抄上:

　　有此一战可大长军威,廿二日午刻自上海来,见法兵有上岸闲步者,皆系越南战伤之士,劳疲不堪。并闻法国军饷支拙异常,始则每人每日一角洋钱,大馒首两个,近则每人只有馒首而无钱矣。看此光景,法人不难平也。

覆广东试用府多与三贺午节信。

唁吴鉴泉信,照录于后:

　　鉴泉姻世兄大人素儿:前由令妹处接到电信,惊闻尊甫春帆亲家同年大人遽返道山,曷胜痛悼!尔时十弟妇与舍侄旋里未归,家中赖令妹料理,是以迟迟始行。又值弟抱微病,未能搦管奉慰,正在歉仄,适奉大讣并展素书。伏念弟与尊甫大人卅年交谊,数载同官,忝附葭莩,情同骨肉。前闻退居白下,方幸把晤有期,相与联床共话,不料死生异路,竟成永诀矣。但尊甫大人自出仕以来,功业昭垂,定必宣诸史策,而且寿逾六秩,福备九畴,固已遗憾毫无,尚望节哀为祷。弟安宜迹阻,薄奠末由,引睇江天,弥深感慨。谨具祭幛一悬,到希代荐灵儿。手泐,顺慰孝思,不具。姻愚弟顿首。

今弟辈均此致唁，未另。

诰授资政大夫春帆仁兄亲家同年大人灵右：

纪勋海峤

姻年愚弟方○○顿首拜挽

覆林甥介仁信：

棣如贤甥入览，顷接来书，得悉一切，就谂侍祺曼福为慰。吾甥萃科获隽，闻字体韶秀，再加揣摩，朝考定可入选，企予望之。愚历碌如恒，寓中自家慈以次均各安好，堪告远念。子箴家兄现来扬寓消夏，愚拟七月初间赴扬州，借践联床之约耳。来信所要白凤丸，愚由粤带来丸散都已用去，陈李济各种蜡丸，维扬广货店皆有。上次三儿媳需用亦是在扬买来，可以托人去办也。嘱寄京信，容即加封递去。兹寄上益母丸两封，亦为妇科妙品，望查收。此覆，顺询近祉，令尊以序，均代为问好。五舅之手泐。

六月廿六日(8月16日)　戊戌　晴

鲍花翁仙游今日二七，二儿带香楮前去行礼。

致蓼青十九兄信，照录于后：

蓼青十九兄大人尊察：久未泐函奉候起居，近想百凡顺遂，至以为慰。弟养亲杜门，毫无善状。昨子箴兄自金陵抵扬，书来属践联床之约。本定六月初旬赴邗江一聚，缘花翁仙去，弟与稼生兄同在彼中照料一切，是以迟迟，改至孟秋前往。久不出门，殊形懒散耳。纶辉携四侄孙赴金陵，得悉兄有台湾之役，行期定于何时？适接吴世兄兆传书，知渠因盐官途滞，且迫于家计，亦欲远游。子箴兄在金陵时并为之函达省三抚帅。闻其与黄军门暨吾兄结伴航海，将来到台湾，当计格外培植之，是所切祷。吴世兄年近四旬，近加阅历，洗尽纨绮之习，我兄与之晤谈，可以知其为人矣。吴婿兆毅幸获萃科，现令其在寓用功，以期上进。三儿忝列青衿，学浅尚须加意写作。寓中平善，潘文甫之局一变至此，我辈受累匪浅，而恒益店忽为无赖所扰，幸事已平复，世道人心诚可虑也。手此,敬请近安。

致苏健斋信,照录于后:

顷接惠书,备承绮注,盥薇三复,篆竹五中。敬谂健斋尊兄军门大人,履祉绥和,勋祺懋介,引詹芝采,曷罄莱铺。弟闭户养亲,无善足述。所幸萱闱茂健,合寓顺平,差堪告慰。锦系中法构衅,是和是战,至今持议未定,不知若何了结。台湾为滨海要冲,防务自必吃紧,然军中有韩范,外夷自望风而靡矣。吴舍亲兆传现随十九家兄往投爵帅麾下,一切尚求嘘拂。鸿便尚乞惠我好音,俾扩见闻,是所至祝。渺覆,敬请勋安。乡愚弟。

接子箴大兄第九号书,照录于后:六月廿三日自扬州发。

五弟入览:前在白门得十一号信,匆匆未复,兹于十九日复得十二号手书,知吾弟已定于十八日傲装登舟,乃因花翁下世,为之料理身后事中止,殊为怅惘。子祥二弟亦未来邗上。兄仅送礼物,不能亲往拜寿,缘为德安冒帐,不得不呈控王燮记,追还盐本二万八千余串。兄自蜀归来,仅存此数,幸此番亲来,似可不致大有折阅,然了结尚需时日,必得在此坐催,只好俟弟七月初旬到邗开延秋社,再行买舟同返梅谛,践联床话雨之约。二儿贡卷月杪可别刻成,七月望后可以分散。直省赈捐如何请奖,合肥有书询问,已求九帅作覆,云只请奏给虚衔,兄昨专函禀复矣。此间树君、午桥、研山、子鸿时有小金山之游,展云则主宾对酌者两次,皆甚望弟至也。电报附阅,兄身子如常,心空如水,眠食大安,足以告慰稼生,望为道念。新诗读过,笔锋何锐也。即讯侍祉。

曾宫保复电:

微恙已愈,承询感甚,奉旨在沪羁縻,议仍龃龉。巴使照云:台北基隆即鸡笼山彼已取守,索八十兆为赔资。议款固难,议约尤不易,候谕旨到,乃可与巴谈。此复。荃。

六月廿七日(8月17日)　己亥　晴　午后细雨数阵

接三品衔候补知府江苏太仓直隶州知州万小亭叶封禀附后:

> 敬禀者:窃卑职远违钧范,时切恋忱,愧鲤禀之多疏,仰鸿仪而倾向,恭维大人提躬多祜,福祉凝祥,引企景卿,式符颂祝。卑职娄江承乏,历碌如常。幸地方平静,旸雨依时,贱躯亦叨粗适,堪以告纾厪注。安宜敝宅,仰荷成全,感深五内。昨闻孙大人已购得朱家巷吉寓,即有迁居之信。卑职相距甚远,照顾不及,仍函托郭辅臣代为照应,并将装修单另抄寄交。俟孙大人迁居之后,即请辅臣代为照单收管,派人看守。仍求大人俯赐关垂,一切不胜叩感。肃禀,敬请崇安,伏乞垂鉴。卑职叶封谨禀。孙大人前未敢多渎,乞呼名请安为叩。郭辅臣信,敬求饬交为感。六月五日。

六月廿八日(8月18日)　庚子　阴　偶雨　晚来大雨倾盆
六月廿九日(8月19日)　辛丑　阴晴不定　小雨数阵
六月三十日(8月20日)　壬寅　晴旋阴

覆万小亭信,照录于后:

> 小亭仁兄大人阁下:暌隔芝晖,久疏笺讯,顷承华翰,备荷注存。就谂政祉羊和,升祺燕吉,引詹斋采,谒馨菜铺。弟历碌如恒,鲜善是述,寓中自慈帏以次,均各粗适。子箴家兄现来扬寓消夏,弟拟孟秋买棹前去,借联棠棣之欢,知念附陈。孙稼翁已于四月迁居朱家巷新宅,弟当同辅臣兄商酌,先将尊宅关锁,随后觅人看管,正在筹画。适奉手书,并所致辅兄之信饬人送去。顷辅兄未道及,来函亦复云然,是征所见相同,一切由辅兄照章办理,诸请放怀。至稼翁处已代为致意矣。专复,敬请升安,附完芳版不具。如弟顿首。

纶辉侄由金陵旋来见,并在书房晚饭。

七月初一日(8月21日)　月建壬申　日干癸卯　黎明小雨旋晴

昨夜三鼓,突有贼逾高而入臻壹书房,惊动奴辈,即到书房查看,已被贼盗去天官赐福自鸣钟一座,及书箱上铜铁锁钥匙一口袋、广锡茶船一个。今早地保曹四来验,并饬卢升开单呈报官衙,复嘱寿卿兄面告梁令赶紧缉获也。

慈亲以次孙爽官多病,许寄与东门外观音律院和尚,十二岁还俗,今日方丈化纯为之诵经念忏,更取法名寿麈,并送来僧帽、僧衫、糕粽等件。

七月初二日(8 月 22 日)　甲辰　阴雨

据大媳云,夜里又有人在屋上行走。

孙鹤生、孙伯垣、杨小园、问孚先、王鹏九暨家寿卿兄均预祝慈亲寿,留在厅房晚酌。

孙稼生送一品锅、两点心,迮明侄送一品锅、两点心,均收。朱府暨潘振魁送桃面、酒烛,均璧谢。寿卿送水果四色,领之。翥青十九嫂送来四碗,照收。其余送礼一概璧谢。

七月初三日(8 月 23 日)　乙巳　早雨午后开霁

慈亲生日。

梁小帆、程理堂、邰云方、朱紫若、徐绥臣、沈云生、郭辅臣、郭叔云、朱房山差帖、朱序东差帖、吕少徐、孙稼生、孙鹤生、孙伯垣、宫翰臣、余绍丞、徐仲田差帖、潘文甫、汪荫庭、杨小园、问孚先、王鹏九、冕卿叔、雅仙侄、迮明侄、纶辉侄、寓亭侄、滋青侄、兴之侄孙,均亲到祝寿,留吃寿面。稼生、鹤生、冕叔、迮明、辅臣、翰臣、绍丞、滋青等并在寓晚酌。

朱房山正四十岁,送桃面、酒烛,未收。命三儿前去拜寿。

七月初四日(8 月 24 日)　丙午　晴

到各处谢寿,并看十九嫂病。

七月初五日(8 月 25 日)　丁未　晴

七月初六日(8 月 26 日)　戊申　晴　午后雷声格格,有雨一阵

本日戌刻王锡三送来探信,附后:

再法事决裂,九帅回省矣。法官在京因和议不成,下旗出

都,我国不理,伊又挽人要和,一派鬼蜮。七月初三日已在福州开仗,我军伤船两只,彼亦伤船四只。又约今初四日八点钟再战,尚无续音。

予择定初八日赴扬州,与子箴伯兄践联床之约。儿辈已将船只雇妥,竟日料理行装。傍晚至稼生寓辞行。

七月初七日(8月27日)　己酉　晴

寿卿为予酌定秋季丸方:

潞党参一两　炙黄芪一两　制首乌二两　　大麦冬二两

北五味四钱　元参八两　　云茯苓一两五钱　怀山药一两

槐花八钱　　炒六曲五钱　广皮四钱

共研细末,炼蜜为丸,如桐子大,每服三钱,开水送下。

郭子衡。印炳焱,秣陵人,精风鉴兼善岐黄,住皖省八卦门。

张溥斋。印守恩,广东人,癸酉举人,户部主事,书法甚好,住扬州残废局旁。

张子耕。印灝,扬州人,善隶书,书谱,不知住处。

以上三人系吴子肩所云,附记于此。

郭辅臣托致通源钱店信。因予到扬州,恐有用项,即在该店暂付也。

稼生三兄、鹤生十四弟来送行,茶话良久。

电信附记:

七月初四日,沪局信接闽省信:法人约八点钟开仗,法人不候,先一点钟先行开炮,猛击坏我大轮一条,小轮雷船五条均毁,将士皆死,无一登岸。战两时辰,坏其雷船,焚其兵船二,法人乘胜攻毁□厂。

七月初六日,福州局来电云:初五晚长门接仗,法船被将军轰沉法人二艘,被闽安营轰沉一艘,并云法大都督孤拔被扬武军兵船炮击而死。

七月初八日(8月28日) 庚戌 阴雨

午后登舟。吴婿、二儿、三儿携菜官在船候送。内有小园抄来宝应至扬州水程单。小园亦来茶话片时。未初解缆,行不数里,大雨一阵,酉初过李家堡,戌初后至氾水泊,计行四十里。早间寿翁告予北风大顺,实则竟日南风也。亥正后卧,入夜风更大。

七月初九日(8月29日) 辛亥 天明西风,旋转东风,甚小

辰初过界首,巳刻雨稍大,又转南风,旋雨止,午初过六漫闸。午初一刻转西北风。舟人挂帆,未刻过高邮州,戌初二刻八分抵邵伯镇泊,计行一百四十六里。阴云渐散,素月流光,登船头眺望,秋气颇深。夜,西北风大。

七月初十日(8月30日) 壬子 天明微雨二阵,旋露日光

卯正自邵伯来船,巳初抵扬州东关泊。晤子箴兄,精神如旧,欢慰已极。是日乃伯融生辰,和圃叔父,仁甫、秀生两弟,果卿侄,宋、许两友,沈青芝,孙小云之两子,凌雪城孙外甥女之婿均晤面。适孙大侄女新自湖南来,雪城伴送也。下晚,树君至畅谈时许。晚,与大兄、青芝、雪城、静夫同饮。赐三多等七人各一元。

寄儿辈谕标十一日发:

初八开舟即雨,且不顺风,晚泊氾水。初九早仍逆风,时而落雨,午后转北风,挂帆直下,掌灯抵邵伯,未到寿翁处,恐惊动也。初十辰正抵扬。三日来精神尚好,饭亦可多吃半碗。汝大伯丰采如旧,健步善谈,可喜之至。二伯未来,光景七十里,翁惮于出游。十太太事,二老爷既未面,当以欲借十亩地话向果巨两君言之,似仍请二老爷示遵。此时十太可勿赴扬,已属巨川细达。大老爷极夸吴老五、老七,并谆属吴老七写字作诗,不可抛荒正业。我将其景况约略道之,日内斟酌办理,俟有头绪再为信知。伯相来电,饬周海舲兄立募十营赴津,后路转运一席大伯伯可望。据大伯云,如得此则吴老照定有位置。静以待之,勿宣也。吴健翁赴山东,又发两星使前往,大约陈抚不安。健翁已坐

得矣,徐仁山兄在扬晤面必有道理,但臻广亦须仁山照应耳。带来《四库简目》非我常阅者,明明放在房中书柜上,何以忽略至此?《同年录》亦未带来,我想不到即不复代想,此小和尚与老孙大毛病。寓中门户格外小心照料。吴老七与寿爷可在梅谤起居。迩明亦可常请他来谈谈,遇事相商而行。存诸心而不发诸口,则非诚实之道。吴老七尤不可作无益之急,切嘱切嘱。此函禀知老太太,至早晚老太太餐饭须加意,勿听之厨役,切切。匆匆不多述。

荣孙闭门养疴,勿故态复萌要紧。小毛孩太太、姨太太格外照应。七老爷补常德府同知。老袁不得时刻外出。孙氏侄女到扬,凌雪城亦来。

七月十一日(8 月 31 日)　癸丑　阴雨有雷

晤树君、午桥、徐金秋。早饭后,偕秀生弟、巨川甥至孙氏侄女寓坐谈许久。凌雪城及孙氏两外孙均在坐。沈青芝清晨来诊脉。

巨川四十初度已过,带来津纱袍料、潮州夏布送之。收子祥二兄书,收到予所送寿礼,有秋凉来扬一聚之言。无事不录。

又接张振翁书覆予前函,无事不录。

七月十二日(9 月 1 日)　甲寅　早微雨晚晴

和圃叔、果卿侄、许性存同午餐。

至沈青芝寓,晤隆慧师太,性存、巨川均在坐。师太备点心四碟。

午饭后出门候客。晤孙省斋、韩叔起、李玉阶、何芝涛、戴友梅、吴次箫、李肇文、吴柏庄。

在吴柏庄处见胡云台,据云初九日掌灯时,自上海来福州。中法接仗,自七月初三起至初八日,各处炮台均被轰毁。法酉船已出口,声言攻打广东。张佩纶已回马尾,何如璋已回机器局。柏庄云今日得信,制军曾宫保派恪靖中营来扬扎守。

、在李世兄处取《万国公法》一部。

七月十三日(9月2日) 乙卯 早阴旋晴

青芝来诊脉。

友梅、树君、午桥、半樵、凌楷山、梁述均来晤。又,何芝涛、孙北坪。

拜客,惟晤黄幼农、吴柏庄在坐。陈半樵、陈季平、朱显庭诸公。

晚,伯融备酒馔数种,与青芝、艾衫、静夫、巨川、果卿同坐。

寄儿辈书:

十一日交巨川发去一函,本日在吴柏庄公馆晤胡云台,据云七月初九掌灯时,自上海来福州。中法交仗,自初三至初八,炮台均为法人轰毁。初九,法舟全行出口,孤拔未死。声言攻打广东,张佩纶已回马尾,何如璋回机器局。广东赴粤之兵已到,但不知能得力否?此间亦得电报阅,函寄饬曾警备:法犯吴淞,孤拔出口,志在北洋,饬李严堵。又闻法人再欲犯台湾,饬李传谕刘密防毋懈,其程文炳之兵迅速募成,军械务即速办,多多益善等语。事已至此,不堪言状。张署运、徐仁山均赴南京请示,顷已接南京信,派恪靖中营来扬扎守。人心皇皇,看来不妙。子坚张罗一事,从何说起,且候两日再看光景若何。振轩被四人不知名姓参劾。蔼青等四款交,窃比查又添出两款。现闻复饬新督覆奉李叔其妻伺候四老太太者。由粤六月十九动身,昨到扬,询及振翁。自回任后,凡出告示,后面必有白头匿名帖,总说蔼青专权,弄得太不像。忠君接印之次日,振翁即赴黄浦,闭门谢客,能安稳借病告归即大幸事。此刻官如何做法,令人怕极。介藩改上海差,至今未来,郁事更不能提。张九爷回庐州了,南河下无人。张太太遣人持帖回拜。此其大略也。昨日吃太师饼其佳三文一个,今巨川定做,呈老太太吃,想已呈上。我身子平安,饭亦多吃。青芝天天见面,师太亦互有拜往。在此得朋友之乐亦畅,树午均见十四十五分日请酒,尚属亲热。二老爷大约定不来了,望告知十太太。臻广贡卷刻成,小有舛误,尚不碍大关,节目只好不添改,又费事矣。子坚卷何以仍未来?寓中门户照应,不可懒惰,小毛孩及各小孩均须加意,饮食出入望一一写来,使我放心。子坚、迩明同览。寿二爷杨向王各公均候。

　　果卿送仰之、大如君到如皋先安顿,避兵之举,日内即起程。运台十六可回。方、潘两城工委员行号望即开来。老辅闻抵扬,尚未晤。午桥去年六十,生一子,乳名六十,明日可以见见。小手巾均不带来,粗心已极。福子牛也不如,可笑之状,不一而足,即金铅罗袍亦不认得,且不知一裹圆是何衣服,真狗蛋也。

失去自鸣钟,仍应着退。

前三页标十二,后一页十三日加。

七月十四日(9 月 3 日)　丙辰　早阴旋晴

寄吴彦孙信,托曹外甥六吉面交,附录于后:

　　彦孙足下:仆于七月初十日抵扬,一切平善。子坚在宝应亦好,应付紧帐与二小儿商酌,可以移挪料理。惟扬州张罗,值此时事孔艰,万难启口,且运使不在署,从缓再议。仆八月初回字,子坚粤行恐亦不能定期矣。此间风传甚紧,究竟南京光景若何,即望详示。曹六吉尚须返扬,可交其带来。子坚贡卷如已寄宝,可另封二十本寄扬,切切。子夏已赴台湾否?曹甥立刻登舟,不多述。尊翁祈为请安。

出门拜客,晤夏芝荪明府、和圃叔、仁甫弟、献之侄。早间,黄幼农、孙传耕、曾运判、鹤生均来。曹用谦外甥六吉巳刻赴南京。韩叔起亦来晤。

本日,张午桥请午饭,同席戴友梅、蔡研农、刘树君、子箴兄。晚,黄子鸿来,在寓晚餐。

刘继托售《海峰全集》并《孟涂集》,送洋钱六圆。

七月十五日(9 月 4 日)　丁巳　晴　颇热

青芝来。性存来。

早,往蔡研农观察寓晤谈。

树君邀同友梅、午桥、研农、子箴兄游湖上草堂。僧竹溪能画,不俗。设素面。食毕至树君寓晚酌,同席者研农、友梅、午桥、子鸿、砚山、子箴兄并主人及予共八人。研农招才宝,箴翁招桂如,午桥招雅仙,树君挂小贵子四优婆夷。亥刻散。

果卿今日登舟赴如皋。

七月十六日(9月5日)　戊午　晴　极热,无异炎天

孙传耕招饮,同席朱公纯署甘泉令、何芝涛、杨待堂、子箴兄。申初散席,至孙辰翁寓闲话。

早间刘俊卿、蔡研农、戴少梅、孙静轩均来晤。

青芝早晚均来诊脉。

晚饭朱澄甫、许静夫同坐。

接儿辈十三日发来信:

西边檐口花瓦饬工盖齐。梁明府亦出来查夜。门条告示已发来,稼三爷处亦有一张。十九爷十一到宝应,前函已收。子夏事自应为力。十二日下小嵇来。赵妈已辞去。张鸿青已到南京,想过扬州,可以面叙。

接芰六兄六月廿六日发十二号信,摘录:

十一号银信由朱序东带,至今未到,望为催询。广东信倪豹岑可以致函。沈虽同年,一味矫情立异,召棠大碰其钉,只送十元。召棠已于初二日抵京,即回新安,尚未来京张罗净剩《毛诗》之数经事。圣意断不偿费,凡言和及偿费者,无不大碰。振老查件有蔼青在内,尚未覆奏。进来子敦补缺题本未到。小兰名次打头,再见缺当不能不给之矣。小迎在涿,七月杪回。东子言现赴保定。蓉舫拟九十月来京,无缺来亦无益也。

叔起送来《翠岩室诗抄》四卷。

七月十七日(9月6日)　己未　丑后雷雨　天明后复雨　午微晴晚晴

徐仁山、吴次萧次来晤。青芝来诊脉。

寄子敦七弟信交凌雪城带,录后:

　　侄媳之变殊为悼惜,所喜小孩肥苗,现当牙牙学语矣。昨得芰翁函,知弟补常德郡丞。廿年辛苦尚为不负,可喜已极。闻题本尚未到部,大约覆准之文总在冬月,履任能速否? 念念。大侄女全眷抵扬。小零官款尚有未了,想弟必代为照料。陈秋帆同年想仍在郴州任,久不得其消息,望先为致意。兄之女婿吴兆毅今岁预选乙酉拔贡,六十年绳其祖武,洵可喜。三女介榕即秋帆干女,俟日内吴婿贡卷刻成,再致信秋翁,由弟处交去。三儿四月凤阳科试本到邑庠,臻广亦得萃选,我房运气稍转矣。子箴兄康健如常,闰月出游,先至江宁,现住扬州。兄亦于七月初十日抵扬,践联床之约,拟中秋前返宝应兄寓。自慈亲以次均各安好。长孙莱官明年六岁,应入书塾,先生尚未延定。二儿出贡后就职训导,下届令其入都考教习,亦是出路。近来顽躯大不如前,肝胃不和,时常多病,渐有老景。十弟之子寄寓宝应,十太太欲全眷归里,兄此时自顾不暇,亦只好听听而已。兹乘凌雪城回湘,手泐代面,余询雪城便知,勿庸缕缕。

　　晚静夫在寓同饭。

七月十八日(9月7日)　庚申　阴　偶晴仍闷热

　　早青芝诊脉。

　　张芑堂都转来晤,并晤徐金秋、和圃叔父。

　　李子木正荣观察招饮,同席蔡研农、胡云台、李仲谦以牧。

　　晚约静夫、艾衫、青芝、巨川、伯融赴公兴盛酒楼吃烧鸭,在鹅颈巷。回教庖厨,总不免腥膻之气也。

　　接儿辈十五日发来安禀,录后:

　　　　接十一日发来手谕,十叔母之事遵照转致还明兄。稼生舅偶尔来谈。盛官过宝,问之,则云带其媳妇赴清江看岳母病,顶风觅纤夫二名,漏夜而去。妹婿游粤所得恐不多。近亦不着急,听之而已。

　　又,吴婿禀十五日发寄扬州贡卷四十本。

又，子坚望日求关帝签，问秋冬谋事，得第十八签，云："知君指拟是空花，底事茫茫未有涯。牢把脚跟踏实地，善为善应永无差。"又求问欲枝北直李相幕，得六十签，云："知君兄弟好名声，只管执谦莫自矜。丹诏槐黄相逼近，巍巍科甲两同登。"

又，吴畏斋信，录后：

顷接七小儿信，言及尊意欲将新添掌珠寄与不才，不胜欣喜之至，谨遵命名曰"兆萱"，想亲家当必见许，第远隔河山，不知何时一见为快也。正信通套，不录。

又，接儿辈十六日信：

奉十三日手谕，并阅巨兄信，知大人眼下起一小疖，驰系之至。贡卷寄呈，恐张罗不易，五羊之行拟中止矣。伯熙未到。窃钟事寿丈已催，尚未缉获。祖慈万安。寄来小太师饼甚合意。小妹等均好，并不准抱至大门口。宝应城工委员方縠号渭泉行一县丞，潘泰宽号子厚行一府经，加五品衔。

又，子坚信云：今日十六稼丈言及传充贡卷一事在金陵办，恐不便，欲在扬刊刻，托问仲仁兄，卷价几何，便中示下。

七月十九日（9月8日） 辛酉 早阴偶晴

接儿子辈十七日专信，录后：

张鸿青到，在西书房住，伊云已带江船一只，请问孚先暨壹夫妇，立刻登舟至镇江，搭江轮到芜湖，换江船至庐芜湖江船炮划已预备伙食，一应悉已供具。渠到江南尚有事耽搁，不能同阵云云。托曾九具办难荫。告以大人在扬，俟回来方能起程，渠至再不肯，男亦不敢做主，留其小住两天，为此专请示遵，但窥其意万难从缓。顷与寿丈、迩兄、子坚等商酌，不如即行，好在大人在扬，男等到时可以请示一切也。小嵇本饬其在寓候示，十八早忽然声称肚痛，恐要小产，请假回家，遂往河干搭船而去。此人神志不定，一嘴胡话。北头二嫂闻系热证，来要紫雪丹，光景不好。纶辉兄近亦抱恙，他家害窝病可怕。今日十婶生辰，迩兄来寓，寄来谕帖已给阅矣。母亲云这一向心里总不好过,不想吃饭,时刻饮茶,口里没味,而遍身皮肤手按觉得温热,每到下晚身上有些怕凉。请青芝开方照服。

青芝为太太开药方照录:

薄荷八分　　　茯苓一钱　　黑山栀一钱　牡丹皮一钱

柴胡五分　　　大麦冬一钱　六一散二钱　苡米二钱

川郁金一钱　　加荷叶一钱

寄儿辈信,照录(嘱巨川买苹果呈慈亲):

十八晚连接十五六日禀,并子坚禀及贡卷,备悉祖慈康健,合寓安好。张屺翁、徐仁翁均于十六返扬晤面。仁翁与吴柏翁赴清江验收堤工。屺翁先订廿二日请予午饭,惟军事倥偬,兼臻广先托屺堂招呼,只可相机办理。粤游中止,极是耐贫用功,汝等与子坚共勉之。此间我已向树君谈及子坚之事,因午桥赴白土买田庄,月底方归。我与箴大伯商酌,此二公广绝不向他开口,可直告以找他两人帮忙,似乎两百千,每人百千。可以不误,然人情纸薄,且姑办之可也。芍亭交大伯伯有信亦是托事。并不回信。曾九帅许为我缓图一席,亦尚无明文。我是以湖北信至今未发。畏翁馆毂廿二日必向屺堂道之,此顺理成章之举。裕受山月底舟过宝应,我嘱巨川买呢幛料寄来,望二儿饬匠做金字,候受山舟到,遣人持一手本,将幛送去,另写一全柬素的写谨具祭幛一悬,香楮□事奉中奠敬,不要写称呼,另有手本也,字宜小些,合款,切勿粗心。子坚写之可也。送时就说我出门到如皋不可说扬州。未回,以尽朋情,切切,勿错。至子坚应否到船叩首,或祭席,或香楮,幛由畏翁送过。不多花钱文,至嘱至嘱!二儿与子坚酌之。畏翁欢喜寄女取名吴兆萱,以后小毛孩合家皆呼为兆萱,切切!玛瑙珠子、小玉件、桃核等,巨川另寄,到时查收。嘱汝母看着系在手上,法事万不得了。金陵扬瞎惊惶一阵,看来非好气象。奈何我左腿外孤拐上因蚊啮搔破,适在筋上,颇痛。昨请焕章来上了升丹,外敷荆黄散,光景不大碍事,然逐日酬应,却行动不甚方便耳。小孩等格外照应,门户尤要紧,春好游兴须加管束。汝母时常说之否? 姨太太问之否? 不特一人,即诸君子亦当守规矩。带来三牛,虽牧童加鞭,究不惹生气,尚算混。得子坚之仆与石裕,想时刻在梅谤,望子坚约束为要。正缮函间,适接汝等十八之禀,大是奇特,并不言明。祖母及汝母意思若何,看来小和尚真是一无所知。第早迟几天,横竖许其归宁。似即问孚先一同赴庐,亦无不可。下人如何带,寓中无人均不想到。汝等立即禀明祖慈并太太、姨太太为是。我若立刻返寓,则子坚之事何人替问?只好各办各事,我仍是中秋前后返归为得。我原为闲游散散心事,不能替汝等做奴才。你们要走,我即回来看家,成何道理?太太药方青芝另开寄上。仍须寿翁斟酌。避疫要紧,亦嘱青芝开方矣。小嵇已去,此等浮而不实,万不可用,此间已留神另觅矣。育婴堂刻板章程,不准私抱女孩,应作罢论。望转告二小姐。德安账目未清,本不亏而利则无矣。省账亦未清,对我垂泪,这是佳子弟送他老翁性命也。郭辅来晤,问赴京口云云。稼生属问贡卷、仲仁卷共廿四页,刻刷装订,四十七文一本,非过千本不可。

树君来谈。本日李菊生肇文叔彦之子请酒,有清音六人同席者:树君、友梅、何至华、汪研山、陈季平、子箴兄。头道点心后,予先散归。适陆静溪、李子木来,均晤。

本日定陈姓仆妇,写契,后日送至师太庙中,候分派做事。

七月二十日(9月9日) 壬戌 寅后雨 清晨复雨 至晚晴雨不时

寄苌六兄第十四号信,照录:

六月十九寄十三号信,想已收悉,内有程典史求吏部咨照苏省一事,计日当可办出。七月十六在扬州接六月廿六所发十三号手谕,备悉种种。序东之款尚未接着,伊等作事迟缓,据二儿禀云,已告知序东赶紧询问前途寄兑之人矣。豹岑信务必兄费心致意。中法交争,吴婿粤游恐难如愿,或将来寄几本卷子去,听其酌送可也。召棠已回,仍宜来京当差为是。虎臣返东否?健丈想你预备东抚一席,日内当有明文。弟七月初八自宝应登舟,初十抵扬,与大兄对屋而居,诗酒流连,酬应太烦。中秋前后返寓,此间风鹤讹传,不一而足。而屡阅电报,总恐消息不好,世事如斯,不堪设想。京中有无新闻,即乞示知。箴翁精神如昔,寿征也。捐赈之举,伯相又来信,云现已停止,不能代办,兼意大可留。此一项娱老似不必羡,身外浮名,谅兄必以为然。三儿夫妇本定八月弟返寓后,再令其赴庐州,乃昨得信,张鸿青已抵宝应,立刻催其前往。此等举动似非道理,因已许归宁,夫妇同去。只好听其所为,迟早原无关紧要,但宝应寓无人,亦属我行我法耳。振翁事了否?此间消息均有老箋覆举四条,又添出两款,未卜确否?乞赶紧示及,叨在至戚,不能不关切,各尽其道而已。吴婿贡卷不能多带,兹寄上二本,乞分一本送燮臣兄为祝。稼兄本拟来扬一游,后又中止,一切均适,但双足如故,恐难复元矣。秋李搢绅及牙签望赐下,小兰等好补缺当有期。孙小零全眷到扬,将来大侄女随箴兄赴庐居住。

杨待堂都尉请午饭,同席者子箴兄、何芝涛、谢心畬、朱彝甫两大令。

待堂席散,至张屺堂都转署晤谈,将吴畏翁淮南总局文案干修提起并交名纸。

接孙稼翁书,录后:十七日发。

别来数日,如隔三秋,遥想岑参兄弟乐叙天伦,可有二三知己,杯酒言欢,此中真乐,热尘中人,乌得而知之?箴翁年伯豪兴犹勃勃如少年时,足征天福。兄抱病未能追陪杖履,亦缺典也。十九先生私自抽身回宝寓小住三日,不使亲友得知,恐犯六麻爷军令也,昨已乘小舟旋沪矣。六十老翁临行时对家人而陨涕,人情之至也。孰使之然,先生有悔心乎?兄前午叩见姨母,坐谈许久,饱啖月饼而退,约定十九日作叶子戏,届时当早往也。沇侄贡卷本拟在南京排印，今晤子坚令坦，则云"运送甚难，脚价亦不菲，不如照仲仁样子，就近在扬镌板，又有阁下在彼可以代为议价，并可代为校正，较送往南京听书铺胡乱排定，岂不价廉而工巧乎"等语，此言甚属有理。兹特专函奉恳老弟即传书铺，与之定议，好在有仲仁样子可循，希作主议定，飞信示知，以便寄底本。

又候补知事王彬禀称，求托运台赏给巡查运库押运北盐等差。

复稼生兄信，照录：

十九日接十七手教，弟到扬逐日饮食若流，屡躯万难支应，而吾家箴叟依旧龙马精神。有信奉达，望检收，甚盼大驾即来一聚。承示贡卷刻刷一道在内，每本四十七文，但非过千本不办，刷毕缴板再刷再算。昨已函知吴婿转运，如果照办，望托武巨川外甥最妥。张鸿青立刻接妹，而散寓无人，只好听其自便。此间风鹤讹传，不一而足，究竟断不闹至邗江大局却难收拾耳。昨晤隆慧师太及沈青芝，据云尊足服药无益，须加蒸洗之法，包管全好，好后索谢，不好不要分文，但医生到家吃喝。若来扬就医，则不过花一轿钱也。顺以附闻云云。

自十七起至本日，焕章均来寓治予左腿火疖。

七月廿一日(9月10日)　癸亥　雨

焕章来换膏药。

寄蔼卿大弟天津书，录后：并吴婿贡卷一本。

自今春至五月，津宝往还书信均各收悉。惟三儿入学一信内托寄芰六兄信一封，六兄已有复书而未接弟函。昨晤亦叔父，云吾弟禀中有"宝应并无回书"一语，想在未接兄屡次书札之前也。法事大坏，津沽似更紧要，日来布置妥协否？京中是何议论，便希寄我数行。兄七月初十抵扬，与子箴践对床之约，小住月余。拟中秋前后返寓，亦叔父现有差使，尚未奉到宪札，住仁甫弟寓，不时晤面，精神康泰，可喜已极。三儿八月携妇归宁赴庐州，日内过扬，年底返归。宝应中自慈亲以次均好。小山赴汴否？光景何如？吴婿贡卷一本，照收。

曹甥六吉自金陵回，接吴彦孙兆英信，并子坚贡卷廿本。叙法事均乃电报。子受候十九爷同行。北教粤行望裁酌可往，始可前去。余无事不录。七月十六发。

吴次箫请早面、晚饭，同席子箴兄、刘树君、刘建伯、刘樾仲、王小汀燚、徐金秋、汪砚山，惟黄子鸿未至。联句至掌灯，予因有事辞其晚局而归。

燕卿六侄自瓜栈来晤，在寓中晚饭。静夫亦来。扬州人嘲李韵亭诗，字句传诵不一，姑照所记：新蓝呢轿四人抬，不是乡台不宪台。月白衫儿真俊俏，水红顶子费疑猜。后门旗杆高高竖，内室台基暗暗开。最好碧萝茶社里，堂官齐唤大人来。

许性存手买《雕邱杂录》，梁清远著十八卷四本。《存研楼文集》。储大文著，十六卷八本。

七月廿二日（9 月 11 日）　甲子　晴

青芝、焕章均早来诊脉、换膏药。

张屺堂都转招午饭，同席子箴兄、何芝涛、陈季平、徐秋槎、李菊生。散后至灯笼巷燕侄寓。

仁甫来。

郭辅臣、陆静溪均来晤。

在屺堂处见电报：七月十五日上谕：吴峋参总理衙门，首攻阎丹初，协拨周家楣、吴廷芬、昆冈、周德润、陈兰彬、张荫桓均退出。吴峋参阁，出言过当，传旨中饬又报山东钦差改派祁子和，及满洲某公廖锡饬令回京，左侯放闽，钦差大臣杨昌濬、穆将军均帮办，张佩纶会办兼船政，何如璋撤回。

致树君信，收到所写扇联等件。抄杨龙友诗扇歌请和，并送吴婿贡卷二本。

晚，子鸿、树君、研山在寓便饭。饭毕，季平复来，畅谈至亥正后始散。

七月廿三日(9月12日) 乙丑 早阴旋雨 午后雨大

廿二日接芰六兄七月初十寄第十三号书由吴叔梅装入箴兄信内：

七月初三日接十三号信,悉知一切,近日想已抵与大兄相晤。花翁作古,令人伤感。稼生结伴至扬否?时事详寄大兄函内,阅之自悉。内而朝邑,外而合肥,皆不理于众口。宝应典史件,向来此等事,外间咨文请来,照例注册,其文存下,不办知照。现托人查其曾否注册,尚未回信,如已注册即无事矣。如未注册,再托人为之一注可也。健帅将来,即是山左一席,兄与之不熟,彼此一拜,未得暇谈。朱序东寄十一号银信至今尚未,不知伊交给何人,望为催询。子敦补缺件外文尚未到云云。

寄儿辈信,录后：

十九日专足回,寄去信件,想收悉。燕卿已来,尚来帮忙照料。小和尚何日起程?此项二儿一字不提、一语不发,皆非正办。委之小和尚童骏之人,即是浮滑办事矣,戒之戒〔之〕。此间吴太尚托郭二静频来请示,何日买舟接三媳妇。盖老八过扬未到张公馆,约定廿三日会吴太。即郭陆亦颇以为非,亦是公理耳。子坚卷子连日斟酌,择要送之。属巨川开单,我留一纸,子坚留一纸,恐舛误。我之立意在午、树两人各有交谊不同,即如仲仁事托屺堂写信,当面回断,何苦碰其钉哉?正办理间,满拟仁山自袁江返与之面商,不料仁山已派正阳关督运彦孙有望,而子坚少一帮助之人矣。立刻换回黄海楼赴扬,石帅闽营,业由袁江径赴正阳矣。此差用人极多,箴翁与我言定面荐彦孙去,今仁山先往差所,只可立即作书致之。我亦另函达知彦孙。外间求人之难,无阅历者不知也。彦孙昨有信来,并寄贡卷廿本。金陵寓中均好。看来彦孙之事十有八九,然现在情形到手方算。寿二爷起课说财运不通,真灵极。子受已动身否?彦孙来信尚云候十九爷也。

廿二日在屺堂处午饭,谈及竹如侍郎颇知敬重,我则淡看置之。箴兄又向其说彦坚之可爱，今日即送卷子二本，他且听下回分解。畏翁名条已交，屺云立刻知照总局，按期照送不误。

巨川为子坚料理送卷颇劳，子坚作书道谢，不可大意。朝事闹得不堪云云。照前记录。事务纷纭，官如弈棋，黑白不定，奈之何哉！此时惟抱住"安贫乐道"四字为第一法门耳。粤游万万不必。彦孙信亦请我示定，此子颇有道理可言也。我处交序东十一号京信，昨芰六爷七月初十发信到扬，尚未收到，令我丢人。此等朋友如何共事？望即知照序东，切切。程典史事只注册不行文，吏例若是，嗣查明，并由芰六爷寄来，望转告之。我左腿之疖仍未出头，日日焕章来看，看来出门闲游，乐境俱无，亦命中注定也。你们当体量我日日为你们思虑着急也。余再布。子坚同阅。

焕章来换药，疖已出脓，而脓头未拔，敷冲和膏加芙蓉散于四围，时作痛作痒。

树君送《三十二兰亭诗集》正续本，又《约园词》一本。

性存、燕卿、静夫、青芝均早来。青芝属予服煎药。

寄吴畏斋书，录后：

曹甥六吉返扬。接彦孙书并贡卷二十本。此间自运台以次均酌送。不向各商张罗，因徒有虚名也。弟意尚重在广东同事两至好，可以小凑若干。谋事在人，不敢说有把握。本拟俟仁山清江回与之面商一切，不意其奉委正阳督运，即由袁江径赴正阳。弟与家兄熟商，立刻发信推荐彦孙。如果有成，较处馆颇丰矣。此时谋事极难，且须运气凑合，尽人事以听之。一有覆音，再为飞布。子坚粤游诚如彦孙所云，非靠住，不可前往。弟意可以不必。耐贫读书自有出路，道途仆仆未必即能如意，想亲家定以为然。今年弟之侍姬生一女，寄与亲家为女。昨蒙赐名兆萱，欢感无极。冬间拟请阁下到寓，不但见女并见新妇，吾兄当不惮跋涉乎？一笑。近事望属彦孙写来，常通音信为要。弟节前返宝。子受已行否？箴兄收到彦孙信，属致意，随后作覆云云。

寄徐仁山书,录后:

　　舍侄婿吴兆英,字彦孙,霍山诸生,乃竹如侍郎之第五孙。侍郎诸孙中,兆英与其弟○○皆少年俊发,绝无纨绔习气。兆英年来从方存之先生读书,笔札擅长,楷法精致。侍郎清贤闻天下,现在兆英不可一日无馆,奉求阁下格外栽培,予一事务,敢保称任。将来得有事,畜之资,悉出大君子所赐矣。且知阁下与侍郎乡谊最笃,用教一言谆托。再,舍弟豫兴无力赴汴,需顷前荷成全,有加无已。自唐俊翁营中归来,家食维艰,嗷嗷可悯,可否推荐给一差使,尤为感渤。兄等特叨挚谊,不惮琐谈,即候示遵。

　　申正,缓至南河下张公馆,先晤郭辅臣、陆静溪并振翁之三令郎,旋至内室见振翁之吴夫人,谈话良久,请至书房,备果盒,另燕窝一碗、莲子一碗。扰毕,上轿,至江都州署,谢心畬、朱逸甫两大令公请晚饭,同席者子箴兄、何芝涛、黄沛皆,亥刻散。来往数里,腿疬又痛,真惫矣哉!

　　送黄乃汉乃普之父吊分壹元。黄,凤阳人,营知事。

七月廿四日(9月13日)　丙寅　早仍沉阴,午正后大雨

又寄吴彦孙信,照录:

　　廿三日寄尊翁一函,属信局速寄,按日可收。顷又闻仁山在正阳受事后仍赴金陵一行,恐前信相左,兹再手渤数行交足下手存。如仁翁到金陵,即可持信往谒,倘不来则作罢论可也。贡卷仅散有交情者,再看致送若何。亟定八月初返宝云云。

又作一书致徐仁山交彦孙手存,照录:

　　七月廿三日与家兄同寄一函,并贡卷交信局,径递正阳定,邀台察。惟闻台端任事后,尚赴金陵一行,弟八月初返宝应。此番匆匆一晤,未得畅谈,殊为抱歉。舍侄婿吴兆英寄寓金陵,自必晋谒。渠以馆榖为生,素知兄古道热肠,务求格外成全位置一席,是所叩祷。家兄在扬尚有耽延,返泲当在初冬云云。

仰昕侄元配章淑人五十冥寿,伯融在兴教寺讽经,予备果盒楼库致祭。

朱显廷参戎招饮，同席子箴兄、黄沛皆、朱逸甫、李菊生。下晚，菊生来候予。

问孚兄及二儿抵扬，在寓晚饭。亥刻，鸿青来见。

孙稼翁信，托刻传咒履历贡卷，无话不录。交巨川。

吴婿禀照录：

> 鸿青谈及海龄军门营已招成，不日开差。未识前函所言如何，果如愿，幸甚。纶辉今早来说，十九爷与子受兄于廿外一阵动身。

又迏明吴婿公函云：捱赵夫妇起程，老太太面谕，权宜办理，务于十月回家。

又二儿奉祖慈谕，饬三弟夫妇同鸿青赴庐。大人在扬，可以中秋后返宝，青芝药方容与寿翁斟酌。张中丞之太夫人祭幛照办。二奶奶得紫雪丹，病势居然稍减，迏明不时来谈。

又据三儿面禀，四姑太太将来留在寓中，不日赴庐矣。

青芝、焕章均来。青翁掌灯又来一次。

七月廿五日（9月14日）　丁卯　自昨日亥后彻夜雨不止，日间仍雨

寄陈秋帆同年澜书，照录：

> 久未通问，疏懒性成。前岁阅邸抄，欣悉荣补实缺。每思作书，搁管辄止，皆缘心境不佳，鲜善可述之故。近惟升祺茂介，起处咸宜，至以为慰。弟卯春俸满卓异，并案请咨北上，行抵宝应，适值家慈八秩高龄，左右需人侍奉，未敢远离，乞漕帅文公代奉告养，家居已六年矣。家慈今年八旬又六，精神康健，惟目疾痠后不能远视。大儿○○以廪贡议叙教谕，签掣第一，可以望选，早经在部注册。二儿○○壬午年岁贡，亦为就职训导，将来首蓓一盘，均不失书生本色耳。三儿○○今年十九，夏间赴凤阳童试，幸列邑庠。弟现有二孙、五孙女，亦各粗茁，闻之于公，当亦忭慰。小女介榕寄公膝下，年已二十又二，去冬女婿吴○○入赘

于我，今预考乙酉选拔，获与其选。吴生为竹如侍郎第七孙，相貌不凡，文字皆好，此则不仅为弟贺，兼为我公贺矣。侍郎以清贤闻天下，其诸孙中以五、七两人为白眉，并能耐贫读书，尤为难得也。兄之近况弟不得知，目下郎、嫒共有几位？湘南二十载，宦味奚似？务乞一一详示，以纾鄙怀。家弟子敦需次多年，本得补常德同知一缺，闻其光景不见宽绰，其事一方，想兄必提挈照应，应勿庸谆属。弟买屋宝应，兼有薄田数顷，食指浩烦，入不敷出，仍有旧累未清。当此时势，与其进而入荆棘，不若退而甘清穷，吾兄定以斯言为是也。兹乘友便，附呈吴婿贡卷，即求诲政。话长纸短，书不尽言，但祝迁擢苏皖，得以重行聚首，是在苍苍作合矣云云。

再启者，吴婿本获征名，力图上进，第今年试费及后年入都朝考，在在需款，弟竭其薄绵，实属力不从心。培植成全不能不厚望于亲家，可否推爱赐假三百金，俾其拼凑。一切叨恃挚谊，用敢渎陈。鹄俟复音，不胜感企之至云云。

复稼翁书，录后：

稼老三哥如手：廿日奉上一缄并箧翁书，想已收悉。廿四日三儿到扬，接展予示贡卷底本，遵示饬工速办，惟校雠弟一要紧。现与巨川斟酌，装订一千本，四十七文一本，共四十七千。另酬劳校对送洋蚨六大圆，如错误均由经手人料理，不加钱矣。以后再刷订多少，尚可于四十七文之内减去几文。既承谆属，弟即代为做主。本日已付定钱写样本矣。至其中，弟细阅一过，字数不合款者尚多，如"工部侍郎""工"字空一格，不对账了。诸如此类，悉归校勘者细看可也。弟原因闷处出游，不料左腿外孤拐上生一火疖，行动不便，且逐日红顶花翎，□轿吃酒席，闹得头昏眼花，又有不高兴欲归之意。我家箧翁龙马精神，万万赶不上也。弟至迟节前必归，吾兄能来否云云。

接稼生信，照录于后：

昨午复泐函,奉询起居,并封寄沉佺贡卷底本。屈指廿三日当入典签,正盼瑰章,今早适由子坚甥婿交下仲仁令侄贡卷一本,读悉。另谕示及刻卷价值,细加核算,每页合钱二文,比较江宁活字排印价廉而工巧矣。且手民镌法亦不俗,如有错误亦可就近挖改。扬城距宝匪遥,便船甚多,并可省运送脚费,一举而三善备耶?祈代为议定,早些发刻,沉佺来时即可携去也。惟查仲仁卷子计二十四页,每本连刻板装订纸张全包在内,合钱四十七文。每页不足二文。沉佺贡卷止十七页,庶合钱三十四文。仍按每页二文核算。好在仲仁有价可凭,似不致饶舌也。至卷子以千本为率,原不算多,诸费清心,即为做主,毋须往返函商,耽延时日。应先付定钱若干,如郭老辅尚在扬州,饬其垫付亦可。诸承照料,容在面谢。不尽。七月廿二日泐。

新雇陈姓女仆,仙女庙人,有小孩四岁,交其乃姑,情愿赴宝应公馆当差。今日挈行李至隆慧师太庵中住,经王媒写契先付一月工食,今日又支一月工食。

孚先三儿回来,三儿妇亦来,当饬其登舟旋扬。孚先□到船即开,今晚泊瓜洲,明早过江候轮船。

命徐价制鸡肉二只,约静夫、艾衫、巨川、果卿、燕卿、伯融同晚酌。子箴兄为施某请,不在寓。青芝期而不至。

周大令士釜送翅席并卅斤重酒一罐。

焕章来换黄蜡膏。

营知事王彬又屡次来求内运司要差使,我与张屺堂并不熟也。

七月廿六日(9月15日)　戊辰　晴霁可喜

子箴兄约刘树君、汪砚山、徐圣秋、王小汀、吴次箫、刘剑白、刘樾仲、黄子鸿,在一粟园作延秋二集。

定朱姓女仆,年二十八岁,给两月工食。

送张振翁之三令郎笔墨纨扇、玻璃盆花、小伞。

青、振、焕章均来。服煎服一剂。

彦孙有信,录廿七日记中。

七月廿七日(9 月 16 日) 己巳 晴

和六叔来。秀生、燕卿、性存来。

寄吴彦孙信,照录:

> 彦孙贤侄侍足下:廿三日寄尊翁一书,廿四日又寄足下一
> 书,皆为正阳馆事,属信局速递,该收悉。廿六日午刻接阅来示,
> 得悉一切。因思仁山处,愚兄弟既切实推荐,似无不成之理。而
> 郭五爷舍间老亲。足下见面用姻再侄。与△处情尤属不同,当即公
> 渻一函,兹特寄去,到时即望侄婿亲往拜见,无论如何渠必有位
> 置,如留侄待侧正阳,即可转给老七阅致郭五爷信,自知照办可
> 也。看来机遇甚好,或可有成。尊翁馆金已向此堂说过,前日请
> 午饭又复一提,俟遇便催欠付出,此顺理成章之事,谅不至碰钉。
> 阅足下来函,井井有条,非若老七一时一刻出多少主意。有信到
> 宝,望力加劝言,勿着急勿高傲。试看愚兄弟相待贤侄婿尚且竭
> 尽微力,而况翁婿犹父子,倘时时客气,不以真语相告,或我辈代
> 谋,不能心从,则事事办不动矣。质之尊翁与足下定以为然耳。
> 足下馆事如定,能抽空到宝应一行最好。秋冬不拘。亦不必扬,
> 定迟早△可面谈种种也。老七卷子只散四十本,除亲友不计,所
> 望者十余家,不学把势,而在敲金钟一下,再看光景若何耳。尚
> 小有耽延,节前返宝,顷亦留滞邗上,因德安账目未清,稍迟亦有
> 八宝之行。匆匆不多述,此信到时照信办理,一有好音,即为信
> 知可也。此复。顺候近祉。尊大人以序均请安。子受此行必有
> 机缘,好为之,谨慎为要。布信时乞致意也。以后赐函应称伯
> 岳、叔岳等字样,虽俗而实例。令岳是某之弟,或仍照△与尊翁
> 至好,称我五叔,下书侄婿,妄言不罪也。

附录彦孙来信:

> 姻大人安禀:月之十五日接奉赐谕,十六日敬上寸禀,并呈
> 贡卷二十本。计时谅邀慈鉴,辰惟履祉绥和,福体康健,定符私

祝。前承垂询三家兄行期,已于廿日随十九姻伯搭招商轮船至
上海,并闻有刘省翁调兵赴台湾之船可搭,川资较省。既蒙大姻
伯函荐前途,复蒙承函托十九姻伯至台湾,当不致赋闲,家严感
激,莫可言宣。现因秋燥目昏,艰于作函,谨告命笔称谢。侄婿
随侍之余,仍资诵读,奈质鲁识愚,终无寸进,历年境况久在鉴
中,一曝十寒,何能进益? 函思谋一馆地,稍资接济,即可安心抽
问日课。前大姻伯在陵以此情上禀,尚蒙垂念,可以为行,拟信
龚仰蘧观察,回陵再为商酌,后仰翁回陵数日复往上海。时大姻
伯已赴扬州,遂无从求人往说。第家严干修,自四月迄今未发。
设新都转履新任再为并裁,则侄婿家事几不可问矣。是以复为
烦怀,因闻昨日奉上谕,龚仰翁赴台湾,经九帅调其来陵,将机器
局交代算清即行,复委郭月楼观察扶办机器局中,从龚仰翁赴台
者要紧。郭月翁接办,添人甚多,因思侄婿现亦不拘何事,只求
其不赋闲,可否转请大姻伯函致龚仰翁,属其转荐。并函致郭月
翁,属其安置。侄婿持信面求,万一有成,不无小补。家贫亲老,
较远游谋事,更为得宜,伏乞裁酌。如为可行,即求转请大姻伯
手泐二函,由信局限期寄下。如用贺函并望示以词意,由侄婿拟
稿恭缮,一并面呈,或可有济。此侄婿私意沥陈,不足为外人道
也。倘有碍难作函之处,伏乞谕知,明斥愚昧,俾知悛悔,是所至
叩。毅弟时有禀来扬否? 陛升训迪,时加化其躁妄,庶知检束,
日就规矩。仰荷裁成,同造培植,伏乞训示。今谨。
寄儿子书,照录:
　　小和尚来,接汝等书,得悉一是。知老太太寿躬康乐,合寓
平安,欣慰之至。小和尚廿五日下午开船至瓜洲口,廿六过江搭
轮船,有小呆及黄小似可敷伺,应不必又觅下矣。我左腿火疖至
今未愈,日日焕章来换膏药。先用升丹,现三天用黄蜡膏,外加
冲和膏、芙蓉散,虽无大碍,而行动不大方便,近歇二日不出门,
今早较好,此火疖之苦也。自初八至十五,每天莲子炒饭,颇吃

得香,且每日多吃一碗饭。十六以后渐不舒服,肝气发作。先闻小和尚之行甚不如意,连日又因喜子、福子无知妄作,叫骂生气,便不能吃饭了。清不升、浊不降,旧恙都来。口苦、干目、珠涨、头昏,寿二爷可开一方来。在此就青芝医治。此老近日与一周姓治病,包好,谢千金。利临智昏,八宝之游,不可再说。太太小恙,是要求远效,不可急近功。隔面开方,神仙难测,望告知寿二爷作主立方,并将何病何药、应用何剂,开脉案来,令老青同斟酌为是。彦孙事已力荐仁山,当无不成。昨午彦孙又飞信来述郭月翁总理机器局,我与大伯伯又漏夜致信月翁,想出法门,你们看信稿便知。彦孙屡次来书,井井有条,或请示,或商议,大伯伯爱之极矣。子坚勉之,凡事不能急,不能过高傲,以实告人,必有代为尽力者,客气用事,非徒无益也。试看彦孙之于我尚谆实若此,况翁婿之间哉?畏翁薪水四个月未发,屺堂处已两催之,遇便当再催。子受已行,随后大伯伯仍致信省帅,托其加意栽培。此子受大转关节运,我亦函知彦孙,劝子受从此谨慎小心为要。二儿奉请在扬觅女仆,连日拣选,得二人皆为雏脚。兹令朱姓者先来,以我见解,交与姨太管束。装烟沏茶,时时教导,扫地拂拭桌椅几凳总要明白。系专为我用者,教导熟了,我到家即可听教伺应矣。其一陈姓比朱尤雏,沈老青过情,留在他师太房中日日教导,候我上船便可事事懂得些微了。朋友过情只可照办,不必向外人说,切记之,亦不必奉知老太太。不尽之言是在姨太精神。太太笼罩,非言可喻。老太太前应即回明,但说家中小陈合式,即在老太太屋,辅老黄之不足,如果再觅一个,即一个在前堂,一个在后堂,帮同事项们伺候可也。或说活动些亦可,若直言送老太太使唤,则十天半月又滚蛋矣。究应如何圆通有理,期于我将来得有人用之处。二儿、介榕,大、二少奶四人熟商为要。带件,巨川另单呈上。徐二给假四天至邵伯。

　　本日午饭后往沈青芝寓所闲谈,甫坐片刻,伯兄遣价促归,谓有紧要事。比即疑宝应有事，当询来介，答曰不知，心中已惶恐矣。迅即归去，见福孜已检行囊，嗟甚。即询巨川，曰："宝应有信耶?"巨川但说请即起行回宝应。五中如焚，忧心欲裂，连询之不对。而伯兄失声曰："五弟我误你矣！使得如你初愿，十五日归去，尚得与三叔母一见，今何及耶!"言未及终，已辟踊再三。比闻此言不能作声，从而抢呼昏迷无状。巨川在旁，劝以大事在后，不可过伤灭性。用是强自抑悲，息神片刻，细询之，始知得清江发来电言，谓慈亲已于廿七日子时仙游。於呼痛哉！窃念自岭西乞养归来，日月不留，已逾六载。慈亲从无疾疢，矧今岁入夏以来，精神尤矍铄，闲日即招稼生、冕叔作叶子戏。虽溽暑，挥汗半日，尤矗矗不倦，而饔飧所进，远胜中年。私心窃计，以为期颐可卜矣。初伯兄在庐州，有信相约，谓夏间来扬。弟宜前来，风雨联床，聊序雁行之乐，小住即同返八宝，随奉晨昏。比时以高堂年迈，未忍言离。然念七十老兄聚亦非易，当禀知慈亲，谕曰："吾气体颇健，汝即不作远游，此间相距二百余里，何惮之有?"遂作书与伯兄订广陵之约。闰月伯兄解缆广陵，函促前往，而余濒行，又复懒而中止者。再直至月之八日始买棹，顺流而下，抵广陵。阅十日，每于家报，敬谂慈亲，起居均安然无恙。前寄呈慈母之太师饼及苹果等，闻甚得高年欢。尚饬果子店定做加料太师饼，拟再寄呈。孰意我方亲念，亲不我留。自念六年以来，从不敢远离，今违侍经旬，即遭大故，愈觉痛心。即托巨川雇轿兼程返宝。巨川同来。起身已交申正，日入到邵伯。巨川约至其家晚饭再行，余饮食不能下，中心迫不可缓，不从而行。亥刻到常家沟，舟子夜不我渡，觅得小船三只，始得过河，抵高邮，晓星已三五在东矣。

七月廿八日(9月17日) 庚午 晴

向曙抵高邮南门，城门尚未启，呼抱关者，告以故，并谓绕城外行，须迂道十里，抱关者欣然启之。入城四无人迹，竭蹶前行，出北门已黎明。舆人怠甚，重以酒资许之，仍贾余勇前进，午后抵寓。入门一痛,几不能生。见儿辈等,询知无疾而终,并知前一日已发一函,并又专差赴扬,均未收到。细谂悉已棺殓,尚未封盖。启棺一视,面目如生。凡附身者,亲检一周,尚称敬信。从此路修心矩,形往神留,再见良难,痛何及哉! 悔何及哉! 顷稼生来唁,泣话约一时。继闻老母临终并无多言,只分付二媳好好带小孩子们,并连叫二儿两声,又谆谕大儿学好。余寻味三思,心如针炙。遂携大儿跪泣告于灵曰:"老人家之意,下忱无敢违,视三子如一也!"

本日稼生专介孙升之津门,因其便先讣李傅相,并信告芰塘六兄、蔼卿大弟、陈岱源表侄。

上李傅相、李制军禀:

哀启者:先慈气体素强,己卯由粤归来,寓居八宝,侍养六年,从无疾疢,方冀克享期颐,长承膝下,讵料于七月二十七日子时,无疾而终。职道遭此大故,抢地呼天,百身莫赎,惟念窀穸未卜,不得不苟延余生,以襄大事。素蒙矜鉴,谨以奉闻。

七月廿九日(9月18日)　辛未　晴

清晨行炉桥三朝礼哭奠。

陈律秋表侄来,止稼生寓。来吊。

午后五姨母来吊。稼生三嫂亦来。初五姨母一闻噩耗,即欲前来,以其年高,辞之弗获。稼生劝止亦弗获。到门即恸,幸神志言语俱清,入室抚棺哀号数次,旋易服行礼又复大哭,友于之情至斯已极。

稼生来议,抱呈丁忧带请看办稿。

嘱迤明侄拟谢帖讣文,并各处哀启。

二鼓后,率子孙等于大门外焚化库镪并常御衣服,子妇十余人,哭声直达衢衢,於呼痛哉! 一息千古,此后之洁粢奉盛,唯凭之焄蒿凄怆之气矣。然人子愚孝匪是,又乌能自已。诵方正学之诗,愈增痛悔,何长绳之难系白日耶!

八月初一日(9月19日)　月建癸酉　日干壬申　晴

宝应孙梁小帆来吊。

午后子箴伯兄抵寓，易服至灵前行礼，哭示挽先太夫人联云：

　　岭外板舆归，母怜儿孝，遽尔辞官，爱日方长，会见延釐开九秩；

　　天边仙驭速，弟为兄来，哀哉失恃，衰年相对，伤心视殓待孤茕。

读之一字一泪矣。

接芰塘六兄七月十六日第十四号信，照录于后：

　　五弟如握：初十日由寄箴翁信附寄十三号函，想可早达。十三日接由天津汇号寄来十一号信并银九十九两。其银系原封非兑汇，故到的较迟也。兹因前两信均催此项，现已接到，故赶速寄。知大兄在扬，想朝夕聚晤，闻仍拟如皋一行，与子祥兄祝寿，白首弟昆欢聚一室，洵一乐也。箴兄之件，能将劝捐者凑集万金以外最好。叔梅前信已叙，一切能照办否？都门近日谣言稍静，第攻讦为能，辩言乱政，殊非国家之福。法人现无动静，闻有在香港修船者，有回本国调兵者，其心叵测，虚实不得知悉。总之，战事已开，一时断难完结。我国海口防不胜防，如何筹此饷项，真可忧也。总署又哄出六堂，闻因私议给法五十万了和，发此电信未使上知之事，枢直换一班犹吾大夫崔子也。奈何现正考萌生，何地翁之长孙来应考。何小山已赴汴，闻即由汴赴台湾，召棠已于十二日到京销假。粤中局面迥非从前，吴伥婿仍前往否？此时正值军书旁午，兄意嘱其稍缓为是。想老棣亦以为然也。箴祥兄均未及，另函祈为道意，匆匆泐此。

致刘树君、张午桥信，附录于后：十九日专送。

　　哀启者：弟前奉慈亲命往扬州晤子箴家兄，比时慈体康健，讵料于七月廿七日子时无疾而终，不孝一接电音，星夜奔丧，幸于二十八日未刻抵家，亲视含殓。抢地呼天，百身莫赎，惟念终鲜兄弟，宄岁未安，不得不苟延残喘，勉襄大事，素蒙矜鉴，先此奉闻。

致刘树君、张午桥信加单：

敬再启者:弟今年为钱铺所亏,拮据情形已邀鉴及。现在怴
遭大故,需用正殷,而此间穷僻如乡,兼以各行生意均受带累,颇
难通融。弟生年知己无多,又值仓猝之际,敢祈阁下即速各代假
三百金寄下,感荷实为无既,专泐奉恳,顺请近安,不具。弟名
正函。

八月初二日(9 月 20 日) 癸酉 雨

午后裕受山中丞奉其太夫人灵榇北上,过安宜,子坚往吊,余亦
备祭轴香楮差奠。

八月初三日(9 月 21 日) 甲戌 晴

本日乃先太夫人首七之期,早晚致祭,并于是日大殓,延观音律
院僧来讽经化库。

子箴兄、稼生兄、武巨川外甥、孙心如之子鲍会之均备席来祭。
沈云生、潘文甫亦有祭席。

次孙爽官于孝堂前凭虚指曰:"老太太迎而呼之。"噫!三献终虚
莫获苍颜之睹,七日来复仅凭赤子之知。乌乎痛哉!

接刘树君覆信,附记于后:

　　□□同年大人苫次:日前骇闻大故,惊惋异常,忍翁去后,同
人遂至罢酒,此情可想见也。使至奉手函,湉尊交谊所系,义不
容辞,定当有以报命。惟自去岁以来,挤挡不易,各家所有,大约
均移近就远,避重就轻,一时万难凑手。刻闻午桥尚在白米,谅
不日便可归来。湉自当与之竭力图成,以期不负此方寸。稍迟
犹当敬诣灵帏,一伸孺忱也。尤望守大圣人毁不灭性之戒,顺变
节哀,是所切祷,手函奉复,诸惟必照,不尽所怀。湉年顿首。八
月初二日午刻。

宝应城工委员县丞方渭泉穀、府经历潘子厚泰宽、朱序东廷球、王
锡三树焜、朱房山莲生、吴瑞庭之埜,恒昌典管事、宝应县捕厅程理堂学
伊、宝应县学副堂丁佩芝椿年、沈云生国翰、马耀卿宗贵,宝应城守营千
总、吴松仙士荣、宝应县学正堂郜云舫长□、王巩甫肤敏、赵得标宝应城

守营外□、郭叔云文翰、袁子庆炽昌、沈仲盘云生之次子、朱棣华寿铭、王时若燠烜、稼生处先生、茆登云天生堂药店，乔浦苏、徐信臣鼎孚、仲田之长子、陈步洲清瀛、鲍蕙之友嘉、伯熙之子、乔开泰乔之洋之侄、宝应厘局委员何耀良、刘静岩、元浩、朱笃卿百遵、朱守之百为、王舜臣儒卿、吕贡九、汪树丹、汪敬之、潘双之纶辉处教读、潘文甫、宫翰臣录。俞少成、孙鹤生、家冕卿叔、迿明侄、纶辉侄、宴亭侄、滋青侄、跂六侄纶辉胞弟、雅仙侄、少屏侄孙、兴甫侄孙、固之侄孙、小纶侄孙以及家寿卿兄、杨筱园、王鹏九、陈律秋表侄均来吊。周镜湖鼎文亦来灵前行礼。

八月初四日(9月22日)　乙亥　晴

巨川旋扬州，送其英洋十元。

芮巽三鸿仪衡镜湖之侄来吊。

接孙文年外甥信：七月十四日自寿州发，传充带到。

　　母舅大人钧座：敬禀者，六月初间由全泰盛局寄上安信，并致三表弟一函，谅邀鉴察，恭维侍奉康娱，提躬安燕，下怀欣颂。甥如常栗六，家中上下平善，堪慰慈念。前闻大人有金陵、扬州之游，此时想已安旋八宝。未知大母舅曾到宝应否？何时回庐？仲仁久无信来，颇以为念。甥板浦之行，本拟七月初旬动身，因祖慈暨六叔已于仲夏赴叶姑丈署。昨有信来，言及江运一席延请四人，一切出息，官提大半，幕友余得修金，徒有虚名。甥现致函叶姑丈，询其能否仍践前言，如名为帮办江运，实系一分干修，则东下之念即作罢论。六叔七月底即旋寿城，且俟六叔到家，叶姑丈当有回信，彼时再定行止。家乡年岁一夏过旱，虽新秋连得大雨，未免觉迟，只黄绿二豆尚可有八分收成。知注附陈手函，恭请福安。外甥传豫禀。

又接孙棣丞叔岳信：

　　□□侄倩观察阁下：拜违叔度，倏及清秋，忆樽酒之论心，联永朝之情话。其所以惠我者，感尤深于醉饱余也。辰维上侍康娱，潭祺佳胜，奉萱帏而养志，乐桂树之森荣。瑞辑德门，且欣且羡。棠别后,扬帆旋行抵里。现拟延舆觅地,择期以完所当为,歉以讣报未周,戚好赙唁,概不敢当。因念中年忽遇大故,惨遭时命如斯,殊难自慰。安葬后惟静守田庐,销磨岁月而已。服阕时或值台从旋雇桑梓,或棠买舟造访,再诣大雅之堂,以抒未竟之忱,亦未可知。泐此,敬请侍安,并鸣谢悃。姻侍王制孙树棠顿首。

方渭泉、潘子厚来辞行回金陵。予在苦次,不便用帖,当差家人石玉去致意兼送行也。

摘记子箴兄致张午桥信:交巨川带报。

顷接树翁来书,知舍弟通融一事,候台端返扬即为设法。舍弟恸遭大故,需项甚殷。弟谊关手足,不能力任其难,已属抱歉,但目睹情形,实系万不得已之请,树翁既候台端商酌,则应如何,代为照数筹为是,在吾兄大人之鼎力鼎言矣。弟尚须在宝耽延数日余。覆树翁外,因吾兄大人与舍弟交非恒泛,用敢一言琐渎,统望卓裁速示祷,顿首。

摘记子箴兄覆刘树君信:交巨川带报。

承示云云,业经领悉,舍弟恸遭大故,一应需项甚殷。弟谊关手足,日来目睹情形,实属拮据已极。想吾兄与舍弟交非恒泛,定当于无可如何中设法代为一筹,勿庸丰干饶舌。至来示,候午翁归来共商。午翁之于舍弟,当亦终不忍膜视,还仗阁下鼎力玉成,是所切祷。

初四日交武巨川分寄各处讣函,附后:

家和圃六太爷 家子祥二老爷 家子敦七老爷 家永斋二老爷 家仁甫二老爷 家静峰二老爷 家杜洲大少爷 家诒卿二少爷

八月初五日(9月23日) 丙子 晴 子正初刻十三分秋分

卢吟卿经华宝应支局董事、刘次侯启甲、孙萼斋传充、雨帆和尚观音律院方丈来吊。

命两儿致仲仁二侄信,附录:

　　二弟如握:启者祖慈于七月二十七日子时弃养。兹有寄庐州家门各讣信,乞照单分致。大伯父于八月初一日由扬州抵宝应寓所,拟过三七旋扬。身体康健,顺以附闻。专此。顺颂文祉。兄喆喜顿首。

初五日发庐州、寿州、炉桥各处讣函,附后:

庐州:

　　家八太爷　家子愿六老爷　家子久八老爷　家十一二老爷　家砺山四太爷　家韵舒二老爷　家楚三五老爷　家孝侯少爷　家逊亭少爷　家石泉四老爷　家亮卿二老爷　家雨人八老爷　家老爷、太爷、少爷住庐埠　前湖广总督李　张亲家老爷张家圩子　王谦斋五老爷　以上托仲仁分送。

寿州:

　　孙介臣老爷　孙以笙老爷　孙星五老爷　孙立之少老爷　平冈诸位孙少老爷　孙棣丞六太爷　孙幼书少爷　家香白大老爷　家彤轩七老爷　家绮轩六老爷　家鼎生、四箴少爷　家怡亭四少爷　家伯尹大相公

　　以上托孙定先分送。

炉桥:

　　合族诸位老爷、太爷、少爷东南两门　家幼斋大老爷　家蓉舫十九太爷东门内　家四太爷宋家冈　家十一太爷南门　家书卿小四少爷

　　以上托孙定先转寄。

命儿辈致信文年外甥,属其立刻动身来宝应帮同料理回平冈安葬事。信稿存簿。本日专差,初六日早走,限十一日到寿州投交。

附记程毅甫来字:

　　蒙命代看坤山艮向兼未丑,查今年岁煞在未,死符在丑,不甚大利,交小寒节候可用。明年丑未虽利而坤艮又不大利。以

愚之见,用明年不若用今年小寒节为要。

致许乐泉讣信、林筱溪讣信均交信局寄去。又沛生大哥并鉴溪之子琴伯两书,讣函托乐泉分致。

八月初六日(9月24日)　丁丑　晴

闻子箴兄言,将来安葬办三合土,须用羊桃藤放大缸泡水,取汁和土,胜于糯米汁,定先一到即先告之早日预办。如寿州无,即往六安办,盖此藤产霍山西南山中,又三合土加磁灰亦坚。

裕受山中丞自清江浦专价送先太夫人雪青线绉祭幛一轴、唁信一封,又谢送伊太夫人雪青呢幛、信一封,来价催促先付领谢帖,并敬使英洋六元。

寿卿兄送祭幛一顶。

武巨川外甥送旧蓝呢祭幛一顶。

朱曼伯昆仲公送新蓝呢祭幛一顶。

宝应城工委员方毅、潘泰宽公送新蓝呢幛一顶。

八月初七日(9月25日)　戊寅　晴

具呈家人卢升,呈为报明丁忧,请咨扶柩回籍,捧叩转详事。切身家主二品衔,前任广东肇阳罗道○○○,现年五十四岁,系安徽凤阳府定远县民籍。于光绪五年三月在肇阳罗道任内因俸满卓异,并案请咨赴部引见,八月行抵清江浦,适值老主母年已八旬,时常抱病。家主当即承蒙前漕宪文,奏准开缺终养。前因原籍兵燹携眷寄寓宪治城内。兹身老主母陈氏于光绪十年七月二十七日在寓病故,家主系属亲子,并无过继,亦无次丁,例应丁忧。请给咨文,扶柩回籍守制,理合捧呈家主丁忧。请咨亲供寓所歇结。为此,伏乞大老爷电核加结,转请给咨,实为公便。上呈。

计呈亲供歇结各十套。

光绪十年八月　日具呈　家人卢升

具甘结歇寓陈和今于　　　　与甘结实结得,得二品衔前任广东肇阳罗道○○○,亲母陈氏于光绪十年七月二十七日在寓病故,该职道系属亲子,例应丁忧,应以光绪拾年柒月贰拾柒丁忧之日起,扣至光绪拾贰年拾月贰拾柒日止,不计闰贰拾柒个月服满。应即请咨扶柩回籍守制,其中并无扶捏情事,所具甘结是实。

光绪十年　月　日具甘结歇寓陈和

具亲供二品衔前任广东肇阳罗道○○○今　　　　与亲供实供得职道现年伍拾肆岁,系安徽凤阳府定远县民籍。由廪膳生考取道光贰拾玖年己酉科优贡,是年本省采办赈米案内议叙,奉旨以内阁中书归部选用。咸丰伍年伍月到阁行走,是年乙卯科顺天乡试中式举人。陆年拾月充本衙门撰文,拾壹月充玉牒馆分校。柒年肆月办理汉本堂稽察房事务,闰五月充玉牒馆校对兼收掌官,是月闻讣丁父忧。玖年在京就近起复到阁。拾年贰月充方略馆校对,陆月派委署侍读上行走。拾壹年贰月充国史馆校对,是月补中书实缺。拾月管理诰敕房。同治元年贰月充补总理各国事务衙门章京。叁年肆月保升内阁侍读。捌月国史馆补缮《宣宗成皇帝实录》告成,奉旨赏加四品衔。拾月补侍读实缺。伍年柒月总理衙门奏保奉旨赏加三品顶戴以道员用。拾壹月奉旨记名以御史用。陆年贰月京察壹等,奉旨记名以道府用,召见壹次。柒年柒月拾伍日奉旨广东雷琼道所遗员缺,著方○○补授,钦此。捌年正月初四日到省,贰月初壹日接奉广东抚宪札肇罗道王澍调补雷琼道。遵旨以所遗之缺请补,饬令先赴肇罗道署事等因,奉此,柒月贰拾柒日据藩司移知,奉准部覆补授斯缺。庚午、癸酉两科充广东乡试提调官。拾贰年奉文改为肇阳罗道,另颁关防。光绪元年拾壹月拾陆日奏署两广盐运使,遵即到任。贰年肆月卸事后,随文饬回肇阳罗道本任。丙子科复充广东乡试提调官。叁年大计荐举卓异。肆年奉前山西爵抚宪曾札知奏办山西赈捐事宜,倡捐议叙,赏戴花翎。伍年叁月因俸满卓异,交卸并案请咨赴部引见。捌月行抵清江浦,适值亲母年已捌旬,时常抱病。当即呈蒙前漕宪文,奏准开缺养亲。陆年赈捐出力,奏保奉旨赏加二品衔,钦此。前因原籍兵燹,携眷寄寓江苏宝应县城内,兹职道亲母陈氏于光绪拾年柒月贰拾柒日在寓病故。职道系属亲子,例应丁忧,应以光绪拾年柒月贰拾柒见丧之日起,扣至光绪拾贰年拾月贰拾柒日止,不计闰,贰拾柒个月服满。应即请给咨文,祗领起程扶柩回籍守制,其中并无过继、匿丧、违碍等弊,亦无次丁,三代均无欠帑情事,所具亲供是实。

三代名氏:

曾祖父○,未仕,殁。

曾祖母○氏,殁。

祖父○○,殁。

祖母○○○氏,殁。

父○○,已仕,殁。

母○氏,现殁。

光绪拾年　月　日具亲供二品衔前任广东肇阳罗道○○○

接吴彦孙七月廿七日来信,附后:

敬禀者:侄婿不揣冒昧,辄将私意所拟于二十二日琐渎上禀,谅邀电鉴,悚慄殊深。兹于二十六日侍读二十三日惠家严函,敬聆之余,仰见姻叔大人体恤下情,无微不至,已于徐仁翁观察奉委正阳督运时函荐侄婿,家严铭感,欣慰奚如。仍以目故,命笔称谢,稍迟裁覆。侄婿既蒙培植之深,益觉缕陈之妄,言多不怍。尚乞明斥其非,以后庶知谨言。前恳转请大姻伯函致龚、郭二公,如尚未写,可请暂缓。视此事成否,再为后计,免致屡渎慈厪,实觉难安痌瘝。兹专俟徐仁翁回信,当不致有歧,第恐他处荐函日多,人浮于事。侄婿时运不齐,又成画饼。倘久无覆音,或再俯赐一函,侄婿径赴正阳投之,何若?伏乞裁酌为叩,并敬悉,惟运司以次酌送卷子不向商家张罗,尤为至训。正如曩谕有言,持身涉世之始不可不谨,已属毅弟当三复矣。至耐贫读书,非特毅弟当于此立定脚跟做向前去,即如侄访之。愚百无一能,万无出路,亦宜坚守此四字。务乞时加诲谕,俾有适从,是所叩祷。敬函寸禀,虔请福安。侄婿吴兆英谨禀。

　　敬再禀者,前禀已肃,复接二十五日赐示,捧读之余,敬聆壹是。复承盛注栽培,既周且密。仁翁到陵,前函相左,又俯赐一函以备面陈,曷胜感叩。并读致仁翁再启,情肫语切。有此当可济事,第愚鲁之质,蒙誉过甚,不识侄婿能勤谨策励,以副厚期,无贻笑否? 谨当如常,温习以俟前途。专函。再叩福安。英又禀。

八月初八日(9月26日)　己卯　时晴时雨

陈律秋表侄辞行回扬。

掌灯后果卿侄抵寓。

甘泉令朱一甫公纯送新蓝呢祭幛一顶。

许静甫炳勋送新蓝呢祭幛一顶、烛一对。

沈青芝登阶送新蓝呢祭幛一顶。

宋艾衫汝霖送挽联一付,均果卿侄带来,照收,各付谢帖一张。

吴畏斋送紫摹本缎祭幛一轴。

孙稼生送旧蓝呢祭幛一轴、挽联一付。

附记孙稼生挽先太夫人联:

　　视吾母若同胞,何意结邻未久,遽赋招魂,老泪洒灯前,怕听吞声呼阿姊;

　　泣登仙而无憾,共钦教子有方,得归养志,神灵返天上,广留余荫到孙曾。

附记迩明侄挽先太夫人联:

　　廿九年慈训亲承,教之节俭,勖以贤劳,最难忘故里相随,满目烽烟能镇静;

　　二三日微疴偶抱,神志不衰,音容无恙,竟莫料仙乡遽返,痛心汤药属扶持。

附记宋艾衫挽先太夫人联:

寿母古宣文，耄耋年齐臻五福；

长公今永叔，泷冈阡表尽千秋。

八月初九日（9月27日） 庚辰　晴

如意船一只，管船姓高，由宝应送至扬州，船价六千文，业已给讫。并赏耗在千文以内之谱，到扬开销，饭食每顿三十二文，素菜饭。

七月初七日，杨小园经手开记。

朱仲书云生、朱老七述卿寿彭、鲍小润源滋、朱世兄石庵，序东之子。来灵前行礼。

乔肯堂子洋之父病故，本日领帖，送奠仪票钱二千。

接和圃六叔、相生十四叔、仁甫二弟公唁信，附后：

启者：廿七日酉刻同到湾子街，惊悉三嫂夫人弃养。闻吾侄接信后抢地呼天，一痛几绝。自属人子至性至情，因思三嫂夫人寿享遐龄，五福咸备。吾侄官署养老十有余年，显扬既遂于生前，毫发无憾于身后，含笑而游，全受全归。尚望吾侄节哀顺变，保身即以慰亲，留经山之长才，为异日之大用，是所切属。在扬动身后，身子如何？尤深记念。叔等一赴通到差，一赴苏销差，未克前来叩奠。俟开吊定期再行到宝，帮办一切丧礼，先此布唁，即问素祉。叔鐺、鉴率侄□醇同启。

接子祥二兄唁信，附后：

五弟苫次：顷接邗上来函，惊悉叔母大人七月廿七日弃养。闻信之余，莫名悲恸。伏思我叔母大人年登上寿，德备福全，哀荣并臻，毫无遗憾。吾弟至性过人，猝遭大故，哀痛自难言喻，务祈顺变节哀。上妥先灵，勉襄大事，是所企祷。兄本拟趋诣八宝，叩奠灵前，稍伸孺悃。奈自交秋以后旧疾又发，每日五更起泻，精力委顿，不便远行。西望慈云，涕零靡已。此唁。顺问素祉。二兄履顿首。八月初三日。

八月初十日（9月28日） 辛巳　晴

本日为先太夫人二七之期，早晚致祭，焚化库镪。

子箴大兄送日经、焰口、楼库、锡箔。

子坚婿、果卿侄各送参席来祭,宫翰臣妹倩亦备八碗菜来祭。

苏健斋送新蓝呢幛一顶,郭辅臣送新蓝呢幛一顶,朱序东送旧蓝呢幛一顶,孙立之、孙心如送新蓝呢幛一顶。

郭云槎送新蓝呢幛一顶。

程理堂、沈云生、杨少庵、兆霖,外科。朱夒卿、百逎。朱子卿、绶生。刘少棠、启襄。胡丽伯、金淦,朱夒卿之外甥。周应祥老周先生之子,前在裕庆衣店生意。鲍会之、程毅甫、汪树丹、汪荫亭、汪敬之、潘文甫、孙伯垣、宫翰臣、俞少成、杨小园、王鹏九、方寿卿、冕三叔、迏明侄、纶辉侄、滋青侄、燕亭侄、雅仙侄、兴甫侄孙、孙鹤生十四弟均来灵前行礼。

命二儿函告巨川,定于十二日成服大棕毯赶紧寄来。所做红字黄牌务要一律整齐,切勿高下不平。又托买大水缸四口,水汲二个。

八月十一日(9 月 29 日) 壬午 阴 偶露日光

吕贡九送新蓝呢祭幛一顶。

汪嗣龙送新蓝呢祭幛一顶。

照录吴咏帆复儿辈信:七月廿五日发。

前月十四日由信局递到闰五月念九日所发手书,敬聆种切,至五月念八日发寄之信,其时尚未接到。弟深为疑讶,正拟饬人查问,续于望后二日振帅署中即将此件送来。载诵之余,欣悉侍祉增祥,潭祺集福,是皆尊大人乐善不倦故。彼苍眷顾,使之庆溢门楣,行看枫陛颁恩,柏薇晋秩,仵卜蓬瀛联步,棣萼同辉,引睇华堂,倾心藻颂。弟厕身臬署,依旧薪劳,所幸花甲已周,精神尚健,事无棘手,家亦安和,堪以仰纾绮注。粤东防务,自闽省开仗后愈形吃紧,人心惶惶,城厢内外居民已迁去十分之二。日来见无动静,始行安堵如常。弟幕而非官,本可见机引退,然患难不能与共,问心殊觉不安,且恐贻人口实,事有前定,静以待之可耳。现值军书旁午,各大吏运筹帷幄,寝馈不遑。以故香帅莅任以来,绝无新政,营务处昨已移设正南街口,因与督署迫近,议事便捷之故。香帅并令沈廉访综理一切事宜,每日到彼一次,数月以来,廉访均系早间出署,至晚始回,是以宾主久未觌面。廉访昨致弟书,内有室迩人远之句,良可慨也。尊大人赴扬消夏,兼联棠棣之欢,诚人生极乐之事。兹已秋凉,曾否返棹? 念念。

本月初旬振帅奉命出关,现在尚未起行,不知何故? 倪中丞抵任时,弟曾拜谒一次,并未晤着,以后彼此踪迹均疏。承询令亲吴子坚事,弟实无从查覆。闻中丞出身寒畯,故于此辈相待素优。希即转致令亲,不妨速整行装也。顷阅红单,知中丞夫人在署仙逝,尊处不日可以接到讣音矣。汪芙翁因身弱多病,决意息肩静养,不就香帅之聘。强之至再,遂荐其婿朱棣坧以代,香帅允之。侧闻芙翁幕囊尚未充足,拟于一二年后体气较前略健,或仍归故垒,或另觅新巢。届时随遇而安,并非终于退守也。芙翁昨闻防务紧急,当即携同眷属迁居西关宝源大街,以为临时易于逃避之计。渠已辞馆,故可行止自如,弟则不能步其后尘也。

香帅抵任,刑名事件系委属员核办。振帅任内所延之顾小樵兄,不获蝉联。昨晤任香翁,已为阁下致意。渠于龚方伯前权藩篆时,并不图联,亦因多病之故。龚方伯遂延孟星航兄接办。王仁宇明府调补东莞,昨已奉檄履新。周翔翁亦与偕往。梁钰翁仍在端江,其子黼臣时常来省,询悉光景照常。魏振翁现在代理阳江厅何朵山司马处,办理账房事务。尊处旧仆张祥已故,其子闲居省会,并无机缘。陈福现在许慎翁处服役,辱承垂问,用特缕晰登覆。小婿程德甫今春由博罗返省,即乘赋闲之便办理续胶事宜。弟春间函覆台端,业已略陈梗概。渠嗣因调署高要,萧文峰明府所延属案,友人顾小樵兄就振帅聘办理。周春翁遗席,遂就萧明府聘,接办顾小樵兄所遗席面,岁脩千元,已于四月初间抵馆。敝处稿件现系伊弟受之效劳,受之系蒋云樵太守之婿,己卯秋由籍来粤,庚辰冬间从游于弟,迄今将及四年,颇资臂助,拟于明春为觅枝栖矣。此信系属受之代笔,合并奉闻。周春翁因被言官奏参,故沈廉访抵任时,先将广服一席辞去,荐其门下陶小韩接办。本年正月督署刑席亦辞不就,四月秒,业已挈眷回里。昨闻渠就曾帅之聘,前赴金陵,但未接渠来函,不知确否。

八月十二日(9 月 30 日)　癸未　晴　偶阴

传濂到寓。

厅房、西厢厅开酒席五桌,予均去叩谢。

成服之期请赞礼,十二人姓名开后:

乔子三　朱伟之　朱叙伦　朱仲铭　成心梅　范化南　张也泉　潘双之　江鸿逵　乔仿虞　少屏、兴甫两侄孙

又来行礼诸人姓名亦开于后:

鲍友嘉　邰长濬　吴松仙　朱绶生　孙家縠　郭翰　苏绪钊　丁椿年　程士炜　汪梓卿　俞少臣　沈国翰　朱百为　杨葆元　程学伊　朱百逎　朱棣华　潘振魁　周鼎文　梁枚　吴瑞田　朱云祥序东之子　刘静岩　宫录　朱云生　汪桂卿　汪榕卿　孙传辰　朱百遵　茆登云　钟又常　卢经华　王树焜　王德源　朱椿生　吉弼生　孙家翘　冕卿三叔

迻明、雅仙、纶辉、燕亭、滋青诸侄。

朱百通、朱百遂、朱百遵、朱百为公送新蓝呢祭幛一顶。

沈国翰送新蓝呢祭幛一顶。

冕卿三叔送祭席八大碗。

迻明侄呈敬祭席八大碗。

纶辉侄呈敬祭席八大碗,四小碗,十二碟。

礼单:

奏乐　孝子出帏　诣盥洗所　盥洗　授巾　授冠　授衣　束绦　纳履　授杖　就位　跪　叩首　叩首　叩首　兴　诣香案前　跪　初上香　初献爵　初献馔　初献羹　亚上香　亚献爵　亚献馔　亚献羹　三上香　三献爵　三献馔　三献羹　匍

鬻　乐止　读祭文　焚祭文　举哀　哀止　奏乐　复位　跪
叩首　叩首　叩首　兴　孝子入帏　礼毕

维我显妣礼娴内则,教秉义方,起居八座,眉寿康强,陈情归养,
爱日正长,胡天不吊,命下巫阳,罹此鞠凶,摧肝断肠,国家有制,哀经
终丧,陈牲荐醴,神灵在堂,呜呼哀哉! 尚飨。

八月十三日(10月1日)　偶晴仍阴雨

大兄回扬州,寿卿、迩明、子坚、小园、棨孙往舟中送行。

许茇臣自清江来行吊,带有乐泉兄唁信,并祭幛一悬,素烛一对。
照录于后:

  △△观察亲家大人大孝,久疏音讯,驰系良深,顷展讣书,骇
谂老伯母太夫人仙逝之耗,惊悼莫名。伏承老伯母太夫人母范
传芳,坤仪秉淑,叠膺极品之荣封,曾御板舆而就养。方谓康强
逢吉,永锡百龄,乃爱日正长,而秋霜遽賷。想亲家孝思纯笃,遭
此大变,何敢慰解以言辞,惟礼适乎中,哀不过毁。尚乞以大事
为重,善自节宣,是深祷盰。廷相违咫尺,俗冗羁身,不克躬身弌
敬,至用歉然,今先呈上祭幛一悬,素烛一对,敬祈代荐。容俟续
陈手肃,奉唁孝履。伏惟珍摄。乡晚○○○顿首。

敬再启者,裕中丞至浦,随即北上,尊处信件容交妥便寄去。

发江宁讣文:

  两江总督　曾国荃

  江宁布政使　梁肇煌

  江南盐巡道　田国俊

  总办金陵厘金局江苏候补道台　朱澂

  总统营务处兼办海防事宜前山西布政使　陈湜

  总办金陵保甲局江苏候补道　章玕

  总办机器局江苏即补道　郭道直

  总办洋务局江苏即补道　刘佐禹

  总办支应局江苏即补道　孙传樾

江苏候补道　龚照瑗
江苏即补道　边宝諴
江苏候补道前署盐巡道　张铭坚
总办善后局江苏即补道　韦暎
总办善后局江苏即补道　范志熙
总办善后局江苏即补道　云逢曜
江苏即补道　吴炳祥
尊经院长　薛时雨
记名提督　万重暄
记名提督　周盛波
江苏即补知府　陈钟藩
江宁县知县　贾致慎
江宁督粮同知　祝赫
江宁北捕通判　杨学培
江苏即补知县　林之涵
江宁保甲局委员即补通判　凌梦兰
江宁保甲局委员即补知县　陈松樵　谢宝仁
江苏候补通判　吴廷榜
议叙布政司理问　吴应焯
江苏即补知县　宋传毯
前江苏候补道　赵继元
前署江苏六合县知县　姚德钧
江宁善后局委员即补知县　黄德衣
洋药局委员江苏即补知县　杨和斋
前代理江苏宝应县知县　李德培
江苏即补知府　陈虎臣
前署江苏宝应县知县　吴观乐
前江苏候补知府刘太守毓敏之子　刘燕臣

发扬州讣文：

前任陕西巡抚　冯誉骥

署两淮盐运使江安粮道　张富年

扬州营参府　　朱元松

遇缺尽先提奏提督赏戴花翎督江南瓜州等处地方水师总兵　吴家榜

总办保甲局江苏即补道台　吴修敩柏庄

江苏即补道　黄祖络

正阳关督销总局前署两淮盐运使即补道　徐文达

前湖北汉黄德道　何维键

前广东即补道　刘湔年

候选道　张丙炎

候选道　戴肇辰

前任直隶布政使　孙观

前任福建巡抚　李明墀

山东即补知府　晏方琦

候选道　梁悦馨小曙

前任四川盐茶道　蔡逢年

河南即补道　许星翼

河南即补道　李正荣

候选道　陈晫

分省候补道　李培松　李培桢

候选道　李荫亭

江苏候补道　刘钟灵

两淮候补运判　凌树模

原任江苏常镇道李叔彦观察少君　李肇文　陈钟藻

宋汝霖伯融处教读先生

沈登阶在扬州行医

许炳勋

署江苏甘泉县知县　朱公纯

扬州城内保甲总巡委员江苏候补知县　周仲丰

刘家立、家荫

候选同知　黄锡禧子鸿　杨瑶

梅花书院山长　韩弼元同知衔

两淮候补运判　万叶菘秋圃

两淮即补盐运分司　万鸣盛

安徽宁国府南陵县训导　孙传棡

两淮即补盐知事　沈崇善

江苏候补道　龚家驯

两淮即补盐运分司　杨葆钧

江苏江都县知县　谢延庚

江苏扬州府知府　宜霖子望

前代理江苏宝应县知县　汤世熙

两淮即补盐知事　孙传馨

扬州画师　诸乃方

前任江苏兴化县知县　夏辅咸　吴丙湘

前浙江运使子颖都转之弟　方鼎锴

两淮即补盐知事　徐衡

安定书院山长　周项

前两广总督　张树声

江苏候补通判　陆家铎

扬州保甲总巡江苏候补知县　周士釜

前署江苏扬州府知府　黄波沛皆

候选训导　汪鋆研山

两淮候补盐巡检　许学善性存

两淮候补盐运判　万紫封

以上共　封

发清江讣文：

前署淮扬海道　王克斋

前清河县　万青选　宋子舟

江苏候补知县　许乐泉

大使用两淮候补知事　许继贤、凌照普、杨琴舫

海分司　于少湘

前任板浦场盐课大使　林小溪

记名道　张汉仙

候选道　陈际平　现任徐州道　段筱湖

发淮安府讣文：

现任淮安府知府　孙海岑

前任常镇通海道　沈彦征　柳叔平

工部主事　杨柳岑　吴济甫　丁叔驹　丁○○交许乐泉处
填号转递

以上二共十九封

发河南讣文：

二品顶戴□□花翎　陈六舟现任河南开归陈许道　贾湛田现
任河南南汝光道　许振祎现任河南河北道　吕郁堂

吴樽让现任河南宁陵县训导　黄秋江前署河南商城县知县　周
鹄田　周小田署湖北宜昌府知府

周□□原并直隶清河道　周幼之、周书田此两函寄京城

周云耕寄江西　周肖轩寄湖南常德府署

吴石臣、吴幼文、吴霭如此三封寄固始县　吴樾圃寄光州

唐咸仰现任河南按察使　卓景濂现任河南怀庆府知府

高云帆现任河南罗山县知县

家四太爷匡山　家四太爷漪亭寄商城　家大少爷竹君寄商城

以上共二十三封

八月十四日（10月2日）　乙酉　阴雨竟日

鲍小润率其两侄孝光、孝裕送蓝呢祭幛一顶。

八月十五日（10月3日）　丙戌　阴雨竟日

接刘易农讣文。送蓝呢祭幛一顶。生于嘉庆二十五年三月二十九日卯时，卒于光绪十年六月十五日亥时。子二人名鹏臣、燕臣。

八月十六日（10月4日）　丁亥　阴雨

送易农祭幛用"豸绣风凄"四字。

吏、户二部会议开捐筹饷一节，据《申报》载，拟准花翎千金，蓝翎七百金过班、加衔皆拟准行。惟指省分发，吏部因停止未久，不肯朝令夕更云云。

八月十七日（10月5日）　戊子　阴雨

观音律院和尚呈敬焰口一台，又李福、李轩、王庆、石玉、田道、许二、卢升□□、许福呈敬祭席一桌，焰口一台，楼库二座，银烛一对。

先太夫人三七之期，早晚致祭。孙稼生三兄暨郭有殿、王树焜、张厚卿、沈仲盘、鲍友嘉、汪桂卿、汪榕卿、朱廷球差帖、孙家翘、孙传辰、孙传充并迩明、纶辉两侄均来行礼，冕三叔亦来行礼。

前任肇庆府张午桥又送奠仪二百元。太守自扬州来行吊，送祭幛挽联：

　　　祝寿拜公堂，端水瞻依，凤仰徽音称圣善；
　　　承欢安子舍，射阳侨寓，顿凋慈荫痛恩勤。

又带交刘树君、又送奠仪二百元。同年李观察培松桢各送蓝呢祭幛一悬。午桥晚间即挂帆清江矣。

八月十八日（10月6日）　己丑　阴　夜转晴，月色甚明

户部员外郎张荫清，高要县人，荫生。主事赵滨彦，号惠钦，归安县人，荫生。在本部呈请投效军营。八月初五日上谕：均发往广东，交彭玉麟、张之洞差遣委用。

八月十九日（10月7日）　庚辰　阴雨

坟前应办各件，特书于此：

石碑一座　石棋　杆座四个　华表一对　明堂石一块　石棹一张上嵌香炉、烛台　羊桃藤放大水缸泡水取汁和土,胜于糯米汁

何小山观察经刘省三钦使奏调台湾差遣委用,舟过安宜来行吊。茶话半天,托其将省三、铭山两处讣文顺便带交。

八月二十日(10月8日)　辛卯　阴雨　卯正初刻八分寒露

郭叔云之妹出阁,予送贺礼十二色,收去纸粉。

八月二十一日(10月9日)　壬辰　阴雨

朱序东之子名云祥授室,喜期本月廿二日。予送喜幛花烛,均收。

程毅甫择来安葬日期:坤山艮向兼未丑乙未乙丑分金

　　　化命　癸亥
　　　化命　己未

谨选本年十一月二十一吉日安葬,巳时登位,午初挂线分金,大吉大利。

四课:甲申　丁丑　辛酉　癸巳　专禄格　金局一气

祭主庚寅　媳己丑　甲午
长孙辛亥　媳戊申
二孙甲寅　媳癸丑
三孙丙寅　媳乙丑
曾孙庚辰　壬午

按《协纪辨方书》云:"葬日谓之造命,造成好命,自然得福。"今选四课,辛酉日主谓之专禄格,丑月土旺生金,巳时巳酉丑申合成一气金局。无刑冲破害,所以成格局,为上选也。冬令金寒水冷,得月干丁火为用神,丁禄在午,用午初分金。又与坐山相合,尤喜。祭主年命贵人亦在午,马在巳,禄在申,化命马在巳,贵人在巳申,所以用巳时登位。按此课禄马贵人俱全,诚大吉之课也。其次,十二月初三癸酉日巳时亦可用。

八月二十二日(10月10日)　癸巳　阴雨偶露日光

传濂、宗瑗各送蓝呢祭幛一顶。

接郭月楼观察覆信，照录于后：

久别金昆，时深瑑结，顷承兰教，快慰积思。敬维△△仁兄姻大人机云竞美，轼辙言欢，分道扬镳，常棣早为天下士。广陵联榻，春草新拈池塘诗，引企夔楼，曷胜葵向。弟机局滥竽，毫无建树。昨以仰蓬兄奉调台湾，令弟暂行接管局事。绠短汲深，实虞难任。尚乞时惠箴言，以匡不及，是所切祷。贵东床吴世兄昆仲英年俊发，品学兼优，久切钦佩。惟弟处局面狭隘，本有人浮之患，容俟有可位置之处，即当延请以副雅属。仁山处蹉务殷繁，需贤应夥，既经函荐，必能礼罗幕下，似无需弟赘渎也。海艅军门屡辞不出，近又偶跌右膀，更属家居有词。仰蓬兄尚须回宁捡料一切，再行赴台，统容晤时，代致尊意。专此奉复，敬请双安，诸维朗照，不庄。姻愚弟郭道直顿首。

又接巨川外甥信，照录于后：

十四日专执事人寄呈牌幪等，想已到宝。甥因节下事忙，并约焕章帮同照应各件上船，谅不致错。嗣后大舅到邗，并专差顺来各件样子照办，均已招呼。绒靴该店云如折做，甚不合算。不若照样另做软靮帮子，定可合穿。大舅命办墓志石，已至二三店内考校，价钱均有细账。铭已作成，大舅云俟价钱谈定，即专人将铭文寄上，恐迟延赶不及也。树君老伯处各事均应允，并拟请树翁书丹，较勾摹又得神些。甥初十到邗，即带此间开发节帐。至十四晚，大舅到邗，即问甥近日同伯融如何，甥达以毫无间言。十五早上街算账，而伯融又申前说。回时大舅即告甥在宝同大人所议事，甥闻之感激涕零。至十六日而伯融已将接甥手者派定，甥得此消息即将账目节算清楚，有存无欠，交与伯融。然后禀知大舅，大舅意甚不忍分手，今晚甥又禀知明日回邵料理一二日，再来办理大人处事件。大舅云："此时你又无事，来回跑多费川资。我留你在此陪我老人，谅他亦无话可说，不必急急。且我在宝曾同你五舅商酌，知你万不能在此长远。我意每年给你三四十千文贴补,然你万不足用,你五舅曾同我有话,你赶紧作禀禀知。"甥回禀云:"自丙寅年到京,即蒙五舅待如子侄,得随子颖舅氏到浙学习。于辛未年到扬,即蒙大舅栽培。至今十余年,成家立业,虽未能免饥寒而总蒙慈爱实深。今日赋闲又累两大人,私衷感愧,莫可名言。且两大人近日光景皆不宽裕,何能忍心累及。仍拟求荐一事,以免累及慈怀。"云云。大舅云:"近日外面情形谋事甚不易易,暂有我两人帮你,全为守贫。我看光景有可推荐之处,再为设法。你即禀知你五舅为要。"甥只好遵命。

又接臻壹夫妇安禀,八月初八日自肥西张宅发。照录于后:

叩辞后,廿六日泊镇江,廿七日搭江永轮船,廿八日至芜湖,遂换江船起,鸿青分手回金陵。吴子宾信,托其带交。男等亦趁风顺渡江,初二日过巢湖,在钟庙阻风二日。初六日到庐郡,各处均未惊动。次早即赴张圩,谒岳母,以序均好,甚为喜悦。并向男云:"此次府上不远千里,许我女儿女婿同来,真是另眼看待,惟有心感而已。"属男先为道谢云云,看来不过愚人痴心耳!张七爷病仍未痊愈。九爷大约月底尚须返扬。徐学使下月初七自太平起马此间,九月半即可开考矣。大人何时旋寓?大伯父能同阵到宜否?念念!余容再陈。

叩辞慈颜后,于廿六日至润州,廿七日搭招商江永轮船,廿八日到芜湖,遂换江船渡江,风帆顺利,于本月初六日安抵肥津。次日即下西乡,一路均托福庇,顺适舍下。自家慈以次亦均平谧,堪慰慈廑。命买使女一事,业已托人代觅矣。揖赵随问先生在此仍照常温习旧业,并以附陈。大人此时谅必在邗上过节,何日旋寓?下怀不胜念念!

又接李少荃傅相唁信,送绸幛一悬,白绫挽联一付。照录于后:

○○尊兄年大人苦次,顷接讣函,惊悉年伯母太夫人幢引瑶池,峰倾天姥,怆恻莫名。执事至孝性成,风木之悲,自难言喻。第念太夫人万家生佛,一代女宗,膺芝诰之荣封,享兰陔之洁膳。

今者骖回蓬岛，果证菩提，含笑归真，断无遗憾。尚冀制情以礼，勿过毁伤，至为企祷。弟坐镇析津，遥闻薤露，爇瓣香而叩奠，甲帐难离，写尺素以申怀，庚邮借达，谨呈幛联二事，祈代荐灵帏是幸。岿渤布唁，顺候孝履。不具。年愚弟李鸿章顿首。

少荃傅相挽先太夫人联句：

> 子舍奉官箴，合浦至今多宝气；
>
> 仙乡归客邸，射湖终古暗慈云。

又接荠塘六兄甲字第十五号安信，八月初八日自都门寓中发，交福兴润轮船局寄，照录于后：福兴润在前门外打磨厂鸿盛店内。

八月初一日接十四号信并砾卷二本，即谂近祺安吉为慰。大兄未知何日返沚，曾否同至如皋？赈捐闻不能得，此时时势留几个钱以备不虞，所见诚然。法人之事，两边俱在骑虎之势，不得下台。若照此时处处办防，长久下来何以支持？局面一变至此，真非意料所及。国运为之，谓之何哉！都门电报此时已直达总署，惟谣言甚多，真消息甚少耳。蕙吟已决意不干，此人尚属见机。振帅之件闻无甚紧要。友帅严议，或可冀加恩。搢绅及牙杖，月杪有一引见之同乡出京，可以托其顺带，此时入引者少，带物殊不便也。召棠已来京销假，秋俸尚未误。小兰之媳于七月廿一日在涿寓病殁，身子本虚弱，后十余年之岁月已算侥幸之至。程学伊之件告知他，此件部内向只办存文，不能行文知照的。幸伊有此托，在部为之查出，该吏并未与注册，已转托友人将其注册矣。元条一纸，附寄与之一阅可也。附寄林小溪一函，即希转交。

江苏宝应县典史程学伊，光绪五六两年安澜案内保七年六月内奉旨。以道库大使，尽先补用。

查此案已注册否？现已补行入册。

八月廿三日(10月11日)　甲午　早阴雨　九点钟转晴又转阴

杨石荃制军带去随员六人到闽：

候补道黄立鳌　候补知府黄波　候补同知邓赓元

候补同知潘纪恩　分省知县成心中　候选县丞刘启泰又前
安徽臬台张学醇亦随制军赴闽

接子箴大兄不列号信，八月十九日自湾子街寓发。照录于后：

十三日冒雨开舟泊氾水，十四日得北风，于起更后入城。中秋阴雨未出门。十六日往树君处叩求书丹题主，皆承首肯。十七日又见展云，叩求其篆盖，则云不善篆书，可以借衔。兄拟叩求子鸿代书，或即浼高大使行笃，望吾弟于二人中酌之。至叔母大人墓志兄代稼生拟作，已于十七日脱稿寄去。弟即邀稼生来相酌妥协，早日寄回，可即托子坚写出。惟此纸必须由扬州带去方合款式。再恢垣所撰叔父大人墓志，有二千余字，据刻工老王云必得书丹，树老亦应允，殊为可感。有应改"光禄"为"荣禄"，及宜删"赐茔"二字商之，冯刘二君，皆云然。又冯云书衔必得有赐进士出身，似皆应从之，即盼回音，切切！弟之骸患亮已收口，深以为念。葬期已择定否？卯金居然批示，淮南总局先重收支，总局官款之二千引，而当事竟有偏袒之意，未免欺人太甚！现拟再禀求其一秉大公，尚不知能否如愿，兄连日懊恼已极。电报基隆失守，巨川事已不谐矣。

两碑分两人刊刻，一王姓，一朱姓。其石价及刻字费均有巨川代办，寄信到宝。

又接巨川外甥信，八月十九日发。照录于后：

昨日禀上一缄，谅可递到。顷间大舅信已写成，文亦誊清。本拟命甥携上，就近斟酌，并带刻工即在八宝打格，俟子坚书成，携回即刻，恐迟则赶不急矣。兹因石刻工价尚未议定，各件亦有未齐，而甥又须赴邵，已禀明大舅。即刻下船，后日回邗，即携刻工一阵来宝，面禀一切。今早至青芝先生处，下半跪礼请其同阵来宝，已承允许，云尚须同周家商酌。看红牌均加油漆，科甲因字太多不好看，该店另拟稿，俟一成工即专人送上。此间代收幛而无谢帖,有便寄少许交王玉,为叩。

又接刘树君观察信,照录为后:

　　○○同年大人苫次,忍老回扬转致尊意,以年伯大人墓志委湛书写,湛叨在年家子,奚敢以庸拙辞。惟据忍老云,志中"光禄"字样,当日诰轴内无正一品,字似应仍书"荣禄",此字必须确查。又"赐茔"二字,地非钦赐,则二字亦似未合。质之冯展云中丞,亦以为然,属为函商,可否照旧书写?湛濡毫以待,敬候示遵。至题主一节既不以人微望轻为嫌,自当遵命,届期恭诣也。再据刻石者云字数太多,必须书丹,又必须及早,方不致误。更乞作速赐复,诸惟珍重,不尽欲言。湛年顿首。

又接永斋二兄唁信,八月十九日自曹都巷保甲局发。照录于后:

　　八月十六日接奉讣闻,惊悉三婶母大人于七月廿七日仙逝。但念三婶母大人年登上寿,得老弟承欢,朝夕侍奉,生前已登五福。三婶母大人古道照人,事存忠厚,没后应列仙籍。兄闻信之余,亦觉哀悼。现以职守攸羁,未克赴宝叩奠,罪甚!兹谨具洋蚨一元,祈饬办棉帛代焚,以表下忱。尚望老弟大人节哀顺变,是所切属。此复,即问孝履。

附录复儿辈信:

　　十六日由吴府家人送到信一件,外讣闻一总封,当照单查阅。知未填姓名者尚有八分,当将已填好者饬人送去,已有廿四分。其余如吴子备闻现在苏州,久不住南京。即如陈虎臣一分,尚未觅到公馆,故未送去。宋少堂现河运未回。李厚庵俟明日寻到公馆即行送去。以后如送到各处,再行告知。兹接侄老人家所寄哀启,愚迫不能来宝亲吊,歉然之至,谨具洋蚨一元,系办棉帛之资,望饬人代办代焚为盼。除另函唁侄老人家。手此布复。

外有刘燕臣兄谢帖一分附呈。外有已送讣闻单一纸望查收登记。

八月廿四日(10月12日)　乙未　阴晴无定　夜雨

冯展云、郜荻洲各送新蓝呢祭幛一顶。徐仁山送蓝洋绉祭幛一顶，均无唁信。

北垣之生母，先太夫人认为干女。今日系先太夫人四七之期，北垣延观音律院和尚来予寓讽经。家中早晚致祭。晚，和尚并来放焰口，化库。同乡王锡三、程理堂、鲍会之、汪敬之、沈仲盘、潘文甫暨朱仲书昆仲、宫翰臣妹丈、俞少臣侄婿，雅仙、迩明、纶辉、燕亭诸侄均来行礼。

冕卿三叔来行礼。

仲书、昆仲送鱼翅祭席一桌。强官呈敬祭菜八碗，楼库二座。

接吴畏斋亲家唁信，照录于后：

> 顷奉大讣，惊悉姻伯母太夫人宝婺星沉，瑶池驾返。闻信之下，悲悼实深，即维子○五兄亲家大人孝本性成，至情天笃。当此痛深躃踊，自必哀毁逾恒。伏念姻伯母太夫人珩璜作则，苹藻流芬。秉严肃以治家，俾贤劳而报国。翟茀播徽音之誉，芝呢邀极品之荣。况复福备箕畴，年逾耋耄。德流瓜瓞，庆衍孙曾。固已备至哀荣，毫无遗憾矣！尚祈亲家大人节哀顺变，仰妥慈灵，是为切祷。弟情殷执绋，迹阻封圻，遥企素帏，殊增歉悃。除具素幛，命七小儿致敬外，特泐寸函，奉唁孝履，祗请礼安，不庄。姻愚弟吴应焯顿首。

八月廿五日(10月13日)　丙申　偶晴仍阴雨

接少鹤二弟唁信，照录于后：八月十七日自江宁省发。

> 顷奉来函，惊悉伯母大人弃养之信，悲悼难名。以吾兄纯孝性成，自必逾恒哀毁。伏思伯母大人年登大耋，福寿全归，固已毫无遗憾。尚祈节哀顺变，以襄大事，是所至祷。弟分居犹子，本当躬叩灵前，稍伸哀慕。奈因差务羁身，未能如愿。寸衷负疚，窀穸难哀。未知择于何日开吊，何日扶柩回里安葬？记念之至，肃此敬请礼安。

八月二十六日(10月14日)　丁酉　晴

王克斋观察送蛋青线绉祭幛一悬,无唁函。

八月二十七日(10月15日)　戊戌　晴

杨崐山来行吊。

传兖辞行。送其妻到湖北归宁。

方元仲弟兄率子侄等送新蓝呢祭幛一悬。无唁信。

八月二十八日(10月16日)　己亥　晴

徐炳祥来行吊。

周海舲送新蓝呢祭幛一悬。无唁函。

复子箴伯兄第十三号信,照录于后:交胡万昌寄扬州寓。

　　廿三日接十九日不列号手谕,敬悉安抵邗寓,一切平安慰慰。代稼兄撰太夫人墓志铭,简洁有史迁法,稼兄感佩。起首略易数语,中间有事实应添入者,亦一体添入。昨属吴婿裁纸为范,碑石例用方,两志尺寸相同,已钞稿写匀,可求树兄书丹,然须工匠另裁一纸方合。恢垣原文不易其旧,另请树兄作记数句于碑版中,另创一例亦写于志后。至篆盖即乞子鸿兄大笔为叩。借重冯公官衔。"荣禄"自应遵照封轴。"赐茔"二字中,在岭西即与恢垣反覆辩论。此二字见于诗只岳珂一首,唐以前所谓"赐茔"皆奉天子诏葬于京都之郊,徐氏《通考》可按也,今去之为是。程毅兄择定十一月廿一日奉先公暨太夫人柩安葬,巳时登位,午时分金。则发引不可不早,恐路上冻河。现定十月初五题主神主。初一日请树兄登舟而来先期恭迓。有价预备船伙,初七日领帖,间初六一日者,以便各事齐备。初八日家奠,初九奉灵榇至舟中,至迟十一可以长行,有三十天工夫,断无不抵平冈之理。至刻墓志一事,九、十两月工夫甚属从容,倘能于十月初赶刻成工固好,否则随后刻成,派一力肩而至寿,亦不过十一月初旬去,十一月廿一日为期,亦不迫也。巨川来,说定工价便可开手矣。树翁赐函已领悉,苫块未敢作答,乞将弟此信请树翁阅之为叩。盐事何如？恒益店欠弟之款尚未归清，现在情形大都如是，真令人闷闷。文年、巨川均尚未到。三儿有禀，八月十二自庐州夫妇同回，亦尚未到也。兄之官衔牌：连牌架，切切千万。

布政使衔	广布政	翰编
淮运	川臬	户掌

此六，对望速写信与仲仁，十一月初间着佃户挑送文年手收，勿误，切切。钟山能否有成，望切！五弟○苦次稽首。兄来信至九号，以后编十号为祝，有号头易查考也。

二儿上大兄安禀附十三号信内寄。

接沈彦征前辈唁信，送线绉祭幛一悬。照录于后：

子严五兄年大人素履，盈盈带水，未获时聆雅言。顷接讣音，惊悉伯母大人偶染微疴，遽尔神归瑶岛，逖听之下，骇愕莫名。在阁下纯孝性成，自必逾常哀毁。惟思伯母大人荣膺一品，寿迈八旬；既子舍之承颜，复孙枝之蔚起。自当遗憾毫无，尚冀顺变节哀，勉襄大事，庶可上慰九原，是所企祷。弟闭门株守，无可布陈。兹寄呈素幛一轴，借伸奠醱。稍迟再当买棹趋敬灵筵也。专泐奉彦敬请礼安，诸祈珍重不宣。年愚弟沈敦兰顿首。

接刘俊卿、李子木两观察唁信：送新蓝呢祭幛一悬，照录于后。

顷展讣音，骇悉老伯母大人锦堂弃养，惊悼良深，素谂子○仁兄大人以纯孝之天怀，奉晨昏于寝室，骤遭大故，何以为情？第念老伯母大人福备九畴，封崇一品。又亲见阁下荣膺豸绣，宠锡螭坳；久遂乞养之情，兼尽饰终之礼，固已毫无遗憾矣。尚望勉节哀思，是所至祷。弟等邗沟滞迹，弗及叩奠躬亲。谨具素幛一悬，聊伸刍敬，即希察收。肃此奉唁，敬颂孝履，诸惟珍摄不尽。乡愚弟刘钟灵、李正荣顿首。

三儿致其两兄信，八月十一日自肥西张寓发。附录：

顷接飞函，惊悉祖母大人偶因微疾，竟于上月廿七日仙逝，披诵之余，痛悼何可言状！又接扬州袁楚椿来函，知父亲大人已于是日与巨川兄星夜回宝矣。计日首二七已过，诸事谅必办有眉目。弟接信后，即回明张府料理行装，准于明日即行，偕弟媳回归。路上绝不耽搁，大约月底定当到寓，祈吾兄代为转禀为要。定先表兄处弟亦飞函达知，未知渠得八宝信否？

接问孚先唁函，照录于后：

顷接鸡毛火信，惊悉令堂太夫人于前月廿七日子刻遽返瑶池，实深骇悼。此时老伯在扬，想闻信当即回寓，必有异常哀毁。第忆晚生来时，太夫人精神颇尚康健，乃无疾而终。固已福寿全归，毫无遗憾。尚祈老伯稍自节哀，以尽大事，是所切祷。晚生偕揖赵夫妇准于明日启程，计月底当可抵宝矣。匆匆泐此，敬慰孝思。不备。

八月二十九日(10月17日)　庚子　晴

致大兄第十四号信，照录于后：

昨晚发十三号信并墓志铭底本样式，今早王访泉来急问，胡万昌局索信则已矣矣。访泉凭中言明，每一字二分，篆盖字加三。两碑归其一手摹刻，不必书丹，用纸写出由渠双钩勒石，包于九月底亲送来宝。现在已付定钱。兄前信之分两家刻，似可毋庸议矣。原底石大太，访泉欲稍改小，以便觅坚旧之石。乞即将底本交付，令其赶紧裁纸。界路求树君书之，较书丹容易而不费事。子坚不能执笔，故两碑皆奉求树君，当不责琐续也。余命儿子禀知。五弟〇苫次。

接戴友梅观察唁信，送新蓝呢祭幛一顶。照录于后：

昨者骇谂太世叔母大人仙逝之耗，惊悼莫名。伏念太世叔母大人教秉女宗，寿臻大耋，荷崇封于一品；翟茀增荣，备全福于九畴；芝兰衍庆，方谓康强逢吉，克享期颐，乃爱日正长，而寒霜遽陨。世叔大人孝思纯笃，定必哀毁逾常。尚冀勉抑悲忱，以妥慈灵，是所企祷。侄远隔邗江，未克躬亲吊奠，歉仄良深。谨具幛轴一悬，聊伸刍敬。手肃奉唁，孝履惟照。不备。世愚侄戴肇辰谨肃，儿子随叩。

又接刘家立、〔刘家〕荫、吴丙湘公唁信，送新蓝呢祭幛一悬。照录于后：

敬肃者，前月抄惊闻太伯母大人仙游之信，不胜骇愕。顷奉大讣，展诵之余，同深悲悼。就审子○年世伯大人性天素笃，哀毁逾恒。侄等带水相违，未得躬亲唁慰，悚歉奚如。第念太伯母大人寿届九旬，封崇一品，福全德备，驾返瑶京。敢援节哀顺变之文，用作为国爱身之请。临风翘首，企祷殊深。兹谨具素幛一悬，聊申敬意。伏乞恭荐灵帏为叩。手肃布达，恭唁大孝，只希珍重。不戬。年世愚侄刘家立、〔刘家〕荫、吴丙湘同顿首。

又接李肇文号菊生。唁信，送新蓝呢祭幛一悬，祭筵一桌折洋蚨十元托代办。照录于后：

子○年伯大人素履，前得畅聆麈教，顿令尘虑都清。旋闻旆返甓湖，正殷驰系；嗣奉讣信，惊悉太年伯母大人鸾骖返驭，鸠杖游仙。逖听之余，曷胜骇悼。伏念太年伯母大人福备箕畴，荣膺花诰；正值锦堂昼永，欢胪莱彩之衣。讵期漆室灯悬，遽反蓬山之驾，然而莲台证果，应已发憾无遗。惟我年伯至孝性成，天真谊笃，一旦感深育鞠，必且痛切吟莪。第思柏墓未封，尚须营度，乞勿梅容过毁，勉抑哀情，是所至祷。侄芜城羁迹，带水遥违，满拟亲诣灵前，一伸奠醊，奈俗缘纷扰，且家事照应乏人，如愿未能，实深歉仄。谨寄呈祭幛一悬，又英洋十元，敬祈代办祭筵一席，申荐慈灵，无任切祷。谨肃恭唁孝思。年愚侄李肇文谨肃。

八月三十日（10 月 18 日） 辛丑 晴

接吴朝杰镇台唁信，送蓝线绉祭幛一顶。照录于后：

子○仁兄大人苦次，昨奉讣书，惊悉老伯母大人仙逝之信，展读之下，哀悼莫名。惟我兄纯孝性成，惨遭大故，自必悲深苦块，卷废蓼莪。伏念老伯母福备箕畴，寿逾耄耋；绕庭阶之玉树，锡殿陛之金花；允宜含笑九泉，毫无遗憾。尚祈我兄节哀顺变，以慰老伯母在天之灵,是所至祷。弟军书鞅掌,防务维劳,未遑趋谒灵前,躬亲叩奠。谨备祭幛一悬,聊伸微敬,即祈察存是幸。专此布唁,敬请礼安。如弟吴家榜顿首。

接霭卿大弟唁信,八月十三日自天津发。照录于后:

五哥大人礼启,本月十一日接奉来示,惊悉伯母大人仙逝,悲痛莫名。伏思五哥大人至孝性成,自必逾恒哀毁,第念伯母大人年登寿考,福备箕畴。尚祈五哥大人节哀顺变,以勤大事,以妥先灵,是为至祷。椿分居犹子,同切悲哀。只以远隔津门,未能抚棺一恸。回思积年来,备承兄家卵翼,衔结难忘,报称毫无,五中耿耿。今值兄遭大故,又未能亲往敬慰孝思,抚衷自问,清夜难安。现已函禀严亲,命大儿由东台前往宝应,代身叩奠灵前,稍伸悲恫。惟身羁北地,泪洒南天,此情曷其有极也。肃修寸禀,恭请礼安,伏乞素鉴。弟泽椿谨禀。嘱寄芰六哥信,随即加封寄京矣。

再禀者,八月初五日由严亲谕内附来钧谕,并子坚侄婿贡卷,读悉一切。所询法事,天津招勇练团颇极周密,陕甘督拨兵三千,山西抚拨兵二千,均来入卫,大约均驻北洋海口一带。善庆将军前来津,议招勇,嘱傅相筹饷,彼此议论竟至龃龉。幸运司额玉如调处,将长芦正课廿余万全数拨给善公充饷。李、善之和遂解。善已入都,不日出京,驻山海仍招数营兵,并带神机营兵。防堵一带。吴大澂钦差驻乐亭,闻其兵不足恃。书生用兵,本不足靠。曹克忠广提驻山海关伊系新招空营。计山海关有叶志超正定镇兵,刘盛休铭军统领兵全驻于此。大沽口有六十余营如周盛传军全在。看来北洋兵力甚厚,惟饷项颇不易筹。目下傅相奏开炮捐已照准五条。二千两:花蓝翎、虚衔,保举、过班;一千两:封典,分发。成头太大,应例银七折收捐。近无报捐者,非减成不可也。招商局自卖与美国,我国搬运军火,伊均不装载。现又买得外国轮舟二只,以备军火用。天津一带人民安堵,虽有警闻,多系传言。闻京城甚惊慌,其穷尤甚也。父亲得此小差,无补于事。即二弟之保甲亦无多赢余。弟家累嗷嗷,诚有不堪设想者。弟依人如昨,毫无出头路。小山已于上月中旬到豫,禀到后,小住数日,即由旱路南下,而清江,而沪,而台湾去矣。刘省三奏调办煤矿。子坚英年拔萃,足为戚属光,竹如先生可谓有后,慰慰。伊属其寄令兄之信,昨在军械所顾廷一凌小南女婿。处探问,始悉已赴京,兹将顾致弟之信寄阅,请即转致子坚可也。致伊兄信已为之寄芰兄处,请转递矣。张幼桥钦使自闽省溃败之后,急欲求归,请中堂想法,乃竟无可想之法,张可谓自寻烦恼。美国昨来为法国说和,云不要兵费,将中国税务每年分其若干,傅相已拒绝之矣。法人在香港招兵,广东张振翁、张香翁明白晓谕,令兵卒用毒药致死法人。此言传至京,今有旨严加申斥,可算笑说。盛杏荪观察前因锡廖钦使参劾,部议降调,复经左相保奏,才堪大用,处分当可恩免,可先知稼孙表兄可也。清河道缺出,史克宽因事革职。何骏生丈可望补。七公之托。肃此,再请礼安。弟又禀。

附录顾廷一致霭卿弟信:

霭卿仁姻丈大人阁下,未审从者在津有疏趋候,歉甚歉甚。奉手翰岵莪系闰月晋京候铨,昨有信来,大约月内可以顶选,出月可以出都。虽张罗甚属为难,局中尚有薪水一分未除,并达,复请台安。姻愚侄制顾廷一叩状。

九月初一日(10月19日)　月建甲戌日干壬寅　阴雨

泰山殿和尚名显珏来行礼。

先太夫人五七之期,小园、孚先延道士讽经、放焰口、化库。邵云舫、程理堂、沈仲盘、郭辅臣、汪树丹、王锡三、部纪堂肇元、朱序东送祭席、孙稼生、俞少臣、宫翰臣、鲍会之、孙北垣、袁楚椿扬州永恒祥绸缎庄、冕三叔、迩明、燕亭、滋青、少卿均来寓行礼。

张西园同年送新蓝呢祭幛一顶。

办理宝应厘捐局何耀良送蓝羽纱祭幛一顶。

照录西园同年唁函：

　　顷承大讣，兼诵素书，惊悉年伯母大人于七月杪鹤驭仙游，曷胜骇悼。因念子○仁兄年大人性成纯孝，躬奉高慈。前由东粤迁官陈情进表，正冀北堂介寿，侍养承欢。乃值秋风，遽伤爱日。当兹大故，自必哀痛逾常。惟年伯母大人齿届九旬，目娱四代。荣膺禄养，白华补洁于南陔；志遂还乡，黄发追陪于西母。瑶池含笑，遗憾毫无。尚祈顺变节哀，以安窀穸，是为唁祷。弟缘羁迹于白门，未伸鹤吊，借通忱于素幛，并附鱼缄，希鉴存之，殊深歉臆。肃此，奉慰苦次，即请礼安。不宣。乡年愚弟张铭坚顿首。

照录少鹤二弟唁函：寄来英洋一元，托办香楮。

　　五兄大人尊前，十七日寄上一函，系由仁甫二兄处转递，想已达览矣。迩来各事，谅俱料理周备。伯母大人灵舆何时回里，深系下怀。将来发引时，沿途照料以及安葬等事，在在皆关紧要。吾兄似宜稍节哀痛以襄大事，以妥慈灵，叩切。六弟攸羁在远，未得躬亲叩奠，歉仄之至。谨具英洋一元，敢求饬纪代办香楮，敬献灵几，稍尽下忱，是所切祷。专肃，恭请礼安。弟泽含谨启。八月廿一日。

照录□□唁信：此信八月廿八日自清江发，信内末一行只书"卑职谨禀"四字，未注姓名。

　　敬禀者，窃卑职久暌慈晖，恒切树云之望。遥颂哀讣，惊闻薤露之歌。伏维大人鸡鸣笃性，鹤驭兴悲；以不匮之孝思，宜何如之哀毁！第念宪老太太贤逾欧范，福备箕畴；鸾章拜极品之封，鹤发享期颐之寿；固已九泉含笑，遗憾毫无。尚祈节哀痛心，以慰慈灵，是所叩祝。卑职薪劳事冗，竽滥惭深。愧今兹空结蓬诚，未遂凫趋之愿，容他日晋瞻苦次，再伸鸡吊之忱。谨摅下悃，恭唁宪怀，叩请礼安，伏乞垂鉴。卑职谨禀。

照录定先外甥复迩明暨儿辈信：八月十八日自寿城发。

八月十七夕接专函,惊悉外祖母大人仙去,使豫书未卒读而泪下涔涔也。本拟即刻前来,缘阴雨多日,陆道泥水过深,车马难行,恐十日尚不能到。又兼豫患目疾,红肿畏风,今日尤觉涨痛。现在张罗赀斧,觅一小舟,准于二十日放棹东下。好在顺水,无论逆风顺风,每天总行百数十里。俟到盱眙,看风挂篷,或走高梁涧,或走蒋家坝,均无不可。抑或由盱眙起旱亦可,总期以速为妙,大约十一二日必至安宜矣。寄来孙、方两家各信以及肥上书函,今明两天自应照单寄送不误。来人回川,嘱给千钱,豫因其十日辛苦,加赏四百文,并以布知。

九月初二日(10 月 20 日) 癸卯 晴 偶阴

半樵表兄寄来,新蓝呢祭幛一悬,廿四言挽联一副。外唁信一函,均录于后:

天留长者有二人,六年间重经八宝,窃幸愿遂瞻依,艳称老福;

寿到今兹已大耋,一星终即届百龄,讵料感生风树,望断慈云。

接奉讣音,惊悉四姑大人仙逝,遴听之余,曷胜痛悼。伏思四姑大人耄耋康强,富贵兼备九京,应无遗憾。因念子○棣台大人纯孝性成,自必逾恒哀毁,惟是窀穸后事正须经理,仍祈顺变节哀,以襄大事,是所至祷。藻邗江从事,碌碌无奇,实拟前来躬诣灵帷,一伸哭奠。缘骸疾纠缠,不能为仪,良深惭歉。谨具挽幛一轴,挽联一副,少伸孺悃。肃函布唁,敬问孝绥,伏祈垂照。愚表兄陈钟藻顿首。

九月初三日(10 月 21 日) 甲辰 晴

扬州府宜霖、江都县谢延庚公送新蓝呢祭幛一轴。

日本钦差黎庶昌丁内艰,朝廷简知府徐承祖号孙麒,江宁六合县人。去接任。

万小亭因病请假,太仓州缺,苏藩委吴葆俊代理。

九月初四日(10月22日)　乙巳　晴

扬州转寄张屺堂送湖水线绉祭幛一顶。何汝持、吴柏庄、凌树模、晏方琦各送新蓝呢祭幛一顶。又候补盐经历沈崇善送蓝羽纱祭幛一顶。沈、凌、晏三处无唁信。

照录张屺堂都转唁信:

　　正深驰系,接奉讣函,惊悉年伯母大人玉杖遗鸠,瑶池返鹤,捧诵之下,骇愕莫名。伏念年伯母大人德备懿宗,福膺上考;封鲊而节成廉吏,丸熊而声启名臣;方欣凤诰荣膺,永春晖于萱阁,何意鸾軿遽杳,证仙果于莲台。子○仁兄年大人至性凤纯,孝思不匮,痛兰陔之废养,诵莪咏而兴悲,呼抢逾恒,不言可喻。惟是仔肩綦重,要务实繁,且报答正长,显扬未艾。尚祈勉茹饘粥,珍重苫帷,是所至祷。弟迹类悬匏,莫襄执绋。谨呈祭幛,借展刍忱。专泐,恭唁孝履,诸祈卫摄,不具。年愚弟张富年顿首。

照录吴柏庄观察唁信:

　　顷奉讣函,惊悉伯母大人锦堂弃养,鬐帨离尘,昭懿范于萱帏,风高鸾驭;垂仪型于荻管,露湛龙纶。敬谂仁兄大人纯孝性成,自必痛深擗踊,伏冀节哀顺变,勉襄大事,以妥先灵,是所企祷。弟分应鹤吊,迹阻凫趋。谨备一悬祭幛,务祈厥次代陈是幸。专此布唁,顺候孝履,诸惟澄照,不具。愚弟吴修敩顿首。

照录何汝持观察唁信:

　　昨奉大讣,惊悉太姻母陈太夫人鸾驭返真,曷胜骇愕。敬惟子○姻长大人性成纯孝,痛切靡依;念萱背以难忘,抚草心而引疚,有生同慨,夫复何言。惟念太姻母老大人淑慎持家,义方垂教,年登大耋,绕膝孙曾,戚党咸悲,哀荣备至。我姻长大人显扬克遂,定省常亲,揆诸侍养之私衷,允无遗憾。伏乞节哀顺变,制礼抑情,是所切祷。侄情殷鹤吊,迹阻凫趋。谨具素幛申奠,肃函叩唁,祗请礼安,诸惟珍重。姻愚侄何维键顿首。

九月初五日(10月23日) 丙午 晴 辰正三刻五分霜降

霭卿弟令其大儿名嘉栋,号松友。由东台来安宜代伊叩奠,早间抵寓,与寿卿、传濂同住一房。

吴越三姑太太之子。呈敬新蓝呢祭幛一顶。无唁信。

九月初六日(10月24日) 丁未 晴

凌光宇、杨鹤书公送新蓝呢祭幛一顶。无唁信。

《申报》载佛山分府缺,粤藩现委候补知州田明曜代理;增城县缺,委即用县陈绍棠署理;香山县缺,委现署高要县萧丙塈署理;潮阳县缺,委现署香山县刘秉奎署理;高要县缺,尚未委人。

九月初七日(10月25日) 戊申 晴

秦尔炽来行吊,与杨柳翁公送新蓝呢祭幛一悬。

文年抵寓。收到棣臣六太爷等唁函。

照录孙棣臣六太爷唁信:

子○贤侄倩苦次,正切驰思,适逢素告,惊悉尊堂太夫人锦堂弃养,错愕良深。凤知贤侄倩纯孝性成,自必异常哀毁。第念太夫人寿逾八旬,堂同四世;母教凛断机之戒,官箴表封鲊之贤;训秉三迁,诰崇极品,虽是归灵天上,自无遗憾人间。尚希顺变节哀,以勷大事,是所至祷。棠凫趋迹阻,鹤吊情殷,莫陈絮酒以虔。将先肃芜函而布唁,一俟灵舆归葬,再行趋叩穗帷,用伸奠酹。先此奉唁,借慰孝思,顺候素履,不一。姻侍生制孙树棠顿首。

照录孙和民亲家唁信:送新蓝呢祭幛一悬。

子○妹倩亲家大人苦次,八月十八日接奉讣函,惊闻伯母太夫人仙逝,不胜震悼。伏念廿年前客寓京华,得瞻慈霁。蒙伯母大人视同子侄,暌隔虽久,耿耿不忘。一旦凶耗远传,抚今追昔,能勿潸然?况妹倩大人赋性纯孝,猝遭大故,哀毁更不待言。惟思伯母大人年逾八旬,兼备五福,九原之下,遗憾毫无。仍祈妹倩以礼节哀,勉襄大事,是所至祷。兄远隔重津,未得躬赴灵前,虔申奠醊。谨具祭幛香楮交舍侄代呈几筵，以表微忱。俟妹倩扶灵奉安窀穸时，再为就近前往拜叩。泐此布唁，诸惟珍重。姻愚兄孙家怿顿首。

照录孙以笙亲家唁信：

子〇表弟妹丈都转大人阁下，径启者，顷接赐函，惊悉舅母太夫人无疾仙逝，闻信之余，曷胜伤感。镛久违慈颜，满拟年内外因公赴宝，再申省视，不意讵闻讣音。阁下至孝性成，尤必逾常哀毁。伏念舅母太夫人年登八秩，福寿全归，备极哀荣，自可无憾。尚望节哀顺变，以襄大事。镛公冗羁身，未克趋赴灵帏，一申哀悃。兹先泐函致唁，随后再行敬奉生刍，聊申忱悚。祗请礼安，诸惟远照，不既。姻愚表兄孙家镛顿首。

照录孙立之外甥唁信：已送新蓝呢祭幛一悬。

久闻慈颜，正深孺慕，适由定先舍弟处奉到素函，惊悉外祖母大人锦堂弃养，痛悼良深。窃念庚午冬在肇罗道署，仰叩慈容，倍蒙垂爱，流光弹指，十有四年。方期颐养天和，克登上寿。何图猝来恶耗，地坼天崩。追念遗徽，徒挥痛泪。母舅大人感深风木，痛抱皋鱼，自必异常哀毁，然丧葬大事，正须极力撑支，伏乞顺变节哀，是所叩祝。甥理应偕定先弟来宝叩谒先灵，稍伸鄙悃，奈舍下无人，分身未得。统俟灵舆到寿，再展悃忱。先此奉唁，敬慰孝思，并叩素履，不具。外甥孙制传惠谨肃。

照录兰言兄，桐轩、绮轩两弟唁信：

子严五弟大人苫次，日久便乏，正深驰系，顷接讣音，惊悉姊母大人于七月廿七日无疾弃养。闻信之下，跪痛曷胜。现在一切大事均须料理，惟望吾弟节哀应变，勉襄正事，仰慰在天之灵，是为至祷。兄等理应星速趋诣，随班伺候，奈尚有要务羁迟，不克立时就途。闻之定先甥云：不日灵轜亦即来寿，届时当再拜迎河干，侍应一切，以申孺慕之忱。先此覆询素履。兄兰言、弟豫兴、振纲顿首。

九月初八日(10月26日) 己酉 晴

先太夫人六七之期,稼三哥、松友侄延泰山殿和尚讽经,放焰口,化库。家中早晚致祭。刘佩卿、沈仲盘、孙鹤生、孙北垣来寓行吊。冕卿老叔暨雅仙、迩明、纶辉、燕亭诸侄均来寓行礼。

彦征前辈赴泰州,舟至宝应,来寓行吊,略叙数语,即挂帆矣。

俞少臣侄婿呈敬新蓝呢祭幛一悬。

照录子箴大兄甲字第十号信:本月初四日自扬寓封发。

两得来书并两墓志誊本,即属巨川交王访泉画纸格,送树君处书写。树君应承写两碑,并告以十月初五日题主,先期放舟来迎,皆无异说。前月廿五日沅帅回信,云书院更替,有时盐务洋务位置不易,现在羽檄纷驰,日不暇给,一俟逆氛稍定,机有可图,必当代为留意云云。似尚不至绝望,只得静以俟之。德安事所谓批示者,乃卯金批总局先重伊之二千引,再行拆封。一似堆盐归渠管理者,当事明知其非而碍于情面,噤无一言。现又欲递呈,催其公断,底下有人为总局来说,将此二千引先后各半,尚为可行,必明年方能重出矣。下余一千引更须后年,牵引拖累,实无如何。明年非谋一事不可。健帅未知一二月内能到袁浦否?宝应得信较速,如有确音即望寄知。仁山绝无回信。人情冷暖,大抵皆然。吾弟所患已收口,日来步履定可如常。兄身子无恙,恐小春尚不能返肥。大女初十日动身,至今无回信,捐赵想不日可来矣。巨川明年事如何,弟与兄分任之可耳。

照录果卿三侄安禀:本月初五日自扬寓封发。

月前在宝接邗信促赴泰州,是晚二鼓回船未克,叩辞。想二弟必代转禀矣。侄于前月杪旋邗,闻婶母大人福体违和,近日当可见愈。青芝有重九后赴八宝之说,并闻十月初十日奉三叔祖母大人灵柩回里。昨在甘泉晤朱一甫,询及开吊日期,云现已奉文,皇太后十月初十日万寿,奏准花衣廿日将来,开吊日期在花衣期内,应否改择之处,尚祈酌夺是叩。巨川弟家口众多,势难久闲，只得代为留意。法事无甚确音，传闻台湾土匪内乱，粮道不通，势甚危急。沪上法领事出入如常，无人过问，实属怪事。省中无甚信息，运台亦未到任。朱参府奉文送引，见已委曾都司接署。曾君系池州营实缺，为九帅亲族。朱显翁一时未必北上矣。

照录命儿辈上子箴大兄安禀：

初八日接奉初五日手谕并第十号信，敬悉一是，并谂福躬曼吉，下怀用慰。侄劳碌如恒，父亲近日饮食尚好，惟左腿下之疖尚未十分完口。寿丈现用象皮散敷之，再有几天当可平复。知注附陈。顷果卿兄来信云，十月初十日系皇太后万寿，奏准花衣二十天，我处初五开吊，正在吉服期内，似宜酌改等语。顷老人家云，国家忌辰自应遵照，不办喜事。譬如花衣期内官员军民人等，或遇上人大事等，能不棺殓不奉哀，甚至即用初十日子安葬，又焉能不办？王道不外人情，此说甚是。然既据果兄云云，不能不禀知。大人尚祈便中示下为叩。定先表兄昨日到寓，三弟尚未到，殊不可解。《读鉴偶录》如已折出，祈将原本寄下，缘老人家时刻在手边头翻阅也。再宝应各处讣文均未注某月某日，领帖发引字样毫无痕迹，并以奉闻。

钦加三品顶戴即补道特调江南扬州府正堂加十级纪录十次宜霖为通行事。光绪十年七月二十三日奉按察使司许札，奉爵署督部堂曾札，开光绪十年六月十五日准礼部咨，本部具奏本年恭逢慈禧端佑康颐昭豫庄诚皇太后五旬大庆展限刑鞫一折，于光绪十年五月十八日具奏，奉旨依议，钦此。相应刊刷原奏，行文两江总督转行文武各衙门，一体遵照可也等因，并抄单到本爵署部堂，准此合行。抄单札司，即便分别移行遵照，仍报明提督、抚部院、江宁将军查考勿违等因，奉此抄粘札府，分别移行，一体遵照毋违等。因并奉署淮扬海道王转奉漕宪札，同前由各到府奉此，合亟抄粘转饬札到该县，即便遵照。此札。

计抄粘：

光绪十年八月初八日札

礼部谨〇奏：为请〇旨事查例，开恭遇皇太后大庆圣节，自初一日至三十日不理刑名。谨于前期具奏，得〇旨通行在京各衙门及各直省等语，今光绪十年十月初十日恭遇〇〇〇慈禧端佑康颐昭豫庄诚皇太后万寿普天同庆，臣等敬请自十月初一日起应刑鞫者展限一月，其寻常事件仍照常办理。恭候命下。臣部通行在京及各直省衙门，一体敬谨遵行。

为此谨奏请旨。

钦加三品顶戴即补道特调江南扬州府正堂加十级纪录十次宜为通行事。光绪十年七月十九日奉布政使司梁札，奉爵署督部堂曾札，开光绪十年六月十五日准礼部咨，本部具奏本年恭逢慈禧端佑康颐昭豫庄诚皇太后五旬大庆，王公百官穿蟒袍补服日期一折，于光绪十年五月十八日具奏，十九日奉旨，著自十月初一日至二十日俱穿蟒袍补服，钦此。相应刊刷原奏，行文两江总督转行文武各衙门，一体遵照可也等因，并抄单到本爵署部堂，准此抄单札司分别移行所属，一体遵照，仍报明漕堂、抚部院、学院查考等因。到司奉此除呈报，外合就钞粘通行札府，即便转饬各属一体遵照，仍报明运司、粮道、巡道、各镇道查考毋违等因。并奉巡宪札，同前由各到府，奉此合就抄粘转饬札到该县，即便移行，一体遵照毋违，特札。

计抄粘：

光绪十年七月廿七日札

礼部谨奏为请旨事查例，开恭遇皇太后大庆圣节，此一月内王公百官咸衣蟒袍，谨于前期具奏得旨，通行在京各衙门及各直省等语，又恭查：道光五年，皇太后五旬万寿，臣部照例具奏穿蟒袍补服日期，奉旨着自十月初六日至十五日俱穿蟒袍补服，钦此。道光十五年，皇太后六旬万寿，臣部照例具奏穿蟒袍补服日期，奉旨著自十月初一日至十五日俱穿蟒袍补服，钦此。道光二十五年,皇太后七旬万寿,臣部照例具奏穿蟒袍补服日期,奉旨著自十月初一日至二十日俱穿蟒袍补服,钦此。钦遵各在案,今光绪十年十月初十日,恭遇慈禧端佑康颐昭豫庄诚皇太后五旬万寿,普天同庆,臣等敬请自十月初一日起除常朝处仍穿朝服外,其入朝奏对及公所办事俱穿蟒袍补服一月。恭俟命下臣部通行在京及各直省衙门,一体敬谨遵行。为此谨奏请旨。

再臣等恭稽成案,慈禧端佑康颐昭豫庄诚皇太后于同治十三年四旬万寿大庆,经臣部照例具奏穿蟒袍补服日期,奉旨著自十月初一日至十五日俱穿蟒袍补服,钦此。

谨附片奏闻。

札宝应县。

九月初九日(10月27日)　庚戌　晴

林远村表兄自肥西书院寄来挽联一付,并晗信一函,均照录:

颍川礼仪,太常家学,记粤东趋谒登堂,欣看万户胪欢,珠浦清风承母训;

绣衣归养,瑜珥怡颜,正江左陝余著录,何意九旬介寿,瑶池明月宴仙真。

子○老棣台阁下,八月十六日晤揖赵于张宅,惊悉舅母太夫人于宝应公馆寿终。忝在戚谊,闻信怆然。伏念阁下辞官奉养,定省承欢,太夫人寿届九旬,孙曾绕膝,礼备哀荣,在天之灵应亦深慰。当今需才孔亟,阁下正宜为国爱身,勉尽显扬之道。是以神驰,羁迹青毡,不获奠荐,拙制挽联一副,惟冀赐收是荷。后会有期,再面叙一切。此问礼安,统希垂照。愚兄林之望顿首。

附记问孚先致二儿信:八月念八日自庐阳封发,限九月初五日到。

别后匆匆月余矣,每念清晖,曷胜翘企。遥维侍祉绥和,百凡顺吉,至以为慰。弟等于月之初六日抵圩,一切均好。忽于十一日接到令祖慈太夫人升天之信,实深诧异。当与张府诸公拟定次日动身,讵十二日大雨淋漓,复连绵而不已。直至昨日方晴,路上泥滑如油,行人却徒步不易。而弟等急不可耐,已于今早由圩进城,晚住勇烈公祠,庐城内各处均未惊动。明日即买舟东下,大约风顺,重阳前必赶到家矣。此次张二太毫未阻拦,于闻信时即命揖赵夫妇速回,奈为雨所阻,真急坏人耳。揖赵于十一日曾泐一函,由正和协信局带去,未知接到否? 念念。余容面谈。手此,即请近安,不一。愚弟问作周顿首。

尊大人前祈代请安,前已有函奉唁矣,恕不另启。

九月初十日(10月28日) 辛亥 阴雨竟日 早间大雨倾盆

强侄媳自江宁回寓来行礼,并带来吴鉴泉呈敬新蓝呢祭幛一悬,无唁函。

左中堂于八月廿六日辰刻抵宁,住下江考棚,闻与九帅将闽省军饷商定成数,再启节前进。带去随员前候补道王诗正,提督胡珍品,直隶州石本清,降补县丞柳葆元。

达春布被议开缺,九江府放王强庵同年应孚新交军机处存记,现官刑部江苏司郎中。

九月十一日(10月29日) 壬子 阴雨

新授徐州道段小湖,前任淮扬道刘受亭两观察均致予唁函,各送新蓝呢幛一轴。

照录小湖唁信:

　　子○世叔大人苦次:忆自咸丰乙卯晤别都门,粤峤闽疆,卅年奔走,宦辙既分乎南北,军书更瘁于星霜,尘范久暌,蚁思转切。昨由省垣北返,道出袁江,展奉讣音,惊诧太伯母大人婺宿沉辉,瑶池返驾,叩聆之下,骇愕难名。伏惟世叔大人义笃天伦,孝由心性,遽膺大故,哀毁可知。第念太伯母大人德媲陶姜,仪垂孟母;鹤寿逾八旬之庆,欢洽萱帏;鸾封拜一品之荣,恩承芝绂,佛缘果证,尘憾纤无。尚祈强释孝思,勉益蔬饮,善调玉体,上慰灵怀,是所至祷。侄夅符谬绾,鹭埃迢暌,簿书只愧夫形劳,刍奠怅疏乎躬诣,用呈呢幛,敢望察收,代献灵帏,聊申私敬。专肃布唁,恭叩礼安,伏惟珍卫,不尽。世愚侄段喆顿首。

照录受亭唁信:

晼隔芝仪,殊形结辘。顷奉讣函,惊悉世婶母大人锦堂弃养,蓬岛归真,闻知不胜惊骇。惟念我子○仁棣台大人纯孝性成,当此猝遭大故,哀毁难言。伏思世婶母大人渥膺鸾绋,寿考全归,而世台奉养南陔,躬亲含玉,克尽孝思,毫无遗憾。尚祈酌情定礼,勿过毁伤,上妥先灵,是所切祷。咸以微疴,不获前诣叩奠。谨具素幛一悬,上呈几筵,稍尽微忱。肃此奉唁,孝思不备。世如兄刘咸顿首。

刘易农太守之子燕臣送蓝呢幛一悬,燕臣在服中,系其堂兄儒臣来行吊。号翰章。

九月十二日(10月30日)　壬子　晴

巨川外甥来信,禀知振轩制军于九月初八日刻末在粤东仙逝,眷属已动身去矣。

阅京《申报》,继将军八月廿五日请训赴粤○,贺尔昌选四川保宁府知府,前任知府许景福任听家丁游荡招摇,复有发人禀控情事,经丁制军奏参以同知降补。魏邦翰选四川潼川府知府,前任知府禀恩,于交审案件未能秉公审断,又于盗劫重案含糊禀办,经丁制军奏参以同知降补。吴兆张选广东永安县知县。

于宝之、宋玉瑶、万青选公送新蓝呢祭幛一轴。无唁信。

九月十三日(10月31日)　甲寅　阴雨

李厚庵明府送新蓝呢祭幛一悬,并唁信一封,照录:

敬禀者,窃卑职顷奉讣音,惊悉宪太夫人仙逝之信,悼叹莫名。伏念大人素秉姆仪,性成纯孝,当此萱闱弃养,定知呼抢逾恒,然而柏寝未封,自以节哀顺变。况太夫人膺鸾封极品之荣,享鹤算大年之寿;在天灵爽,遗憾毫无。仰求稍摄梅容,幸勿过伤茀祉,是为至祷。卑职会垣旅寓,带水遥睽,未能执绋前驱,抚躬滋戚,聊当束刍以献祭幛,虔呈敬祈赏收。叩请礼安,伏乞素鉴。卑职德培谨禀。

接巨川外甥安禀,照录于后:重九日自扬州发。

连奉仲弟同杨小园书,备悉种种。李二尚未到邗,执事店亦未回来。墓志篆盖,甥面求高叔墀书成,已交访泉勾摹上石。文,今早树翁已送一张来,俟大舅看过,即交访泉。大舅今日小金山登高,至晚方回也。假骨种羊大帽并领子已交该店做,袖头恐不能用,已呈样请看好再寄。轿子已成工,言定十三千文。甥在邗寄寓人家,日用颇费,急欲来宝,而因墓志即一切事非甥自为料理不可,实无可托之人,私衷焦灼,莫可名言。路用小龙杠一事前在庐州,是本庐州之件,一大杠,圆式长尺余。两头有铁挺,下用小杠,十六人上肩,圆转自如。大杠在灵上,中用草纸一块,厚尺余,垫于大杠下,两头用绳扎好,不致伤动灵也。俟执事店来再议禀复,然此等杠件,亦必得熟手方妙也。十二日稼翁所要木匠来宝,甥本欲随其等来,不知树翁所书墓志可能交下,理清方可动身。再杠事亦须斟酌妥善,力不可草率也。如不得来,即拟将轿子交木作带上,眼镜套等,今早已交信局寄上矣。

前日果卿兄禀知万寿一节,此信到否?念念!

送郭辅臣寿礼,收幛烛,辅臣有子三人,名道忠、道铭、道仪。

九月十四日(11月1日)　乙卯　晴

唐鄂生、徐晓山抵京,派军机大臣、大学士,会同刑部审讯,按律定拟具奏。

新授两淮盐运使续昌赴奉天,随同庆将军办理海防事务。

潘谟卿奉香帅羽檄,调赴粤省办公,八月廿七日抵穗垣。

彭名湜开缺川北道,放黄槐森。前任大顺广道,丁忧回粤。

满蒙绅富现有五人,共捐银九十万两,交户部,归防军下支销。前侍郎崇厘捐三十万两,前侍郎崇礼捐二十万两,前内务府郎中文锡捐十五万两,前粤海关监督文铦捐十万两,前粤海关监督崇光捐十五万两。

倪豹岑夫人方氏子二人名世熙、世焘,孙二人名则均、则坤。本年七月

二十日故于粤东抚署,现由金陵寄来讣书,予送其幛联,并将书慰之。兹将致豹翁信稿照录于后:

前阅《申报》,惊悉大姊大人仙逝,寸衷悲悼。正拟泐函奉慰,适由江宁寄来讣书。伏念大姊大人年逾花甲,儿孙绕膝,九泉含笑,遗憾毫无。我中丞伉俪情深,自必更加伤感,尚望为国格外保重,是所切祷。○○恸遭大故,现择于十月扶先慈灵榇返里,十一月廿一日奉先公之枢合葬于寿州北乡平冈。昨曾敬寄讣文上达左右,计日想可收到。○○宦粤中久,同寅至好均各具讣,此外府厅州县一概未敢报闻,想尊意当以为然。苫块余生,不能多述,谨此肃笺,上慰起居。外备幛联,聊申敬悃,并托吴畏斋亲家询明,如外甥辈已抵金陵,即送交尊宅查收也。

○敬再启者,正缮函间,适畏斋寄到其令郎兆毅贡卷,兹寄上六本,一呈钧诲,一致长乐初将军。余卷拟请作为尊意分致沈廉使、瑞都转诸公。沈公为兆毅之受知师,瑞公乃弟之盟弟也。可否之处,便乞示知。

挽豹岑夫人联句:桐城族姊也。

闻君留得荆钗,卅载瘁身心,遗范定传家内外;
顾我恸深萱荫,两行余血泪,招魂分洒粤东西。
感恋无喻。幛上四字。

九月十五日(11月2日) 丙辰 晴

潘文甫呈敬新蓝呢幛一轴。

先太夫人末七之期,子坚、定先延观音律院和尚讽经、放焰口、化库,并烧家宅命雅仙扎,计五层。一所。早晚致祭。稼生、会之、新甫、鹤生、北垣、翰臣、少臣、冕叔、雅仙、迩明、纶辉、燕亭、滋青均来寓行礼。

万来同到宿迁,来见号翰臣,候补运判。并行吊。补记。

九月十六日(11月3日) 丁巳 阴雨

致大兄甲字第十四号信稿:

重阳前一日接奉十号书,备悉种种。顷又闻寄儿子等谕,钟山又有捷足,只可再俟机缘。延陵到仕无消息,大约亦不能过迟,似可待之,小春恐难返庐宅也。弟托程毅甫择定十月初九日扶先太夫人灵榇登舟,兹定于九月廿六日恭题神主,廿八日领帖,先期办理,以避花衣之期,至初九日灵榇登舟则断不能改易矣。兹着李顺来扬迎接树翁,预备船只供应。望请树翁廿一日下船。此间已备公馆,即杨姓新宅,尚可下榻。至吾乡题主穿用朝衣朝冠,贺主时换花衣补服,此系大事,可否与树翁言之,将朝衣冠带来,恐弟之衣服太长,千万!千万!缘扬州俗例只穿蟒袍,未免不甚堂皇耳,至切!至切!弟腿上火疖尚未全行收口,又换用八宝丹,虽无碍,却讨厌也。何小山行否?彦征来寓行礼后,即开船赴泰州,此时当已返淮城。蔼卿在天津飞函,令其大儿嘉栋来宝应叩奠。现留之小住,或俟灵榇启程,再令其赴东台,手足之谊可感。盐捕营炮船能借二只护送到寿否?望立即示知。正缮函间,知省三授闽抚,健丈有十月中抵浦之说。余属儿辈禀知。

本日晚间文年、传濂回寿州。

接八叔父唁信,照录于后:送品蓝洋绉幛,借孙家蕭款。

顷接讣音,惊悉吾三嫂于月前弃养,不胜骇愕。窃谓数年来就养宝应,精神强健,岂意毫无疾患,遽尔仙游,然年届九旬,孙曾林立,九泉之下遗憾毫无。惟望吾侄顺变节哀,勉襄大事,是所切嘱。至窆岁约在何时?尚冀达知,先此报唁。前寄唁函想已达阅,近闻吾侄拟于百日后扶灵到寿,此见极是。第不知平冈新阡是何山向?今岁能否合宜?即安窆岁,抑暂安厝?甚为记念。兹同子祥二侄、子注十一侄公备挽幛,以申泣奠之忱。泐致即询素履,不一。

又接砺山四叔父唁信,照录于后:

顷接讣音,惊悉三嫂大人锦堂弃养,闻信之下,哀悼莫鸣。

切念吾侄素性纯孝,闾里共钦,呼抢之情,断难自制,然堂上大人寿逾八旬,孙曾绕膝,含笑西归,毫无遗憾。尚乞顺变以襄大事,以慰先灵,是所至祝。叔道途远隔,不克躬亲叩奠为歉。此唁即询孝履,不一。

又接子久八弟唁信,照录于后:

顷接二兄自如皋函示,惊悉叔母大人于七月二十七日子时弃养,闻信之下,悲恸难名。窃思我兄大人禄养有年,归养甫遂,爱日方长,承欢无极,猝遭大故,自必哀毁逾常。伏念叔母大人享高寿而身体康强,膺崇封而宗族光宠;睹孙曾之林立,洵遗憾之毫无。况未闻寝疾,遽报终天,允征福寿全归,奚翅仙真遗世。尚祈我兄大人援不毁之礼,经用节哀而顺变,故葆始衰之精力,居块苫而进粥浆。濬恒追忆丙辰之秋,因家乡寇乱,人各一方。自兹叩别叔母大人,瞬经二十九载,迄未一觐慈颜,稍申孺慕。今则永无依恃之期,怆怀曷既,且以身为境累,莫能奔叩灵前,竭诚泣奠,私衷益切悚惶。谨肃寸禀,恭唁五兄大人孝思,伏惟苫鉴。

此信缮就,待便未发。兹于二十四日奉到讣音,益深怆恸。

又接子罩十二弟、子受十三弟、望侯八侄唁信,照录于后:

顷接讣音,惊悉吾三伯母大人于七月廿七日弃养,不胜悲痛。窃谓数年来就养宝应,精神强健,岂意毫无疾患,遽尔仙游,然年届九旬,孙曾林立,九原之下,遗憾毫无。惟望吾兄顺变节哀,勉襄大事,是为切祷。至窀窆约在何时?尚祈达知,先此奉唁。

又接仲仁二侄唁信,照录于后:

八月廿六日奉到慈谕,惊谂叔祖母大人于七月二十七日子时寿终宝寓,莫名痛悼。在叔父大人至孝性成,猝膺大故,自应抢地呼天,百身莫赎。伏思板舆奉养,彩服承欢,转徙中外廿余年,未尝一日或违膝下;追岭表归来,又荷天语褒嘉,克遂终养,孙曾星集,甘旨备供,五福既已咸臻,九原固应含笑。伫跧伏肥津,末由亲叩灵帏,实深惶恐,惟仰乞叔父大人节哀顺变,以尽大事,是所至叩。肃禀敬唁,虔请万安。伏希慈鉴。另致儿子书,云肥上讣函已照单分送矣。

九月十七日(11月4日) 戊午 阴雨 偶露日影

接芰塘六兄甲字第十六号安信,八月十八日发。照录于后:

初八日寄去十五号信,并附寄林小溪一函,想可早达。大兄想仍在扬,闻于九月间方回庐郡,尚可多聚月余也。昨孙伯蕖外孙自丰润来,叙谈一切,伊来打听其母消息,已向告知。拟至庐郡同居,伊由京赴蠡县探亲,酝师留其在寓住。回头仍来京小住,再回丰润也。京内别无甚事,法人闻意在台湾,闽疆甚为吃重。前闽省京官连衔一封,奏参两张两何奏报不实,有交左杨查办之说。此时军务实不好办,闻省三求救甚急,而装军火船有被法人抢去一只之信。若将通台之道路为被拦截,救援不能至彼,则台湾危矣。此事将来不定闹至何等地步,杞忧徒切,为唤奈何! 同乡周则夫大令名麓,太平县人。入引回宁,托其顺寄搢绅牙千,并报六本四月至八月。祈照入。寄信无多日,无甚话述。

再启者,前函尚未封,接由蔼卿自津寄来信,惊闻姊母太夫人弃养锦堂。得信之余莫名悲慕。伏念太夫人寿登耄耋,极品荣封,为吾家第一福人,吾弟荣亲养亲,显扬克遂,洵所谓遗憾毫无者矣! 尚望勉抑哀思,办理窀穸大事,是所切属耳。灵梓想仍送寿城合葬,本年山向利否? 秋冬月能办理否? 均所系念之至。兄远阻燕云,未能躬诣灵帏哭奠,歉臆尤深。附便先达数行,奉唁孝思,伏惟珍重是嘱。

九月十八日(11月5日) 己未 阴雨,偶露日光

左中堂初十日自江宁赴闽,九帅许由南洋筹付军饷廿万两,又奏准带闽差遣委用随员六人:四川补用道刘麒祥,号康侯,前陕西巡抚霞仙中丞之次子。江苏候补道陈鸣志,号展堂,前候选道陈鹤春观察之子。浙

江候补道黎福昌，出使日本大臣黎钦使庶昌之弟。前广东连州直隶州知州曾纪渠，曾文正公胞侄。分发四川补用知县高维寅，分发陕西补用知县唐承健。

李中堂在津地德国洋行内定购大小炮位及水雷等各军装，共银二百万两之多，先付五十万两银，限期三月内银货两交。

刘省三有电报到白门，云法人虽在基隆盘踞，并未开仗。惟土匪猖獗异常，未免事多棘手，殊切隐忧。

谭序初查明苏省各州县自兵燹后，牧令欠解正杂各项库款共二十六万两有奇，其中有现居要缺者，有听鼓省门者，有已经降革或亡故者八十余员。详加考核，严立章程，限定现任者于半年内如数完缴，不准丝毫诿欠。候补者一年，已革已故者一年半，均勒令限内清缴，逾限则查钞备抵，先详院咨部立案。

州县中最巨者为前南汇令顾竹城，计历任欠解藩库银一万八千余金，现侨寓省垣。

曾文正公督两江时，在扬城创设淮南书局，俾将一切有用之书逐渐刊成行世，礼延司事六十余人，类多本地绅士，迄今十余年，日久弊生，尽有人在他方而名仍在局者，加之近来釐务不旺，经费日绌，发刻书籍寥寥，司事等薪水修金积至半年未发。张屺堂都转深悉寒士苦衷，设法整顿裁汰司事二十名，将积欠薪修借款照给，其留局者，酌减薪修，以免度支竭蹶。

九月十九日（11月6日）　己未①　阴晴无定

蔡砚农送蓝呢祭幛一轴。

电报到上海：法公使巴德诺现出告示，自台南至台北及迤西一带各海口于初五日一律封闭。○左中堂奏调福建差遣数员：陈展堂观察，委恪靖全军营务处，刘康侯观察，委总理福建营务处。康侯前随曾劼刚钦使出使英法，派充参赞，又首列剞章，劼刚深资臂助。

---

①　"己未"，当作"庚申"。

接凌子久表弟等唁信,送新蓝呢祭幛一轴。照录于后:

子○表弟兄大人苫次,正关葭附,忽接讣章,惊悉舅母、姻伯母、表姑母大人锦堂鸾驭,玉杖鸠遗,捧诵之余,莫不露泣九秋,共仰云慈一片也。伏想赋性笃孝,爱日思长,一旦证果仙乡,音容顿杳,自必擗踊逾恒,呼抢有难自制者。第念萱闱福备,获画型昭,检芝之诰方新,兰桂之芳允显,固已在天灵爽,憾应毫无。尚望节哀顺变,勿过伤悲,当以守身之为孝也。之涵等匏系秣城,未克呼一苇之航,奉刍香而躬献。谨具呢幛,乞厕灵帏,用伸微恸。耑泐布唁,顺候素履。愚表兄林之涵、杨朝铎、弟凌梦兰、陈寿康顿首。

和民送先太夫人祭幛系槟榔呢。用"恭俭均一"四字。

朱寿镛弟兄挽先太夫人联句:托王姓用白绢书。

一品荷崇封,正絜膳兰陔,何遽参真归鹤驭;

八旬臻上寿,幸结邻梓舍,备闻遗教课熊丸。

致芰塘六兄甲字第十五号安信,照录于后:

九月十八日接到兄八月十八日第十六号手书,重蒙关念,感叩。弟恸遭大故,现谨定于孟冬扶慈亲灵椟由清江至寿州。择吉十一月廿一日,奉先大夫枢合葬平冈之阳,坤山艮向兼丑未。交腊月节吉日只十一月廿一日,若明年则坤艮不利也。年内即在平冈照料一切,开春二月间可以返宝。孙甥文年已到,属其先行回寿办理葬仪。好在庄房早已盖成,尚属方便。此茔系昔年童贰尹源润自粤赴皖,亲手订准,绘有图说。弟谨遵其教,丝毫不敢改移。拟请程毅甫地理甚精,此次安葬吉日亦伊所选,南典老友,现在宝应。同往,惟伊现在王兰生当典中,倘万不得暇,则到家时请砺山四叔持罗盘亦可。武巨川甥与耀官决裂了,已辞出。大约巨川可偕之归,手边有一人帮忙,似更妥协耳。大、二两儿不能不在宝应看家,三儿夫妇已自庐州张宅归,而至今未到,必系江中阻风也。京中各现任大老以及年世谊同乡,均一概未敢具讣。

昔年恩宪恭邸、宝撰、董司农三人不敢不肃禀。闻高阳相国两世交谊，且均退闲之人，是以具禀。余皆具信一封，或弟曾应酬，或受其照应兼之至好，是以慎择十人，望照单代为分致。道途遥远，概不劳致礼仪，兄有晤面者乞代为达知，当道有询及者，并乞将一概未讣之故申明，至叩至叩。恭邸禀能遣价交明否？或由董师处转交。乞兄酌之。仍求晤董师，提交为叩。粤东弟久于其任，刻已斟酌定规，除同寅送讣外，其余府厅州县均不具讣。其不得意数人皆罢官者。则具信一封，以尽交道，并于豹岑同年函中提之，想兄当以为然。箴翁尚滞邗江，欲谋书院而竟无成。十九兄在台北，每月薪水二百金，冒险而已，时事不堪设想。以后发信祈兄仍寄宝应转交，弟则在寿州，可以遇便发信也。小兰、召棠、长孺，均此不另。

　　哀启者：先慈气体素强，己卯由粤东归，侨寓江苏宝应县城内，不孝旋即乞养开缺。六载以来，侍奉晨夕，虽已年八十又六，从无疾疢。方冀克享期颐，永依膝下。讵意七月二十七日子时偶感微疾而终。不孝猝遭大故，抢地呼天，百身莫赎。惟念终鲜兄弟，窀穸未安，不得不苟延残喘，勉襄大事。道途遥远，一概未敢具讣。素蒙挚爱，敬以奉闻，伏惟矜鉴。棘人方○○泣血稽颡。

托六兄分送京中讣函：

　　恭王爷
　　前武英殿大学士宝中堂鋆
　　前协办大学士李中堂鸿藻
　　前户部尚书总理衙门大臣董大人恂
　　兵部右堂师大人曾
　　三品衔前河南陈许道台贵大人珊
　　散秩大臣前杭州将军果大人勒敏
　　前内务府大臣粤海关盐督俊大人启

　　此件由蔼卿处转交太宁总镇内务府大臣怀大人塔布

　　内阁部堂文大人硕

　　前兵部大堂崇大人厚

　　户部右堂孙大人燮臣

　　刑部郎中龚五老爷引生

　　候选道前湖广道察院曹大人登庸

接林小溪妹丈唁信,送新蓝呢祭幛一轴。照录于后:

　　子○五哥大人苦次,顷披素简,惊谂伯母大人瑶岛归真,曷胜骇愕。夙知五哥大人纯孝性成,当此大故猝遭,自必逾恒哀毁。惟念伯母大人辉扬彤管,恩拜紫泥;吾哥久承养志之欢,早遂陈情之请;殊荣备享,遗憾应无。尚祈慎重持躬,节哀襄事,是所至祷。弟刻因俗冗,容稍迟时日即当趋叩穗帏。兹先将幛烛专呈,聊申奠悃。专肃,敬唁孝履,伏惟玉摄。制林之蘅谨启。九月十一日发。

又接候选道赏加二品顶戴张汉仙观察唁信,送新蓝呢祭幛一轴,照录于后:

　　子○仁兄大人苦次,昨奉讣函,并披素简。惊悉伯母太夫人骖鸾返驾,驭鹤归真,遽听之余,实深错愕。阁下性成纯孝,自必躃踊异常。第念太夫人姆仪聿著,闺范常昭;顾玉树之盈阶,荷金花而锡诰;九京含笑,遗憾毫无。尚乞节哀,以襄大事,是所至祷。弟远道攸羁,未能执绋,殊深抱歉。谨具挽幛一轴,用献穗帏。专肃寸启,敬唁孝思,并候素履,不备。愚弟张汝梅顿首。

九月二十日(11月7日)　辛酉　晴　辰正一刻十三分立冬

接前直隶布政使孙省斋方伯唁信,送蓝呢祭幛一轴,照录于后:

　　子○五兄姻大人苦次,顷接讣函,惊知尊堂太夫人鸾骖西逝,骇悼曷胜。夙谂阁下秉训萱帏,性成纯孝,猝撄大故,哀毁自深。惟念太夫人徽音丕著,淑行允昭,训美义方,熊丸食报,恩叨封诰,象服增荣;既欣梓舍之名扬,尤羡兰阶之瑞绕;德全福备,遗憾毫无。尚祈节哀顺变,仰慰慈灵,是所翘祷。弟芜城侨寓,梅驿远暌,惭鹤吊之未亲,溯雁邮而驰念。谨制素幛一轴,借展奠忱,并此布唁,顺请礼安,不既。姻愚弟孙观顿首。

九月廿一日(11月8日)　壬戌　阴　小雨

阅京《申报》摘记:张友山、何子莪部议革职。福建巡抚放刘铭传仍驻扎台湾,督办防务。又赵佑宸开缺,在上书房行走。直隶大顺广道放张荫桓。

李中堂委税务司德璀琳君晋京,向总署密商法事。九月初十日,总署王大臣奏请皇太后、皇上赐允法人受款,十一日旨下,着大学士、六部九卿、翰詹科道会议。现议得法如欲和,断断不偿兵费,只能暗与以利也。

九月初二日,劻贝勒、阎敬铭、锡珍、福锟、许庚贞、徐用仪、廖寿恒、邓承修同至总署。三点钟时与英、俄、美、德各公使会晤,议论通商各口岸等事。五点钟后始散。

左中堂函禀醇邸,谓法人首先渝盟,现既开战,切宜严惩,议和之请,恐有碍军旅。

刘省三电致李傅相,言台湾被法人封堵,不能力破重围,请傅相设法援救。

盛杏荪观察前为御史密劾,命李傅相查覆。傅相覆陈后,上意犹未释然。后左季高出都时,专折保荐,并剖明一切情形,始免部议。

王锡三送来台湾军报,八月十二三四台湾之基〔隆〕、淡水,以空炮台诱敌猛攻一昼夜,获炮子万余颗。法军二千人登岸,我兵已五路预伏,黑夜合围,杀法兵及汉奸千人,获炮九尊,洋枪二千余杆。嗣因沪尾告急,刘爵师退救沪尾,基隆失守,现被法人占据,尚未收复。廿日法人用小艇数十只攻打沪尾,我兵因法炮猛利,退后数武,法兵千余人登岸。我军勇往直前,杀法兵四五百人,斩法带兵官首级一颗。法兵败退上船,挤落水死者亦复不少,获法人格林炮数尊。我军虽屡获胜仗,而基隆地方被其占据总不妥当。闻廿日以后亦有胜仗,现尚未得确音。九月初三日自福州发。

九月二十二日(11月9日)　癸亥　晴

附录命儿辈致吴咏帆、任香亭信:交信局寄羊城。

前蒙惠复,备荷注存,盥诵之余,良殷驰系。敬维文祺茂介,潭祉绥和,引领乔晖,倾心藻颂。喆等随侍如恒,无善足述。先祖慈于本年七月二十七日子时弃养,家君猝遭大故,恸毁逾恒,只缘窀穸未安,不得不勉承大事。现以今年山向大利,择于孟冬初旬,扶榇由水路至寿州,十一月廿一日安葬,即童贰尹所定平冈吉壤,知注附陈。粤东府厅州县一概未敢具讣,仅于一二知己处略致讣函。如慎初诸君皆不得意时,尤不可不为函达。另有清单,即希费神分致。如晤诸君并乞代为致意。迢迢远道,更不敢劳致礼仪,且先祖慈弥留之际,谆谆以廉谨勖家君,自当恪守遗言。惟目下大事骤膺,诸费筹画,素蒙垂照,并以奉闻舍妹丈吴子坚因粤东近办海防,即间关前往,恐难如愿,容俟缓图,并以附及。专此,敬请大安,伏乞荃鉴。○○顿首。

附录命儿辈致济莘四侄信:交信局寄三水县署,八月二十八日发。

四兄大人尊察,忆自己卯冬间鱼书往复后,五年以来未得兄信。嗣阅芰六伯函,始知吾兄荣补三水,弟亦未及作函奉贺,每望岭云,但有惦念耳。近维政祉绥和,合署迪吉为颂。先祖母气体素健,自粤归来,从无疾痰,不意七月廿三日偶患呕吐,进清解之剂,旋即平复。廿六日微觉胸膈不舒,而谈笑如旧,竟于廿七日子时弃养。附身之件早经周备,茔地在寿州平冈,祖父之柩即厝于此。今年山向大利,老人家于孟冬初旬扶灵由水路至寿,十一月廿一日安葬,知注附陈。惟老人乞养后,仅靠些微子金度日,尚且不足,谅所深悉。讵今正又为同乡潘振康钱店所冒,正在拮据,猝遭大故,近日市面通融更属不易,老人家现在哀痛,迫切之中又难向他人设法,特命弟函告吾兄,可否代筹四百金,迅速兑来,以济急需,不胜盼切之至。至粤东府厅州县,一概未具讣帖,仅于一二处如咏帆、香亭诸君略致讣函,并以奉闻。专此,敬请升安,鹄候赐覆。弟期○○顿首。

附录命儿辈致霭卿大弟信:交信局寄天津府小山公馆,九月初二日发。

　　大叔大人尊察,八月廿六日接阅是月十三日致老人家书,敬悉一是。吾叔来信情真语挚,老人家阅之不禁感而涕出矣。祖慈大事俱办理周备,老人家定于十月初十日扶柩回寿州安葬,地在寿州平冈。今年山向,小寒后大利,择定十一月廿一日用事,知念附陈。闻吾叔令嘉栋弟来宝,如在未领帖以前到寓,十月初七领帖。尚可帮侄等料理一切,老人家当留其宽住数日也。兹有致各处讣文开一清单,敢祈吾叔饬纪分送,切勿舛错。另寄空白讣文十封存在叔处,倘有乡谊、年谊认识者,以及故旧遗漏者,即望填送,其京官则不可送。此次先祖慈见背,老人家于广东之府厅州县以及京官一概未具讣帖,顺以奉闻。老人家现在苦次,不便泐函,命侄禀达。何小山兄中秋后过八宝,匆匆一晤,即赴扬州矣。肃此,敬请刻安。侄期○○谨肃。

　　大叔大人尊察,本月初二日寄上一函,内附致直隶各处讣帖,以时计之,当可邀览,即维履祉绥和为祝。侄历碌如恒,寓中一是平善。祖慈丧事俱已办理周备,现定于本年本月廿六日题主,廿八日领帖,十月初九日发引。老人家即扶榇回寿州,料理合葬事宜,知念附陈。松友弟于本月初五日由东台抵寓,相聚半月,见其举止老成,又能相助为理,老人家甚为欢悦。伊尚需赴清江扫墓,老人家命其随灵枢船同往,拜扫事毕,再回东台,顺以奉闻。兹有老人家致芰塘六伯第十五号信一总封,因京寓迟滞,故径寄叔处,收到后即祈寄京,勿延。又有致太宁镇怀少暄总戎信一封,亦乞代为转交为叩。手肃,敬请福安。信到望赐覆数行,以免悬挂。侄○○谨肃。九月十九日发,交信局寄天津小山公馆。

晚间接江宁督粮同知祝蔗樵表弟唁信，照录于后：送蓝呢祭幛一轴。

　　子○表兄大人阁下，远违叔度，结想綦深。顷奉大讣之遥颁，益觉恻伤而莫罄。伏念姻伯母大夫人寿登大耋，福备洪畴。玉节归神绰禊，犹存淑范；瑶池返驾仙驭，上避尘梦，含笑西归，应无遗憾。况以阁下至孝性成，弃官终养，乌私克尽，鸾诰叠颁。值兹音容之遽别，未免擗踊以怆怀，务祈荴诗节痛，苦寝支羸，是所盼注。弟迹阻凫趋，未克诣灵而敬唁，情殷鹤跂，聊布素简以伸忱。祗请礼安，诸维朗照，不宣。愚表弟祝赫顿首。

九月二十三日(11月10日)　甲子　晴

小帆之母廿一日病故，今天大殓。宋子舟来行吊。

迩明五十大庆，棨孙等送寿礼三十元，坚辞不收。

接登莱青道方佑民观察唁函，送八团龙光新蓝线绉祭幛一轴。照录于后：

　　顷奉讣函，惊悉伯母大人萱堂弃养，鸾驭超尘，噩耗遥传，莫名震悼。伏念子严五兄大人性成纯孝，定必哀毁逾恒，然在伯母大人德娴内则，福备箕畴，绕膝孙曾，享九龄之遐寿，恩承翟茀，拜一品之崇封，含笑归真，毫无遗憾。尚望节哀顺变，勉抑孝思，是所至祷。弟宦寄芝罘，信闻蒿里，莫遂登堂之拜，弥殷结草之忱。谨具祭幛一悬，略将微悃，即祈鉴纳为荷。专肃祗唁，敬请礼安，不备。宗愚弟汝翼顿首。

前致佑民信补录再启：

　　敬再启者，弟自己卯由粤东请觐，行至袁浦，因慈亲年已八旬，禀请文漕帅代为陈请乞养。故乡兵燹后，居无一椽，侨寓江苏宝应县城。承欢菽水，已有六年，因无善可述，未便以寒暄套语上渎清聪，想至好定能原宥。惟是十年外宦，有琴书之癖，无陆贾之装。一旦大事猝遭，竟有措手不及之势。现拟于冬月扶榇回籍安葬，叨在三十年同谱至交，有不敢不陈于大君子之前者,能否代为暂筹若干,俾襄大事,是所叩企耳。素蒙垂爱,特用冒渎,苫次仓卒,诸惟矜鉴。名另肃。

　　府为据情转送事:据宝应县知县梁枚详据,家属卢升呈称,切身家主二品衔,前任广东肇阳罗道方○○,现年五十四岁,系安徽凤阳府定远县民籍。于光绪五年三月在肇阳罗道任内因俸满卓异,并案请咨赴部引见,八月行抵清江浦,适值老主母年已八旬,时常抱病。家主当即呈蒙前漕宪文,奏准开缺终养。前因原籍兵燹,携眷寄寓宪治城内。兹身老主母陈氏于光绪十年七月二十七日在寓病故,家主系属亲子,并无过继,亦无次丁,例应丁忧。请给咨文,扶柩回籍守制,理合捧呈家主丁忧。请咨亲供寓所歇结,报叩加结,转请给咨等情到县,据此卑职查核无异,合将呈到供结,加具印结,粘连钤印,具文详祈鉴转请咨给领等情到府,据此合将送到印供结具文转送,仰祈宪台鉴核,转请缮给咨文,径发该县,以便转给领赏,扶柩回籍守制。为此备由具申,伏乞照验施行。

　　计申送印供结八套,一申江宁藩宪梁批,已据情转申藩宪核转请咨矣,仰即知照缴印供结存送。

九月二十四日(11月11日)　乙丑　晴

树君同年抵宝应。仁甫弟寄来一元托办楼库。

台湾一岛,被法人四面环围,各国商船俱难驶往。○太后深恐省帅军火不敷,难以抵御,屡饬沿海各督抚抽拨师船,合力援救。无如各督抚都泯畛域之见,托故推辞,是以谣言愈造愈多。昨张翰卿自闽抵寓,始悉法人仍是要五十万两银,在南京扬州盖洋楼做生意。此说太后固不肯允许,然处处办防,亦难支持长久,殊可虑也。

花翁六月十四日病故,今天系百日,送席一桌,命臻喜去行礼。

九月二十五日(11月12日)　丙申　晴

小帆送蓝呢祭幛一轴。

树君同年进新公馆,送祭席一桌。来行礼晤谈。

许乐泉亲家抵宝应，来行礼晤谈。

乐泉交来徽州鸿题礼节全单：此单未用，因祭文未做。

大宾至大门	孝子跪接	迎至大厅俟茶毕
孝子叩请更衣	又叩请至灵案前	诣盥洗所
酌水　进巾	就位	升堂
公座	吆堂毕	孝子捧主出帐
诣存主处	俯伏	劝题接主上升
启帕	启椟	出主
卧主	分主	宣读鸿题祭文毕
劝题濡硃笔	受孝子生气	奉笔
举笔	凝神	请点内主
再点外主	接笔	劝题濡墨笔
受孝子生气	奉笔	举笔
凝神	请点内主加官	再点外主进爵
接笔	请大宾赞语毕	合主
立主	合椟	遮帕
劝题捧主授孝子	孝子捧主内升	焚祭文
燎所望燎	复位	礼毕

赞语四句：

硃起为霞，墨起为云。云蒸霞蔚，宜尔子孙。

午后，青芝、巨川甥抵寓，交到箴大兄第十一号信，十九日巳刻发，照录于后：

十八日李升到邗，接十四号手书，备悉种切。树君准于廿一日登舟，其朝衣等件均已与之说明，兄因德安事，卯金收去乙千，又支使老郭来争，明年我们不能收益，殊出情理之外。尚须在此坐催，不能同来。命燕昭到宝应伺候大事。屺堂回本任，接署者乃程尚斋，喜是熟人。周海舲闻又告奋勇到台湾，尚不知何时前往。小山请其一饭，住上海，未到闽中。健老再有到任准信，望速寄知。

曾老已往孔家涵，月底可回。即向其借炮船一号伴送至寿，似尚可行。兄欲归不得，终日闷损，惟以倚声消遣之。所患未平，念甚，八宝丹宜自加二分金珠子方效。《读鉴偶录》一套检收。二侄信收到。

又接孙传楣唁信，送新蓝呢祭幛一顶。照录于后：

子○姑丈大人尊鉴，邗城小住，获近慈颜。忽奉讣函，竟传噩耗，惊悉太姻伯母大人鹤驭仙游，曷胜悲悼。窃思太姻伯母大人年登耄耋，福寿兼臻，固已备极哀荣，毫无遗憾。况我姑丈大人陈情归养十有余年，尤能曲尽欢心，祗承孝道。尚祈节哀顺变，大事克襄，则太姻伯母大人在天之灵，亦应含笑矣。侄广陵侨寓，栗碌如恒，特肃函布唁，敬请礼安，伏乞垂鉴。姻愚侄孙传楣顿首。

又接梁小曙观察唁信，送新蓝呢祭幛一顶，照录于后：

子○五兄世大人苦次，顷接讣函，惊知尊堂伯母大人鸾骖仙逝，骇悼曷胜。夙谂吾兄纯孝性成，自必逾恒哀毁。惟念老伯母大人徽音丕懋，淑德允昭，训美熊丸，谋贻四世，荣膺象服，范衍九畴；频邀芝诰之褒封，愈著萱帏之懿范。今值西池赴召，上证仙因，福寿全归，毫无遗憾。尚祈节哀顺变，仰慰慈灵，是所翘祷。弟芜城侨寓，梅驿远暌，惭鹤吊之未亲，溯鸿邮而驰念。谨制素幛一轴，借展奠忱，并此布唁，顺请礼安，不备。世愚弟梁悦馨顿首。

又接候选同知黄子鸿司马、候选训导汪研山广文唁信，送新蓝呢祭幛一轴。照录于后：

顷奉讣音，敬悉太夫人锦堂弃养，鸾驭仙归，莫名惊愕。伏思子严观察大人性成纯孝，谊笃天真，呼抢之哀，断难自制。然太夫人壸德垂型，母仪足式；宠膺芝诰，荷锡赍于天家；庆衍孙曾，集嘉祥于尔室，固已备极荣哀矣。尚乞节哀顺变，为国保身，以慰萱灵是祷。谨具祭幛楮烛，聊申奠敬，伏乞察纳。肃泐奉唁，恭请礼安。黄锡禧、汪鋆谨启。

又接江苏候补知县周仲丰大令唁信,送新蓝呢祭幛一顶。照录于后:

敬肃者,前次惊悉太姻伯母大人锦堂弃养,骇愕莫名。嗣奉讣音,得悉择日治丧之后,即行旋里安葬,借以稍慰下忱。敬思子○老姻叔观察大人纯孝性成,天真谊笃,方期爱日长承,岂料慈云遽散,擗踊哭泣,毁瘠可知。伏念太姻伯母大人福备洪畴,徽扬彤管;训垂荻画,钦簪笏之传家,宠沐芝纶,仰笄珈之焕采;全归福寿,遗憾应无。敢祈顺变节哀,勉循中制,妥定泷冈之表,珍持柱石之躬,下风骧首,祷祝良殷。侄萤苑从公,鸥程远隔,莫效升堂之拜,来伸奠醊之忱。谨具祭幛一悬,奉呈灵右。肃泐布唁,恭请礼安,伏维素鉴。姻愚侄周士釜谨肃。

又接前署宝应知县汤春舫大令唁信,送旧蓝呢幛一轴。照录于后:

敬禀者,窃小侄暌侍钧颜,正深驰慕。昨奉讣函,惊悉太姻伯母大人锦堂弃养,瑶岛归真,得信之余,曷胜骇悼。伏谂姻伯大人纯孝性生,至情天笃;痛萱闱之永隔,自哀毁之逾恒。第念太姻伯母大人年登耄耋,绪衍孙曾;福备九畴,已尽人间之乐,封崇一品,更邀天上之恩,懿德考终,毫无遗憾。尚祈节哀顺变,以当大事,是所叩祷。小侄迹限凫趋,情殷鹤吊。谨呈素幛,聊代生刍。肃禀恭唁孝思,敬请礼安。姻愚侄制汤世熙谨禀。

又接补用知府泰州知州程月湖刺史唁信,送新蓝呢祭幛一轴。照录于后:

敬禀者,窃卑职接奉讣书,惊悉宪老太太,瑶池返驾,玉辇辞尘。闻信之余,曷胜悼叹。伏以大人性成纯孝,生秉至情,思口泽于杯棬,自心伤乎风木。第以宪老太太徽音夙著,淑范群钦;享麋寿之康强,荷鸾回之稠叠;杼舍振绣衣之采,八座居荣;萱闱流彤管之辉,千秋式范;固已偻指而箕畴福备,含笑而蓬岛仙归。尚祈顺变节哀,抑情以礼,钧躯善卫,切祷良殷。卑职迹阻鸥程,仪疏鹤吊,抚衷循省,歉仄莫名。谨具祭幛一悬,借伸刍敬,伏希代荐灵帏,是感是祷。专此谨肃,恭唁孝思,诸祈珍卫。卑职遵道谨禀。

九月二十六日(11月13日)　丁卯　阴

请树君题主用成服礼节单:

赞礼　　人:

陈子瞻　　乔仿虞　　朱叙伦　　朱仲铭　　王植庭

王楷珊　　芮廷珍　　成心梅　　吴石生　　江鸿逵

张也泉　　卢筱舟　　卢调元　　卢仲西　　卢鹤生

来行礼十五人:

孙稼生　　茆鹤轩　　程理堂　　吴小松　　鲍会之

沈新甫　　袁子庆　　周应祥　　朱敷卿　　张翰卿

俞少臣　　孙多珮　　孙鹤生　　宫翰臣　　许乐泉

冕三太爷携燕亭侄等来行礼。周应祥前在裕庆衣庄。

乐泉同兰生公送祭席一桌。

九月二十七日(11月14日)　戊辰　晴

王逊之、王儒卿送新蓝呢祭幛一顶。

前署淮扬道王克斋观察来行吊。

梁小帆之母头七,办祭席一桌,命二儿去署行礼。

伯融抵寓,换孝袍行礼。询悉大兄在扬州均好,不回庐郡度岁矣。

九月二十八日(11月15日)　己巳　阴雨偶露日光后下冰雹下雪,屋瓦均白,较前三四日尤冷

本日系领帖之期来行礼诸人:

刘树君　　鲍小润　　许乐泉　　程理堂　　朱石庵

芮巽三　　乔子三　　王时若　　汪树丹　　张厚卿

王舜臣　　潘文甫　　吴小松　　朱伟之　　刘徇叔老刘先生之子

孙鹤生　　朱棣华　　沈仲盘　　汪荫亭　　王裕卿南货店

周镜湖	鲍会之	袁子庆	潘双之	孙多珮
王次三锡三大令之子			丁佩芝	梁 湘
周雨亭名霆		刘静岩	孙北垣	张也泉
朱受之	茆鹤轩	江鸿逵	成心梅	朱笃卿
芮建常名光弼		杨少庵	江家谟	张翰卿
俞少臣	宫翰臣	泰山大殿和尚		

冕三叔携燕亭、纶辉等来行礼。

伯融呈敬楼库、祭席、焰口。泰山殿和尚七个人。晚间叩辞回扬州。本属其多住数日,因他说大兄无人照应,未便强留。

树兄回扬州,送其官燕、雪耳、貂皮帽檐、貂皮外褂、京靴、珍珠活计、江绸袍褂、湖绉、鱼翅、海参、莲子、桂元、绍酒、金腿。收貂皮帽檐、珍珠活计、莲子、桂元,余珍,谢。

杨解元之子冠群,陈莲舫同年之子增福璧各呈敬蓝呢祭幛一顶,均挂在灵前棚下。

九月廿九日(11月16日) 庚午 阴 早有日光

果卿抵宝应来见。巨川自清江回寓。船。

接江宁布政使梁檀浦方伯唁信,送摹本缎祭幛一顶,照录于后:

> 远违芝宇,祗切葭思,昨奉讣函,惊悉老伯母大人瑶驾仙游,曷胜伤悼。敬谂子严大公祖大人孝敦堂北,谊笃陔南,哀毁之情,固难自已。第念老伯母大人壸范常昭,母仪可则;鹤纪近九旬之算,鸾封邀一品之荣,今兹证果菩提,固已齐臻箕福矣。尚祈节哀顺变,为国惜身,是所至祷。弟秣陵承乏,鲍系滋惭,思鹤吊以情殷,怅凫趋之迹阻。兹谨具祭幛一悬,聊伸刍敬,即乞察纳,专肃奉唁,恭候孝履,不备。治愚弟梁肇煌顿首。

又接新署两淮盐运使程尚斋都转唁函,送蓝呢祭幛一轴,照录于后:

> 子〇仁兄年大人礼次,接奉赴函,惊悉年伯母太夫人萱堂弃养,骇悼莫名。伏念太夫人教秉女宗,寿臻大耋,慈训传为治谱;

彤管扬徽,余庆衍于孙曾,箕畴备福,膺褒封于宸扆,自弥憾于泉台。阁下彩服承欢,白华乞养,已显扬之备至,固忠孝之两全。尚冀顺变节哀,为国自卫,是所至祷。弟汉江远阻,怅执绋之莫亲;素幛遥呈,借生刍之是献。专泐,奉唁孝履,不备。年愚弟程桓生顿首。

九月三十日(11月17日)　辛未　晴

潘伟如开缺,江西巡抚放德馨,未到任以前刘芝翁护理。三儿夫妇等自庐州张家回寓。

接王谦斋五兄唁信照录于后:

子○老棣大人苫次,顷奉讣音,惊悉姻伯母太夫人锦堂弃养,无任骇愕。窃思吾棣自粤东告归,卜居八宝,甘旨承欢,孙曾绕膝,福全德备,含笑西归,人世哀荣,近今罕有。吾棣至性过人,实非言语所能慰藉,惟毁而灭性,古贤不取,尚冀节哀,以妥先灵。辰谊同犹子,恨隔河山。一俟灵辀发引,再来执绋前驱也。先此敬唁孝履。如小兄王尚辰百拜言。

又接张少蓝亲家唁函,照录于后:送洋绉幛一顶。

子○仁尊兄亲家大人礼席,前奉瑰章,尚稽裁答。昨承讣告,惊谂姻伯母太夫人锦堂弃养,宝婺沉辉。祇悉之余,曷胜震骇。我兄悲生莱彩,咏废蓼诗,本不匮之孝思,自极情而哀毁。伏念姻伯母太夫人教著丸熊,义传封鲊;清华继起,承欢下逮孙曾;恩诰崇封,养志兼全福寿;固已西归含笑,遗憾毫无。尚祈勉抑至情,俯循中制,以襄大事,是所深祈。弟暌违一载,轸结五中,遥睇慈云,未获躬亲奠醊,眷怀卿月,尚期勉护兴居。谨具素幛一悬,聊展蚁忱,伏乞代悬灵右。肃此布唁,祇候素履,不宣。姻小弟张树玉顿首。

再启者,令郎揖赵接奉太夫人恶耗,即拟星速言旋,实因秋雨连绵,稍稽归棹。惟此次在舍,匆匆晤聚,又值弟等抱恙,辜褒良多,殊耿耿耳。再颂礼祺。弟又顿首。

又接凌泽丞表侄唁信，照录于后：

道出邗江，得亲榘训，私衷自幸，孺慕时萦。前月念九日骇悉金萱谢影，宝婺沉辉。闻信之余，同深怆悼。伏维子○表叔大人孝逾婴慕，痛失母慈，既目断夫飞云，尤心伤夫陟岵，想弥纶之至性，自擗踊以增悲。第念表祖母大人寿享珍从，荣膺宸诰，备休征于五福，含笑于九原。尚祈顺变节哀，随时珍摄，仰慰在天之怙念，用安报国之深心。转盼三年礼尽，还看万里风抟，祷祝维殷。依驰曷罄，侄庐阳萍寄，愧蝇吊之莫偕，刍束未陈，益蚁私之增恋。肃修芜牍，聊布唁忱，敬请素安，惟希涵察。侄凌厚均谨禀。

又接子敦七弟唁信，照录于后：重九前自湘垣发，交胡万昌寄。

五兄大人尊前，年余未通音问，少悉起居，时深悬念。顷阅孙稼生致其令弟翼之家信，惊悉婶母大人于七月廿七日在宝寓仙逝，无疾而终。适吾兄赴邗江未回，抱恨终天，情自难已。然数年来屡闻婶母大人精神康健，克享期颐，正喜爱日方长，讵料慈晖即逝，悲深罔极，陟屺增伤。第念婶母大人上寿既臻，德福兼备，宠荣固已极矣。吾兄自归养以来，菽水承欢，晨昏无间，在天灵爽，遗憾毫无。尚祈顺变节哀，料理大事，将来是否盘送回家安葬？曷胜记念。弟以远隔南湘，不获躬亲奠馈，稍伸犹子孺慕之忱，五夜自思，难安梦寐。弟亦时运不齐，命途多舛，职居闲散，仰屋空嗟！四月二十九日大儿臻迈又添一男，媳妇移时毕命，暮夜仓皇，医药无及，惨何以堪！目前境况无力盘送，不得不暂为厝寄，以待将来。小孩雇乳喂养，尚属结实，幸天不绝人。现蒙题补常德同知，部覆尚未出来，都中一切系托芰塘六兄招呼，当不致误。刻惟静以俟之，以待机遇之至耳。窃思廿年需次，艰苦备尝，今幸得补一缺，堪以上慰慈怀。刻因未接讣音，未便易服。子柱十一弟于秋节后由鄂到湘，现在弟寓居住。余容续禀。

巨川甥定于明日回扬州,属其邀毅翁来寓,面商一切事宜。

电报到上海:盛杏荪处分系降二级留任。前闻免议,不足信也。

十月初一日(11月18日) 月建乙亥 日干壬申 晴

巡防巢湖水师营第十五号哨官蓝翎千总刘宏江持手版请安。

观音律院和尚来讽经一天。果卿接宝应代理县印来见。

致芰塘六兄甲字第十六号安信,照录于后:

> 九月十九日寄上第十五号信,计日可以邀览。弟料理大事均有头绪,程毅甫原择十月初九发引,因值花衣期内究恐不敬,现改于十月廿一日日子虽较初九中平,然尚属吉日。扶灵,由袁浦渡湖赴寿。惟今年九月即雪,只可赶速前进,不误十一月廿一日安葬之期为主。蒙光垂念,顺泐布知,苫次不能多述。

致霭卿大弟信,照录于后:芰六兄信乃托霭弟寄京。

> 九月十九日寄津一信并芰兄信,想计日可以收悉。兄料理大事均有头绪。程毅甫原择十月九日发引,因值花衣期内,究恐不敬,现改于十月廿一日扶灵,由袁浦渡湖赴寿。惟今年九月即雪,只可赶速前进,不误十一月廿一日安葬之期为要。诸承弟关照,特以布知。栋侄日内赴袁浦扫墓,即属其返东台,恐六叔父盼望也。苫次不能多述,近事望示知为祝。

照录致子箴大兄第十五号安信:交信局寄扬州寓。

> 九月廿五日接展第十一号书,备悉一是。程毅甫原择发引之期,现因各事尚有未齐,展于十月廿一日敬扶灵榇登舟,由袁浦渡湖。惟今年九月即雪,冷冻必早,只可催赶前进,不误安葬之吉期为主。树君同年光临,诸多辖褢,又急欲返邗。弟在苫次,未敢强留,而寸衷实抱歉仄。所奇者旧仆李升,令其来扬迎迓树君,不料利心太重,种种花账,略具一二事,闻之于兄,亦必鄙笑。树翁坐船小于伯融之船,伯融包日来回仅给七元,李则开支十六元之多,船上每日伺候茶水,用煤三十斤,木柴三十斤,其他可想。树翁属账房备祭席,此间厨役向定翅席四千,树翁钱交

李,而渠则向账房声言未付,及至欲拉其面对,伊始吐出,胆大妄为,至于此极。弟加恩于伊,并令其女人来公馆照应门户,以待弟归再行租屋,而伊荒谬好利,并闻有怂恿树君家人索赏分肥之事,刻已传谕并知照巨川将其撤退矣。恐伊在树翁前或尚有播弄语言,致弟开罪,便中微向树翁述明为祷。小和尚卅日抵寓。三媳疟疾,服寿翁方当可愈,无大病也。乐泉今日至淮城,尚回宝代弟料理杂事,可感。巨川毅然帮同照料扶灵赴寿,尤可感也。巨川今年拮据,弟自当加竭绵力,兄之所云想亦定准。迩明则惮于跋涉,早露微词,弟不复再延之矣。果卿今日接印,谅有禀达。吴健翁电报前月廿七起程,本月中旬必履新。天气寒冷,吾兄似宜早归,虽扬州亦自己之家,究无内眷侍应耳,愚见如是,酌之。

十月初二日(11月19日) 癸酉 晴

松友叩辞回东台。予本令其再住数日,因六叔来信叫松友送少鹤弟媳赴苏,未便强留。

万秋圃、万鸣盛公送新蓝呢祭幛一顶,又鲁紫封送新蓝呢祭幛一顶。

法事不定闹至何时了局。张翰卿自闽抵寓,云法人要五十万两银兵饷,在南京扬州盖洋楼,做生意。今天《申报》又载,法人声称倘中国不允所请,即派兵驻守台湾,永为世业。想办军务诸公闻之,定赶紧驱逐也。

汪汉翁之子名瑞,曾以知县分发湖北,黄子寿委赴黄陂县会审案件。

陈蕉石在江宁候补,曾九帅新委帮办沱盐厘务,已到鄂省谒两院。

照录江苏常镇通海道陈少希同年唁信:送素幛一悬。

　子○仁兄同年大人阁下,顷接大讣,惊悉年伯母大人骖鸾之耗,忝附兰谱,悲悼同深。况阁下莫挽萱摧,空怀荻训,至性所发,哀毁可知。第念北阙金花显扬,已极西方善果,遗憾毫无,节痛自珍,不胜祷切。弟大江遥隔,趋奠未亲,谨呈素幛一悬,聊申哀挽。专此布唁,敬问孝履,不宣。年愚弟陈钦铭顿首。

照录前署江苏按察使部获洲同年唁信:送素幛一悬。

接奉讣函,惊悉老年伯母大人于孟秋下浣,遽返瑶池。敬惟子○仁兄年大人至性殷拳,孺怀敦笃;欢承爱日,殷孝养于兰陔,荫远慈云,隔音容于莲界;追维懿训,曷免摧伤。特是年伯母大人久邀极品之荣封,复备遐龄于景福,似宜节哀顺变,善当大事也。弟只因于役,未克襄劳。兹敬寄上素幛一悬,稍申刍敬。专肃奉唁,恭请礼安,伏惟珍照。不庄。年愚弟郜云鹄顿首。

十月初三日(11月20日)　甲戌　阴晴无定

接直隶通永道薛抚屏同年唁信,送素幛一悬,照录于后:九月廿二日发。

忆自乙卯丙辰年间暌隔鸿仪,正深驰溯,乍奉大讣,惊悉年伯母陈太夫人遽返鸾辂,曷胜骇愕!素谂子严尊兄同年大人兰陔洁养,萱帏承欢;正爱日之方长,乃罡风之忽扇,揆之纯孝挚性,哀毁胡可言宽。维念年伯母太夫人寿逾八旬,诰荣一品;子舍已香馨薇柏,孙曾亦庭列芝兰;固已福协箕畴,允辉彤史。尚祈抟节衷忱,以襄大事,至以为祷。弟忝附谱末,夙仰坤仪,只以供职畿郊,未获躬亲椒奠。谨备素幛一悬,用申刍献,祈即代荐是荷。肃泐奉唁孝履,敬请礼安,不具。年愚弟薛福辰顿首。

又接凌秋生表侄唁信,送素幛一悬,照录于后:自顺天府通州石坝署发。

顷奉素书,并承大讣,惊悉表叔祖母大人鸾舆西归,曷胜骇悼。素谂表伯大人兰茝洁养,莱彩承欢,骤值风木悲生,能无杯棬痛抱?第念表叔祖母大人荣膺华诰,寿享遐龄,备五福以考终,应九原而无憾。尚祈节哀顺变,勉当大事,以妥先灵,是所拜祷。侄执绋情殷,怅关山之道阻,抠衣愿切,缅萱幄而神伤。谨具素幛一悬,伏希赐纳,代献灵几,聊尽微忱。肃此奉唁,敬候苫绥,并颂孝履,不庄。愚表侄凌道增顿首。

又接朱林伯世侄唁信,送素幛一悬,照录于后:

昨奉讣音,惊悉太世伯母大人仙逝,展读之下,怆愕殊深。伏惟世伯大人纯孝性成,天真谊笃,际慈云之忽返,自悲露之莫胜。恭谂太世伯母德重蘋蘩,寿臻耄耋,彤管书荣,莫尽寰区,能有几人?丹壶证果,无疑仙佛,都推首列。兹值神归天上,固福寿之兼全,驾返瑶池,应发毫之无憾。我世伯中外服官,恪遵慈训;虽神离玉杖,慕思迥过皋鱼,而帝念金汤倚畀,终资召虎作忠,方期移孝守礼,务在节哀,引领素苫,良倾丹藿。侄世末忝居,分应叩奠,奈以鸥程之隔,未伸鹤吊之忱。谨具烛幛,恭献穗帷,稍陈鄙悃,抱歉实深。专肃布唁,敬候孝履,伏祈珍摄。世愚侄朱桂生谨肃。

十月初四日(11月21日)　乙亥　晴

果卿来见。

已革云南巡抚唐炯,现押解到京,交刑部审讯。唐炯现递亲供二次,略谓革员亲赴北宁阅兵,事竣后例应驻扎候旨,一时疏忽,擅自折回省城,实属辜负天恩。恳求从重治罪。部臣公同会议,尚未具折奏闻。

钦派考试满洲翻译各官:

| 考试:恩承　庆麟 | 场内弹压:耆龄　承绥 |
| 监试:德本　章耀廷 | 点名:恩焘　方汝绍 |

搜检:魁斌　熙敬　景善　文晖　凤秀　志元　德福　胡瑞澜　阿昌阿　岳林

接前刑部尚书潘伯寅大司寇唁信,送蓝呢祭幛一悬,驾返瑶池。照录于后:差管带轮船补用都司袁致恭送来。

顷奉大讣,惊悉太世伯母大人仙逝之耗,莫名骇悼。伏念子严世叔大人莱舞方殷，萱摧遽痛；性成纯孝，莫罄呼天抢地之情；礼重守身，当思报国承家之义；强持自力，切祷良殷。侄㧑里居忧，杜门读礼，白云同望，犹留风木之悲。素幛附呈，聊致谷刍之敬。专此奉唁，顺请礼安，惟照不一。世愚侄制潘祖荫顿首。

又接陈岱源表侄唁信，送祭幛一悬，照录于后：

子○表叔大人苦次，前展手告，惊悉祖姑母大人兰陔弃养，悲痛曷胜。当即专肃唁函，由驿递陈，计达左右。以长者之性天纯笃亲，视含敛一切附椁附身，自必毫无遗憾。子舆氏所谓"得之为有财"，堪为长者诵之矣。此后择地卜葬一切事宜，想已早为经营。拟于何日举行，便中尚祈示及。至于节哀应礼、顺变守身，以长者之仁智兼全，自不流于愚孝，要毋烦侄之鳃鳃过虑也。侄以一官匏系，不获以寸香尺楮躬奠慈灵，五夜抚心，不胜悲切。谨具素幛，聊贡丹忱，敬慰孝思，诸维珍卫，不备。愚表侄陈衍洙顿首。

又接秀生大弟唁信，九月二十二日发交永和局寄。照录于后：

秋风白露，洄溯良殷。正拟裁笺，忽来惠翰。就论五哥大人鸡鸣笃性，鹤驭兴悲，以不匮之孝思，宜何如之哀毁。伏念伯母大人萱堂□介，寿享期颐，淑德考终，应无遗憾。且风木之悲，有生同慨，尚祈节哀顺变，以妥慈灵，是所鄙祷。弟以俗事羁身，不克躬诣灵帏，虔申奠悃，歉仄奚如。谨陈素简，恭请礼安，统希鉴察，不备。弟泽久谨启。

又接子听九弟唁信，本年九月十五日自横滨封发，由上海森昌信局转寄。照录于后：

五兄大人苦次，九月十二日连接肥上京寓来函，惊闻三伯母大人萱帏弃养，骤聆恶耗，哀恸曷胜。吾兄值此大故，毁伤情状，何可言喻。伏念三伯母大人寿逾八旬，禄养之隆垂二十载。吾兄辞官之后，一意承欢，年虽未极期颐，固已荣哀莫二。尚望吾兄念五十不毁之义,用襄大事,上妥先灵,无任企祷。弟谋差海外两载,于兹碌碌依人,略无佳境。近以黎君丁艰回国,新简徐星使甫经入都,计其履任之期当在仲冬之月。公务一切停滞,专候新使前来。猥以微差,托身异域,竟不获一叩灵座,稍伸犹子悲恋之怀,挥泪遥瞻,戚戚何既!伯兄在邗度夏,闻尚未返肥滨,想已早至宝应。前月曾驰一缄,不审能如期收到,曾谈及否?专此奉唁,敬问兄嫂大人孝安,伏惟素鉴,匆匆不尽。

十月初五日(11 月 22 日) 丙子 晴 小雪

陈兰彬告病开缺,都察院左副都御史着吴大澂补授,未到任以前,着沈源深署理。

左季高现奉密谕在浙省择要驻节,以资控扼而便调度,其前敌军务归杨石荃等办理。

李少荃定于本月入都恭祝万寿,并与各王大臣面商中法要事。

已革广西巡抚徐延旭,前闻到京,实系讹传。兹阅《申报》,始悉行全山东界,骤染时疫。陈俊臣已据情文移到部。

接何俊卿中翰唁信,送祭幛一顶,照录于后:

顷接讣音,惊悉老伯母大人瑶池返驾,猝闻恶耗,曷罄悲怀。即维子○老前辈大人纯孝性成,自必逾恒抱痛。然老伯母坤仪炳望,寿企九旬,淑德垂型,封荣一品;既堂同于四世,已福备于全归,遗憾毫无,重泉含笑。尚望勉释哀思,以妥先灵,是为至嘱。杰签邮遥隔,匄奠虔申。谨备祭幛一悬,锡箔二束,聊伸菲敬。伏祈代荐灵帏,是为至祷。肃函奉唁,恭请礼安,维照不备。侍何其杰顿首。

又接湖北巡抚彭芍亭同年唁信,送蓝呢祭幛一悬,"萱阁风姿"。照录于后:

子○仁兄年大人素鉴,尘容珞珠,笺敬频稽。顷奉素函,并读大讣,惊悉尊慈年伯母大人弃养西归,不胜骇愕。遥维年伯母大人德裕中闺,寿登大耋;舞莱衣于矛府,十年承官阁之欢;迓芝诰于螭坳,八座遂板舆之奉。比岁侨居宝邑,乐咏循陔;祝萱座之延龄,仰箕畴之备福;哀荣莫比,遗憾应无。尚祈顺变节哀,用襄大事为祷。弟忝领鄂圻,骤聆噩耗,怅征邮之远隔,愧奠酹之难亲。附上祭幛一悬,借伸奠悃,即希察纳。专此奉唁,敬候孝履不具。年愚弟彭祖贤顿首。

再承委寄各函已即日分别递送矣。再颂素祺。弟又顿。

陈伯潜学士奏参两江督宪曾宫保一节,电音至沪,已加恩改为革职留任。

光绪甲申十年闰五月初一日(6月23日)起,十月初五日(11月22日)止。

安宜日记

光绪十二年七月初一日(1886 年 7 月 31 日)起，
十二月三十日(1887 年 1 月 23 日)止。

光绪十二年丙戌（1886）

七月初一日(7 月 31 日)　月建丙申　日干壬辰

早晴极热，薄暮上天同云雷电交作，继之风雨横飞，逾时顿止。

接臻喜六月廿七日覆禀，录后：

> 敬禀者，廿四口寄呈禀函，想邀钧览。廿七日奉到手谕，祗悉一是。三弟信云大人吃饭以及各样东西均粘上腭，老先生谓是暑热，最好吃西瓜也。男等之事既承崧帅应允，男定于九月赴苏一行。彼时如大人可以前去散闷，男即随侍矣。顷大伯父送来廿三日《申报》，内有拔贡朝考单，子坚、仲仁均未取，林介仁列二等第七名，宝应想已知道。榕妹生女，平安慰甚。渠血热太重，不宜服生化汤，前留下之方想可照服，念念。杜家七月初又到经期，能趁此时来扬，请老先生一看更妙。段安何日旋邗，白糖闻尚未换得。便寄上三弟前信，道及大人分付男在外边多住一月，亦无不可。男意在家在外能得静养，都是一样。近两天奇热，家中想俱安好。昨日寄去大伯父第九号信，想已达到。余容续陈。灯下肃此，敬请福安。

七月初二日(8 月 1 日)　癸巳

黎明大雨倾盆，巳刻偶露日光，午后又密雨如织。

闻城内低洼处水深三寸有余,今日稍觉凉爽矣。

吴莼甫请初三日午饭,辞谢。

谕二儿书,照录于后:

杜家来扬,令卢升伺候而来,乃伊又患病,改派许二。天气炎热,舟中不宜久住。许二此番再出花头告假,则真是天良丧尽之人,万不用矣,汝应告之。

大伯伯房屋事书未提及,予不能不以所见回答。此时弃之甚易,当时创之颇难。顷逊明来谈及亦云,既有田必得有产,不然田地照应远哉遥遥矣,汝等以为然否?

我命你七月廿外返寓,当时并不知杜家来扬就医也。此次阅汝来信用意,大约同杜家一阵归来,而来信故隐跃其词,乃是平时不诚不实光景矣。我亦毫无成见,汝自家度量,早迟皆无关道理也。

苏州之行我岂能去?崧公虽殷殷,我一出门便花费不少。况冬间或尚作邗游,借与诸公商量出处。子曰"君子求诸己",得与不得,此其中有造物主持,看人运会,但要做到方为不负。若我从前在京受文太傅知遇,谁为汲引?盖自家无本事,即有好际遇亦属虚无,人岂可无本事哉?

运气之说不谬,细思之,人事尚在运气之上,何以故?存心朴实,时时以子臣弟友在心,根本不错,天必与以道路。天与之,而人无福承之,汝须刻刻记之。勿作口头语,所谓"三岁孩童知道,七十老翁做不到"也。

扬州住家最非善策,自古浇薄繁华之境,焉能远久。幼年无识,容易走错路径,汝等宜切戒。俟仲仁过我时,我亦以此言谕之,无论信否,我方对得起大伯伯也。

仁甫二叔境况不堪设想,若吴处无差,且不知何过活。汝总须念我同年兄弟,量予小助为是。沈青翁何不为仁二爷一谋,而尽心尽力于一高邮老二,何哉?

大伯伯书院中汝宜常往，遇茶遇饭，正裴晋公所云"逢着便吃"，不可客气。我无兄弟，同堂者仅存两兄，汝当时时事伯父如父，方是道理。可以进言直陈无隐，勿满嘴云片糕也。强官行为如此，我十五六年抚养之心未免滋愧，何不禀知大伯伯暗中点眼，饬令归欤？免得在外出气，亦无可如何，尽自家友爱之道耳！

方寿翁闻其近况不佳，儿子不肖，尚何言哉！暗中探访其近况究竟若何，此翁在庸庸中尚无流弊，医道其末焉者也。偶忆韩退之诗《题昭王庙》云："犹有国人怀旧德，一间茅屋祭昭王。"今日张大其词，雕墙峻宇，恐不足为荣也。古调不弹，思思惘惘。

大番鬼饼，予在老先生家吃之甚佳，且可久存不坏。炎天点心难买，望令袁四在镇江为我觅来。象牙蕉扬州即有，我所喜，汝未见，令人一觅也。

来锁一把，并练子，交宝盛楼烧金，另外买一付烧金扁式小手镯，约一两以内办齐。俟回宝时带来，价由青芝代垫。又小高、小陈七八两月工钱，每人两千八百义，等你临来时知照青芝垫给。

致沈青芝函，录后：

前呈寄一函，谅邀内照。弟脚上湿气稍愈，步履总不大方便，只好听其自然。二小儿之妾素有旧业恙，现来扬就医。敢求阁下代为诊治，除其病根，以免每月抱恙，琐渎清神，不安之至。再小孩夏天发热腹胀，不疴不吐毛病，即呈酌赐一方，尤祷。弟近日兀坐闷甚，懒于搦管，托王鹏九兄代笔。

七月初三日(8月2日) 甲午 晴而不热

先太夫人生辰，摆供行礼。

杜家赴扬就青芝医，今日午刻动身，给川资十千文，派许二随往。

接二儿致三儿函，云段安廿九日午后到扬；大伯伯信、沈老先生信照交，茶叶钱交去，仁二叔两元照付，外信一封，容即送交。余无事。六月廿九日泐。

接沈青芝六月廿九日覆书,录后:

连接华函,皆因忙而未覆。师太更忙,高邮二孩借此糊口,大家相好,不能不代为帮忙各事。都说通天房子,甘泉要收变充公,是寿伯同寿卿三子拱出。城外内总巡万苏二人初则想钱,此二人者想不到钱,故将房子归育婴堂收,皆寿伯瞎闹,钱亦一半去矣。现房东转湾禀求吴吉甫,人亦不错,可以无事。二少爷看病阶被有钱之名,通国皆知,且无人不知,又收了阔徒弟。二少爷非自己调养心气不可,阶不欺人也。大人脚上仍有湿泡,无关紧要,弗食药,少用水洗,切切!杜姑娘之病皆弗会看,姑且允之来看亦可。二少爷同师太看儿科,日有七八十号,皆意使之长其见识,宽其心胸之郁,花样甚多,未可限量,一切由师太照应皆来不及耳。

接臻硕六侄六月廿九日来禀,录后:

侄于月之八日奉堤工局委赴金陵提饷,次日至仪栈谒见吴观察。仰蒙慈荫,已委随栈听差,刻因栈中人已住满,谕令在扬候信。薪水若干,亦未批定,光景总似干修之意。崧帅于前日过扬,未曾登岸,大伯父在船中一见,颇为亲热。扬州见客无几,随即开行赴金陵矣。其余新闻均知道,不记载矣。

七月初四日(8月3日) 乙未 晴

沈云生长子文照,新捐南河同知来请安。

郭辅臣来,适予始起,未晤。

吴莼甫来辞行回滁,三儿见之。

致芰塘六兄第八号书,录后:

六月初二日寄去第七号安信,计早收阅,弟处尚未接京中六月书,驰系之至。韩君所带邸报,并沈世兄来京中所寄六、七号信、执照收到,均领悉。中城事太烦,尚不觉劳否?截取召对问话若干,想已寄示。此时外官直不易做,莫若候转京堂,目下有科缺否?念念。昨阅《申报》开列各省朝考等第,凤阳得三人,林

甥知县可望,小溪万不得了。有儿代分其累,喜慰曷胜。前吾兄
信云燮哥可给一函与九公,此信发否? 抑交来转递,甚盼。二弟
由宝应寄寓呈报丁忧,洋公苏抚达部又到籍日期,前吴健翁云已
照例咨出,敢祈细查示知。弟虽无志上进,恐服阕部中挑剔也。
拜托拜托。乾隆二十八年有上谕一道,兹抄录呈阅亲老,告近与
开缺养亲同一事体,乞兄便中饬吏书商酌,万勿向当道者谈,转
启吏书刁难矣。吴婿、广侄皆落孙山,何日出都,未接来函,颇悬
悬。闻朱明府之子优者,居然一等,真白屋公卿也! 小军机何日
引见长孺? 能得方有出路。子箴兄六月十七日移居安定书院,
精神尚好,惟写字颇草草矣。崧振翁过宝应畅谈,其意中总似箴
翁舍淮就扬,迹涉拣择。果卿今冬可补缺,孤注之掷,须靠天吃
饭了。江蓉舫抵任半月,署中始告以乃郎消息,又无信了。小众
站不住光景,要到宝应,试问弟寓两千文一月,又作何过活哉!
月坪尚未赴新,韩古未到也。吾兄得便可与他通候一二函,内只
提想与五舍弟常有书问即得。现在十九老事,弟重托振帅及月
坪,似该不致无着。小溪拉弟赴江南谋实缺,闻燮先生亦有书寄
九公,必得按例序补,始可敷衍。日日断炊,当票已三千金外矣。
奈何奈何! 永二爷走马上任,潘老父家秀生龚挹馨引生先过继之
子。都去了。永老太老实,此席重大不易办,能平妥三年,可以
买田筑室。永老今年尚有生子,信老健哉! 亲政又有多少章奏,
训政又作何章程? 祈示及。介榕六月廿三日申时生一女,大小
平安。乳不足,须雇奶妈,讨厌已极,不如自己乳便当也。迩明
常有腹疾,老境渐增。弟两足湿烂,竟日兀坐闷闷。
恭录乾隆二十八年上谕一道:

　　乾隆二十八年癸未夏四月辛亥谕:向来亲老改补近省者,赴
省时即照例归部坐补原缺,得缺后然后引见。但念该员等在部
需次动辄经年,其材具寻常者不妨稍待时日,倘其中或实有出众
之材,坐令淹滞未免可惜。嗣后著照病痊赴补之例一体带领引

见,候朕酌量降旨,分别录用。又例称此项人员内在改补之缺,
一经卓异,即改入升班,免其坐补原缺。同一养亲而得遇荐剡,
遂为终南捷径,恐日久渐开夤缘趋避之风。将来此等改补近省
卓异人员,并著该部于引见时,将缘由附折声明。其公当与否,
自难逃朕洞鉴。如此,则有用者既可及锋而试,而卓荐者亦可杜
干进之门,无枉无纵,于铨政更为平允。著为例。

七月初五日(8月4日)　丙申　晴

汪敬之、迟明侄来谈,敬之送予西瓜十个。

鲍伯熙太守来,未晤。

吕贡九交来姚丙然谢帖一张,并云汪子秋银十两已交到。

杨筱园长子生女,送予红蛋、糯米粥。

送筱园家奶汤礼四色。

接二儿致三儿信,无事,附来雨人八弟一函云:筱兄眷口六月初
八到扬,十七移居书院,廿日开馆。

崧抚台泊扬,筱兄往谒,情意殷拳。弟素有湿痰症,服仲侯药颇
有效验也。

七月初六日(8月5日)　丁酉　晴　入夜大雨

差帖回拜沈司马文照。

顷阅《申报》云,闻得内廷现派锡尚书珍、孙侍郎毓汶出京查办事
件,俟直省事竣再驰往皖江之说。日内星使将抵天津,随带司员闻有
方芝塘侍御等语。

七月初七日(8月6日)　戊戌　晴,薄暮暴雨一阵

吴荺甫请晦庐午酌,予因足疾未愈,本月又是先太夫人二周年之
期,向不赴宴。昨日特命三儿面与荺甫说明辞之,乃沈云生复遣价来
约,其意谆谆似难再却,只好前去酬应。座中朱房山、陆静溪、胡佐
卿、沈云生主客六人,申刻始散。

闻杜叔秋昨晚在县署花厅乘凉,忽有高汉来前披其颊,随寻其
人,则无踪迹。或曰得罪于狐仙,以致此耳。

接果卿七月初二日信，叙崧帅过扬，大伯父携伯融出城谒见，情意如昔，酒席亦收。俭事伯父又为一提，意思甚好。十九叔亦为交条云，五世叔已说过，现成之事，汇川表伯、筱溪姑丈略节收下。未言可否。硕弟奉仪栈委随栈差使，每月二十四两。仲仁有廿二南旋之说。长孺送军机本衙门取第三，是孙季筠接到京信，长孺并无信来也。俭廿八回局，揖赵信收到。余无事。

接沈青芝初六日来信云：

许二到庵，接奉华函，得悉朱姨奶服丸后，病情皆明清明白，既已有效，另换调门不要着急，缓缓而行，再配丸药容即寄上。杜姑娘毛病皆不欺人，自应想出法门，缓缓治之。老妈们工钱以及各项均归师太垫付。高邮二孩事了结，迁居开张。夏天小孩子肚胀发热等恙，皆是暑热，益元散二三钱煎饮最妙。

杜姑娘病原：

据述左边胁下近脐眼稍下有一长块，手按则散，手过则又聚。平时不痛，如月经未来之前，先行头痛如破，如胁下之块作痛，约痛至六七日必作大痛，难忍，月经即到。若月经一尽，其块不痛，仍然自在。心口立见痛如针刺，四五日乃愈。手足心发烧，又有咳嗽数声，是损症来派，此杜姑娘确实之症也。又杜姑娘来云，朱姨奶奶眼弦上生眼丹，俗名"偷针果"，熟则自消。如不放心，用樱珠核磨涂眼丹上，切不可误入眼睛里，必要红肿，慎之，弗搽最妙。

七月初八日(8月7日) 己亥 晴，午后暴雨一阵

迩明来谈，在上房午饭。

接二儿致三儿信，录后：

初五接来书，备悉种种。老人家致大伯伯第十四号书，并给兄之谕帖，均呈大伯伯阅看。所议庐宅宜赁不宜卖一节，窥大伯伯意，亦以为然，总之，主意不定。兄在书房见有致张霭青信稿，抄录寄呈老人家一阅。杜家昨日平安到扬，老先生为之诊脉，细

考病情,惟法门尚未想定也。果兄早旋车逻。研兄到差去了。朱一甫为仁二叔向程本府求一事,每月十千文,不无小补。闻诸大伯伯所云,仁二叔近未见面。前信再给英洋二元,均交过矣。张午桥未见着,昨写字借来《定香亭笔谈》四本,伊没得《瀛洲笔谈》也。仲仁六月廿来信,准于七月初间偕子坚由旱道而回。余无新闻。寄来《定香亭集》四本,望转呈。

照录忍斋老人致张霭卿书:

霭卿仁兄姻大人阁下,昨奉华函,辱承藻饰,借谂起居多适,合第吉祥,至以为慰。前阅京报,欣悉尊甫靖达公已蒙谕允本籍建立专祠,闻之忭舞奚似。承示假居一节,忝在至戚,本当遵命,无如弟此次至扬,所有物件并未全行带来,其余皆存庐。兼以大小女全眷仍住敝居,是以诸多不便,实非作辞推诿。然尊甫今既本籍建立专祠,则贵宅改为奉祀之所,必须另构他屋而居。但府上人口浩繁,庐州构屋宽展者,原非易易,若兴土木之工,又非朝夕之事。弟幸托葭莩,则敝居亦可奉让。惟当日鸠工落成,计需银二万余金。以上想阁下必得其详,即祈函致令岳刘骏卿观察与弟面议可也。

忍斋老人挽吴子健中丞:

文通武达,望重四朝,以儒臣桑梓论勋,迭掌封圻资干济;

感旧饰终,恩承九陛,况贱子茑萝幸托,仰听讴颂式仪型。

接果卿致三儿信:

健帅灵柩有十二日起程之说。项书巢因水大,请改秋凉动身,俟有确音,再为布达。外附来吴云翔号吉士收到送健帅祭幛挽联,遵即觅便寄去。健帅朱正本用知县。灵柩七月十二由安庆起身回里,溯淮河而上。信一纸。

接永斋二兄六月十九日来信:

五月杪两次接奉手书,诵悉一切,借谂潭第清吉。惟脚上湿气偶发,步履不便,想近日已渐全愈矣。念念。畏翁真今之古人也，兄既面约之，又托筱溪、静甫二人劝驾，终不移其志，令人钦佩之至。潘文甫兄持信前来，兄当派往富安分局，与鲁恭甫兄同事。兄以鲁兄年老，曾办过数处厘捐，笔墨言谈皆通达，故重托之。讵意文甫与恭甫意见不合，屡以言语相斗。恭甫两次来函，总说文甫不妥，请兄调换一人，兄总不应允。前日巡卡到富安，兄又以善言相劝，和衷共济，未卜二人都能相让相安否耶？东台局面狭小，司事只能六七人，现在外姓友人共有九位，而家间弟侄辈共有秀生、亮臣、弟楸林、杏林、有林侄五位。将来安置不下，不能不遣散数人，一进一退，真是为难。奈何兄因巡卡，在船上感受暑热，便血约升余，每日四五次，颇形狼狈。幸遇安丰场谭子讷兄，精于岐黄，诊示一方，云是湿热，服之颇效，连服数帖，全愈。惟东台捐事被前首两位改易章程，一时难以整顿。捐事难望起色，兄力图报称，不得不有所焦灼耳。如晤冕卿三叔，祈将一切转述为荷。

接静峰二弟八月廿九米信，录后：

　　前奉复函，敬悉合宅平安，至以为慰。老哥湿气近已全愈否？念甚。来示云已致书田宪，足征关爱，感何可言。新抚宪廿七日抵宁，弟已随班谒见。小溪亦到金陵，闻下月中旬即赴苏省。昨阅《申报》，棣如朝考取列二等七名，兄处想已见全单矣。近闻新藩宪有下月十五日接篆之说，省中余无新闻。弟一是如常，仍无调动消息。弟局在金陵城内东关头，并以禀闻。金陵河南段保甲局。

接赵子方同年六月廿七日自金陵来函：

　　廿年旧雨，樽酒重论，借联文宴之欢，兼慰辋饥之愿。匆匆判襟，又不觉黯然魂销也。顷承手翰，猥荷齿芬，雒诵之余，感惭交集。就谂履旋叶吉，泰祉戬宜，溽蒸暑湿，玉步偶愆，调摄即当康复。想闭户著书，车若水之《脚气集》，孙退谷之《销夏记》，不能专美于前矣。承示先集诗文，庄读一过，老成典型，风流未沫。

即尊著之《杂录》虽似稗官,而考订经史纂述掌故则学问见焉。公牍虽似官书,而权衡事理,判决疑滞,则才识见焉。通经致用,于此窥见一斑,可胜企佩。转瞬祥琴在御,出而问世,必当宏此远谟,更据凤抱,可为豫决者也。另稿两则先集摘句,具有鉴裁,而鄙人游戏笔墨,亦荷采录,无任愧幸。佽秦淮迤暑,杜门却扫,养拙自甘,贱躯粗适,差纾绮注,属撰联语,两世渊源,卅年交谊,未易括于十数字中,或托之诗篇尚可倾吐,容后再图报命。手肃,复请著安。天暑多厉,伏惟为道保重,欲不尽言。

接茆生孔善来禀,贺予主讲安定书院,渠现统带楚军右营,驻防浙江泗安镇,已于六月初四日接事矣。

七月初九日(8月8日)　庚子　晴

许苣臣运判开文赴扬来见。

致果卿三俭函,录后:

接来函,备悉种种。腹疾由于暑湿,而仆仆道途,更易受热,近日想已全愈矣。予足疾亦未大好,现可着袜,终日杜门兀坐,幸借书卷消遣。寓中小孩等均平善,惟火疮痱子个个如斯,秋气凉爽当可无恙也。芝六弟出差,见诸《申报》,尚未见谕旨,御史岂能随带?乾隆年间,命言官随同查办,亦钦差也。大约必系奉旨随同钦差办事,俭处得有的音,即望速示。安定书院房子可以敷住,又租赁三间,似乎宽绰。仲仁七月初出都,月底必到。此层功名,朝考不得,便成老岁贡了,可惜。朱家居然高列,桑户桊枢之子,岂易量耶?吴健翁灵柩,项某属其迟来,试问抚署岂冬停灵之地,似宜起程为是,水大又何妨也。二儿仍养静青芝庵中,本月可归。六俭得一差使,该可敷衍。仁二爷闻府公派一事,月得十缗,聊以糊口,亦好。汝高堂康健,欣慰无似。秋间能来邗江一游,俾可小聚否?念念。余命三儿书之。

复茆孔善协戎信,套话,由马递至浙江长兴县四安镇。

复雨人弟信,无事不录。

送杨石泉孝廉学洪令堂蓝呢祭幛一顶,外喈信一封,托吴莼甫带滁州转交。

接仁甫弟初七日来函,录后:

初六日由二侄处接到手谕,并洋二元,足征垂爱,心感之至。

前月间二侄亦惠赠二元,情殊厚也。所谋保甲,郜荻翁亦有函托,奈毫无音耗,亦莫可如何。现自本月起,月可约得十千文,此乃朱一翁嘘拂,故蒙府尊栽培,因留扬委员中,有兼差者,故令其匀给,虽属杯水,究竟有胜于无也。孙十五弟过扬,与弟盘桓两日,即渡江轮上驶矣。秉仁侄在扬寓小住将近半月,大兄赠以四洋,朱处往拜见了一面。十五弟拟代吹嘘,静轩嘱其不必,都由他关说。不料十五弟走后,伊又不肯进言,以致缺望,行李萧然,弟亦爱莫能助也。新都转到任尚需时日,昨与二侄谈及,俟其南下有的信,弟即先到宝应专候接差,再求老兄大人,先容或差或馆,另图一事,免得到扬,人山人海之中,又为捷足者先登,吾兄以为然否? 昨阅《申报》,芰六兄有随钦使南下之信,不知可到? 查办何事也? 拔贡场吾郡闻取三人,尚不寂寞,覆试无信,不知林甥能得一花县否耳。

谕二儿初九阅仁甫二老爷来信,有俟贾运台到宝应时赶来谒见,可以为之剪拂,此断不必之事。何以故? 仁二爷系地方县丞,并非盐务,若托贾公转致他人,颇费周折,似不如我向湛翁说明,己丑世谊,仁二爷可迎出召伯车逻一带,先行见面。抵扬后又有箴大爷时刻提提,倒觉妥易。外面官场仁二爷与湛田云泥之判,不能拉交情也,且湛田为人情性我所深知。前信致箴老有鲁卫尚斋之政,汝所悉也。

七月初十日(8月9日) 辛丑 晴

接二儿致三儿信,寄来许性存代买《瀛洲笔谈》四本,价洋二元。

接芰塘六兄六月廿五日第八号信,录后:

五月十七日托沈仲盘带去七号函,想已收到。廿七日接六号信,六月二十日又接七号信。欣知禔躬安健,合宅均平为慰。惟闻又犯脚气之旧恙,近日已能全愈否?深以为念。潮湿之病最难除根,可厌也。拔贡朝考,吾辈所关切者,皆未录取,令人闷闷。凤郡只宿州周儒臣一人两次皆冠军,亦为难得。优贡昨日已考竣,闻朱立本已录取,尚不知名次。仲仁现拟七月初回扬。子坚拟寻找旧文捐一京官,未知能如愿否?伊拟日内即赴津,先见少老,看光景如何。长孺送考军机,亦未录取,渠此途不能得,住京实不得了。吾弟向燮臣索要曾信,已为催来,渠发信甚多,恐亦不能速效,再看各人之机遇了。至起复出来一节,兄与燮老谈及,渠亦以从缓为宜。现在局面迥非从前,缓以待时,不可急遽,是为至要。起复一层,在部内查明本籍文已到,虽供结不符,而在京内办理即可。核准训政之请,已蒙俞允,天下臣民之福。传闻因怄气而始有此命,亦未知果的确否?兄上月截取召见问话约卅句,奏对尚无错误,转科名次仍在第十。今年半年直未见缺,后路茫茫,听之而已。孝侯前日到京,伊所捐分间之教难以望选。吉双闻海防先名次第五,是仲侯写错了。计九个缺,可到班。果卿如改花样,得缺当速。谦初亦改知县分江苏,此月内验看。永斋老运亨通,惟必得撙节而用。能余剩几个,以为养老之计方妙。林小溪能得一缺为盼,惟亦是手笔太阔耳。翥青明年能得运差最好,闻渠几个钱均化为乌有。兄尝谓做官钱不足恃,历数之无不如此也。稼生闻仍拟回寿居住。筱漪至宝应,想亦晤见。箴兄身体闻已服元,深可抃慰,惟年逾七旬之人,一切仍以小心保重为是。京内别无甚事,雨水调匀,秋稼又可卜丰稔,斯可喜庆耳。黄婿唐县月内外即交卸,光景仍要赔累少许,与筱兰署香河事同一律,各人财运如此,无如何也。子言事万不得了,奈何!

方濬师。安徽定远县人,前广东肇阳罗道,十年在宝应县丁母忧,送灵回籍,本籍文书已到部否?

查方君到籍文已于三月到部,惟声明供结不符,驳饬另换。

接孙燮臣侍郎来函,录后:

　　紫岩妹丈同年大人阁下,月前奉手书敬谂,福体安和,潭祺清吉为颂。只以俗冗纷烦,又兼右臂受寒作痛,艰于作书,迟迟至今,悚歉无似。昨复读寄芰翁亲家函,得悉种种。宝城侨寓食指繁多,意欲别图生计。今遵来示为致九帅一函,能否有愿,姑且试之。阁下与九帅有苔岑之谊,当不膜视也。稼兄回里经营丧事,闻事毕后即不出里门。宝应眷口均回寿州,未知确否。兄京华作宦,终日劳劳,去冬至今颇有老境。闻阁下尚欲出山,长安一聚,畅叙阔怀,亦寸私所仰冀者也。泐此布复,即请台安,诸维朗照,不尽。姻愚兄孙燮臣顿首。

照录孙燮臣侍郎致曾沅圃制军书:

　　沅圃大公祖姻丈大人阁下,久暌尘教,每积日以倾忱,遥隔鸥程,益望云而增慕。敬维祥迎荣戟,祜笃簪缨,镇龙盘虎踞之区;双圻林绩,迓风诏鸾章之宠。九陛承恩,引企铃辕,莫名轩鼓。侄燕京供职,驹隙虚抛,农部叨陪,愧度支之未裕,经帷忝侍;惭献纳之无方,莫报涓埃。时深悚惕,尚乞不遗在远,惠锡箴言,是所心企。泐丹,敬请台安,诸维垂照,不具。治姻愚侄孙家鼐顿首。

　　敬再启者,舍妹丈方紫岩观察濬师系乙卯乡榜,自解组后侨寓宝应,刻下虽经服阕,而无志出山,但紫岩自粤东归后,囊橐萧然,食指繁多,身累颇重,欲求盐洋局内得一差委。谨布一缄,代为介绍,可否,推情垂照之处,伏乞钧裁。肃泐布恳,再请台安。侄又顿。

七月十一日(8月10日) 壬寅 晴

原任盱眙县许垣之庶母方氏来靠帮,卢升给其六百文始走。自予抵宝应,历来数次,亦无味极矣。

孙希曾来晤,日内赴沪,开去托买书籍一纸。

点石斋《图书集成》本定今年四月出书,先付若干本,随后持票再取一半,所有三次之五十金,全书收清照付刻已,七月是否可以持票,往取之处祈细细问明,以便照办。《续东华录》道光、咸丰两朝,望代觅一部。

《九朝圣训》问明价值代买。新刻牙牌数本,二角一本。

七月十二日(8月11日)　癸卯　晴

接二儿致三儿信,买来《定香亭笔谈》四本,价一元二角。

命三儿致函王锡三,在清江电报局打听新闻事。

介榕左乳忽板了一块,起卧重坠,不痛不痒,系喂奶挫经所致,杨先生来看,方录后:

苏梗一钱　　川芎五钱　　陈皮一钱　制香附米二钱
广木香五分　白茯苓二钱　当归二钱　青皮一钱
炮姜炭五分　金橘叶五片
煎服一剂。

七月十三日(8月12日)　甲辰　晴

命三儿致沈青芝、何金扬先生函,录后:

启者,家姊于六月廿三日生一女,产后平安。七月初间伏在桌上站立喂奶,肩臂似挫了筋骨,以手揉之便和,随后左乳外骨首板了一块,约有手心大些,不痛不痒,按之似有核子在内,微痛,起睡不大方便,并不恶寒发热,站起来觉得重坠。其余无他样,小孩子吃乳也如常,是何缘故,望详细示知,酌赐一方,是所切盼。

杨少庵先生今日来看介榕乳,又开二方,录后:

苏梗一钱　　新会皮一钱　制乳香八分　制香附米二钱
蛀青皮一钱　川郁金一钱　西当归二钱　广木香五分
炮姜炭五分　金橘叶五片
煎服。

又敷方:

香附米打碎一两　　木香二钱　　独活二钱　　羌活二钱

当归五钱　　　　　防风二钱

加葱一把煎水熨肿板处。

七月十四日(8月13日)　乙巳　晴

早间,杨先生来看脉介榕乳,又拟两方:

制香附米二钱　　真橘络八分　　川郁金一钱　　西当归二钱

青皮络八分　　　炮姜炭五分　　广木香五分　　块茯苓去皮二钱

佩兰叶一钱　　　金橘叶五片

又敷方:

大生地一两捣膏　　　广木香五钱研末

陈酒和作饼子热熨肿硬处。

接何金扬先生来方,录后:

据云产后数朝,左乳外微痛,按之有核不大,有似外吹,拟方服三帖即愈。

制香附打碎一钱　　炒白芍一钱五分　　云茯苓二钱

炒大贝一钱　　　　粉甘草五分　　　　醋炒柴胡五分

当归一钱　　　　　福橘皮一钱　　　　牛蒡子炒研二钱

蒲公英二钱

外用:蒲公英一两,用黄酒清水各半,煮汤拭布熨患处。

接安徽抚院房张怀仁、张懋勋来函,录后:

敬禀者,窃乡晚凤钦矩范,未遂瞻依,遥企慈晖,时深孺慕。恭维子翁观察大人履祉升恒,鼎猷豫萃,引觇乔采,曷罄鬈轩,晚等戟辕从公吏科,承办贵邑请咨起服丁忧到籍等件,历有年矣。前据藩司详尊件将丁忧到籍日期先行咨部,一面饬查供结内并未声叙扶枢到籍起程各日期。即经饬查换送去后,今据藩司申送供结前来,晚等现经赶办咨部各在案。兹将咨文先行抄录呈送,伏乞查核,上慰锦念,惟晚等始终报效一番。向有喜笔,今特泐函,仰恳俯念办公竭蹶,将应叨喜笔,务祈逾格栽培,俾得稍沾润色，不致向隅，则感荷隆情于无既矣。倘蒙惠赐，由皖省全泰信局书壳面注明皖省城内同安岭下首坐东朝西向院房张姓，不致舛错，最为便捷，是所拜祷。肃泐寸启，敬请崇安，伏垂鉴并候玉音，不胜翘切之至。乡晚名正肃。

接范广文锡恭附来一纸，录后：

> 久不会晤，企想之至。启者，弟癸未科会试中式，贡士归班，呈请教授。今授宁国府教授，赴省领凭到任，系张怀仁兄承办，谈及阁下到籍一节，向有笔资，未蒙惠赐，特浼弟致意，逾格栽培，俾免向隅，是所拜祷。

吴为详咨事据布政司卢士杰案。奉札准吏部咨取前任广东肇阳罗道方濬师丁忧到籍日期，族邻供甘印结等因准经行司查取，详咨在案，迄今数月之久，未据曾办，殊属迟延，除径札饬催外合特札行，即便转催该地方官速遵前札取结详咨，毋再迟延，切切等因到司，奉查该道方濬师丁忧到籍一案，经本司前在署院任内札行，光绪十一年六月初六日准吏部咨稽勋司案呈准江苏巡抚卫咨称二品衔前任广东肇阳罗道方濬师，系安徽定远县民籍。因母年八旬，奉准开缺终养。前回原籍兵燹，携眷寄寓宝应城内。兹母陈氏于光绪十年七月二十七日在宝应寄寓病故，系属亲子，并无过继，亦无次丁，例应丁忧。请咨扶柩回籍守制等因前来，应准其守制，应咨安徽巡抚查取该道族邻甘结，俟到籍时将到籍日期咨部查核可也等因。行司查取去后，嗣据凤阳府申报查明该道方濬师于光绪十年十一月十四日扶柩到籍守制，并送供结到司，当查供结内并未声叙扶柩起程到籍各日期。经司饬查换送在案。迄今数月，尚未据该府换送到司，除专札查饬催换送至日，另详外合将该道方濬师扶柩到籍日期，先行详请鉴核分咨等情到本部院，据此除另取妥协供结至日另咨，并分咨外相，应咨明达移会，为此合咨移贵部院、科，请烦为查照施行一咨，移吏部、科护张为呈送事，据署布政使阿呈称，案据凤阳府申送定远县人、前任广东肇阳罗道方濬师丁忧到籍日期，供结到司，当查供结内并未声叙扶柩到籍起程各日期。即经饬查报送去后,嗣奉前宪台札查到司,遵将该道方濬师扶柩到籍日期,先行详咨,并声明饬催换送供结至日,另详在案。今据凤阳府饬据定远县查明,换具妥协供结,由府核转前来,相应呈送,鉴核分咨等情到本护抚,据此除分咨外,相应咨呈移会,为此咨呈合移贵部院请烦科烦为查照施行,须至咨者。计咨移送、供结各一套,一咨呈、移,会吏部、科。　广东

七月十五日(8月14日)　丙午　午前小雨两阵旋晴

卯初焚香敬占。圣帝签第四十六:"吉人相遇本和同,况有持谋天水翁。人力不劳公论协,事成功倍笑谈中。"

王锡三大令自清江旋,来请安。

潘文甫自东台回,送予黄鱼干、鱼唇两样。

接永斋二兄七月十二日由文甫带来手函,录后:

前月由驲所递复函,想已达览。前荐潘文甫兄来东台,即派往富安分局,与鲁恭甫兄同事。鲁兄江西人,其妹婿陈绍芳兄印航由主事改捐同知,到江苏多年。现当金陵城北二段保甲差,与兄同事有年,精于岐黄。昔年丁妾胎阻颇险,今春兄患痰迷重症,皆是绍芳兄诊治,颇尽心力。兄无以报答,适面荐伊舅兄,当即允定随同到东派。在富安询之,鲁兄系厘金熟手,不得不重托之。前月鲁与潘意见不合,曾有信来说潘不是,请我将潘调开,另换一人,兄未曾允。昨因六月报销不大好,兄有信致鲁潘二人,请一司事账目,一司银钱。鲁执意不分办,潘竟不说明白即回总局,向兄言要送家眷回炉桥。兄因系老弟所荐,故特函达老弟处知道。且因潘兄要回宝应,故请顺道到清江代领漕捐票四千张,并恐潘兄一人不能照应,又派家人徐贵一同前往以领漕票。不能速快,除领票费拾贰千文,另外给川资盘费拾贰千文。如有不敷,回来船价饭钱可以到局再行发给。兄当初厘差,一切皆自家经理一番,总觉于心无愧。捐事被前次朋友改换章程,一时颇觉难整顿。六月报销已于七月初八日动身,期于比较,七增

不得不勉力支持,庶无负上宪栽培期望。惟局用开支每月只得四十七千四百文,薪水船价共七十二千文。朋友现有十五位,家人共有廿余人,每月开支大有赔偿,久则支撑不住矣。

复永斋二兄信云:

七月初八日接到来书,得悉吾兄偶患湿泻,皆受暑所致,近想早已痊愈。潘文甫初次幕游,外间一切事务诸多未谙,既承吾兄培植,尤望时加训迪,属其和衷共济。否则能调换一事更好,总期于捐事有益为是。东台局面若何?兄接事后,捐数较前有起色否?便祈示知,至祷。

复静峰弟云:

七月初八日接到来函,得悉一切。许仙屏方伯为己酉拔贡,兄在京都曾与其令兄云生侍讲结邻。在岭西时与仙屏亦常通书札,自抵宝后,则音问遂疏。虽系同年,无大交谊。闻有下月接篆之说,抵陵当不远矣。吾弟之事,蕴丈与怀谷能早为位置否?念念!

照录卢升复安徽抚院房张怀仁信稿:

怀仁先生大人阁下,七月十四日由信局带来致敝上方大人信一封,并咨文稿均照收。惟方大人现在寿州未归,闻所有房费系由方栅生三少爷与定远县吏房倪纫秋先生算过,由倪先生一并包揽开销。手此布达,复请大安。卢厚庵顿首。

命三儿致何金扬信云:

承赐良方,家姊遵即照服,总未见消,是何缘故,再请赐一方来为要。

潘文甫赴浦交两千文,托买白面点心。

七月十六日(8月15日)　丁未　午前细雨数次旋晴

接二儿致三儿信,带来烧金锁一把,手镯一付。

接子箴伯兄第十号信,录后:七月十二日发。

初五日得十四号,知前寄之九号信已收到,备悉一是。杜姑娘来就医,闻服药颇有效验,仲侯所患亦减去大半。昨叔眉二儿有信来约,与月初择日同子坚南归,承为筹霭卿一节,自是正经道理。第云出租恐非其本意,现复其一信云,此屋当日起造,需价甚昂,如彼不愿,即作罢论可也。全眷在此馆毂岂足敷用,大约得半之道,尚须静夫处筹之。家中所出可以节存数年,即为得济。二儿人太稚嫩,不能远离,拟令用功再下一场。兄身子如常,出门之日甚少,秋暑犹炎,西瓜竟不能不吃不购。思者已三个月,偶一看书,倦即偃仰。今胸中空洞无物,亦颇自得。《申报》前云锡孙出使,并有我家侍御,乃久不见明文,必是讹言,不足深信也。吾弟足患想已全愈,来信未提,老怀大慰。

复子箴伯兄第十五号书,录后:

十六日接展第十号手简,备悉一是,并悉体中安泰。西瓜今年不甚佳,秋前酷热,弟亦食过几次,近日似不宜再食也。《申报》有星使之传,至今未见明文。而芰老六月廿五发函尚无此耗,如果不讹,则必系廿六以后事矣。芰塘兄信云,召对时问话三十句,其话云何,一字未书。大约是台阁侍臣不特避人,焚草抑且温树弗言。吾家此老早自安排,封疆卿二之地,愧区区不肖不获在京小待,补御史缺也,呵呵。归政一节云系怄气,赖廷臣力恳,方蒙俞允,真天下臣民之福。燮老为我致书九公觅一馆地,可感。感因思四月谒九公时,未曾提起此时,忽然去信,似乎唐突。拟将书暂存,俟十月服阕,冬间践崧振翁苏游之约,便道金陵,再与九公面商。已函致燮兄,想兄意亦必以为然。芰翁为弟出山事,令我从缓待时,仍是蓉舫主见。鄙见与其求荐于人,转不如老实路径。唯是弟年将六十,朽木难雕,但愿蔬食布衣,无烦劳累此生,即属乐事。星叔莱山同直中书,星叔得郎中,弟补其侍读之缺。戊辰外出莱山,一候补翰林侍读学士耳。今则堂堂枢辅,我侪一堕泥途,尚须持手版向人,殊增恶色,不若以黄冠草服作山野闲人。况入都一行所费何出?吾兄爱弟最深,敢

乞再为一筹画也。二儿无大毛病，静心调摄，天君自必泰然。昨
芰翁信教官海防先九缺，即得起服，后便可回轿蓝伞矣。其如君则受病
已久，非此时培养，恐酿痨症，闻青芝妙手回春，刻已见效。乃介
榕产后忽又患乳，自己骇怕，又要上扬州了。弟老而溺爱，又恐
真成大患，只好听其雇舟而来，总在十日半月光景。吾兄昔年谕
弟书云，试问兄累何日能了，鄙人亦如是矣。二儿尚未归，若回
至半途，介榕又要拉之同往。总由运气不佳，诸事破耗，尤闷闷
也。庐州住宅，昨陆静溪谈起，弟属其致意蔼青付五年房租与之
居住，能成与否，稍迟必有回音。两婿贤侄尚未见到。芰兄信，
则吴老七又要到天津。清江电报：叶冠卿先生开府三秦，吾乡人
物如是之多且美，《诗》有之"莫赤匪狐，莫黑匪乌"，狐耶？乌耶？
吾不得而知之矣。弟足能着袜，水泡仍属不免，非交深秋不愈，
幸眠食甚好，貌亦稍腴，大约财散则人安也。

致芰塘六兄第九号信，录后：

自收到五月十七日第七号京信，总未见六月发书。直至七
月初十日始奉六月廿五所寄第八号手谕，备悉一是。前数日得
《申报》内叙，兄为钦差锡孙两公随员，先赴天津，后赴皖江查办
事件，因思御史岂有作随带之理。必系特派随同前往，而袁浦邗
江亦均无见过明文者。吾兄来信乃六月廿六日发寄，果有此举，
当在廿六以后矣。来谕云云，似尚未深知弟之衷曲，重承垂注，
敢再陈之。端节前自金陵返，与蓉舫同泊舟于扬城。谈及鄙人，
有曾同芰翁议论，欲弟觅一奏调之路。若照牌事理，只能坐补原
缺，断难补选。且引谭督所奏之知府，为此伏念鄙人若以宦为性
命，则己卯告养都成虚假，稍知自爱者不为也。彼时箴老亦以为
弟精力未衰，家计日窘，仍宜借微禄养家，较胜于沿门托钵。是
以弟两函乞兄便中问明书吏，并记有引见双请样子，不过将此节
查询明确。所以不愿闻之于人者，鄙人京官多年，相交颇夥，性
情不一，爱憎出焉。爱我者为我道地，而书吏不遂，必以官话枝

梧憎者，则反有多少口实。蒙兄垂爱，且以旧日司中伺候书吏，命其查例，则必以实相告耳。弟函中却有牢骚之言，以为非我辈所能，吾兄当能鉴察，岂有垂老之年尚欲夤缘。他道自污其操，并以累吾兄之清望哉。至弟十年外宦，尸素滋惭，然无纤毫公事挂于吏议。养亲归田，忽受比匪之谤，主持公道者唯鲍花潭、洪琴西两公。花老固三十年至交容有偏袒，洪则只一面之识，尤觉感不能忘也。吾兄职司风宪，燮翁正色立朝，知鄙人者，莫若吾兄与燮翁，尚祈有以教之。总之，区区之心已如槁木死灰，即使诸公苏槁添薪，非按部就班，正经出路，弟亦绝不妄动。吾兄从缓之谕，弟谨识而勿谖也。自问何必矫情鸣高，而目前家计已属不易支持，又何处得引见之费，住京需次之赀耶？真有说者，奏调一层似尚无不可，第须有识我之人。所愿人说项斯，不愿自为毛遂，想又兄可以鉴亮而深信也。承示局面迥非昔比，以山野揣之，攻讦之风稍息，他则未之敢问，如某某者，苞苴公行，明目张胆一差一缺，以价为凭，甚有官之移徙，只须要地说通，便可自为拣择，民具尔瞻，莫谓"山中无甲子"也。自吾兄入台，弟凡书问往还，从无交友朋携带，外间各事，有交手折，有诉心覆腹者，一概谢绝。吾兄阅弟手函，曾有一言一事关说否，非敢自傲，实欲自立声名，庶不负父兄之教。即前此问兄独对，请为示知，意欲于家谱中略存一二语，以志恩宠。兹阅来示，只云三十句问话，所问何话，并未明言，足征兄温树中藏，不轻漏发。而弟平日之闭口不谈公事，实与兄暗相符合，幸何如之。燮翁寄九公书为我觅馆，感感。细阅函内有云，虽经服阕无志出山，弟居忧尚未满二十七月，计本年十月廿七始可释服。又思弟四月底在南京谒九公，情意颇殷，弟并未向之谋事，意欲留为后图。今燮翁此书鄙意暂存弟处，姑不发出，俟十月服满后，子腊月间崧振翁曾约我作姑苏之游，或彼时路过南京再谒九公，并将燮翁信递上，看其光景，似乎正办。燮翁处已另函谢申明矣。正缮函间，适接赵子方金陵书,尚劝弟勉力入都。虽感其厚意,究知弟尚浅,"莫赤匪狐,莫黑匪乌",就令队逐班随,不过亦赤亦乌,何关轻重,拟答之云:"倘有堂堂正正道途,敢不脂车秣马?此外则不出雷池一步。"质之爱我者定不河汉否?永老受事两月,家间秀生、亮臣、楸林、杏林、有林等,个个皆去帮忙。微闻其外用幕宾仆介颇有邪谲之徒,老翁两目两耳如何见闻得到?腥膻之地,一片苍蝇之声,奈之何哉?弟惟暗中致函永老,请其留神。潘老文却告退矣。鬵老无信。昨振公过此,弟面加重托。月坪似非忘旧交之人,或者海运不致抹却。仁甫万难,经弟想尽方法转属朱明府瓦埠同乡,在府公前哀恳,每月得十千之差,亦尚不足糊口。纶辉依然赋闲。燕卿得一十二圩差。果卿补缺有期。振公待之极优。弟于子侄辈有可照料,力所能为,从未推诿。但人微言轻,又不肯作干名犯义事,耿耿之心可无告无愧耳。谦初捐知县,闻其光景甚佳,然江苏方姓太多,亦招嫌之一端。孙稼哥遣其十五弟赴湖北谋事,又命其胞侄传沂到上海取盛款,近来境况弟与之相同,恐难支持长久。筱漪手中比稼生好。十老五云绝不作住寿之想。现据稼哥家十老五云,房屋田地八分分开,十老四公帐所欠十老一拿出千金,余则稼老代还,家事分清。十老一入都,稼老于中秋后送其女至袁江北上,即安住八宝。伯沅现买田若干,住宝之志比乃翁更坚。京中所闻尚系外象三爻也。若鬵老则一文俱无。一万余金全付之股票了。仍有亏累。篪老安定一席,每年用度仅得其半,全家而行无异泛宅浮家。真吾兄所云,做官钱不足靠也。然今日事势,朝廷誉为廉吏者,归来无不数十万金,当典盐旗照耀耳目。至于所污贪吏,则万金之产俱无,诚非末学所能解矣。朝考报罢,吴婿广偨仁甥何日鞭骡,杳无消息。小溪现有两县缺,据云已求燮翁一书致九公。苏抚则远村门生壬子房荐。昨弟又谆谆言之,此二缺一常熟一南汇,倘得手便有饭吃。但刻下小溪典衣度日,两处眷口数十人,如何得了?此又爱莫能助也。子言兄音问杳然，能否挪凑了局，不胜驰系。济华亦不知作何打算。闻万寿日广城各官出城拜牌，盗即乘空明火强劫粮道之署，将关防丢至大堂阶下。通省哗然，大索不得。此今日之局面，试问昔年曾有此局面否？激则生变，惜当事者不悟也。豹岑之归，万幸哉。弟作《家传女传》中如十三叔祖母。南门先太夫人姑母也。友兰二嫂，吾兄能得其一二实事否？乞示知。二儿在扬就医未归，日内必回。吾兄所云海防先乃二儿，非大儿也。兹再另开一纸，乞令书吏查明，即告养人员引见，亦乞令其详查，不过要知其颠末耳。武甥不意其如此强官，则何以成为佳器。前寄沈信想兄闻之，亦同为浩叹，匆匆不多渎，余容再陈，恐兄出差，此信寄交燮翁转交，当不错误。科缺何如此迟滞，有京堂缺否？虎臣等在念。

再前次来信，属弟将丁忧到籍文书催速咨部一节，弟早已函致楙生侄亲到定远，与吏房说明重换族邻甘结续详。兹于本月十四日接到安徽抚院房七月初八日寄来咨文稿，知已重换甘结申详在案，安徽巡抚不日咨部矣。乞兄再饬书吏，细查目下已到部否。

道员俸满卓异，后乞养开缺，丁忧服阕，如赴都引见，应分两次，抑系并案，是何牌子希查明。

方臻喆，安徽定远县人，廪贡，光绪三年七月在广东晋捐分局报捐教谕，不论双单月，即选签掣第一，光绪十一年正月二十六日丁母忧，扣至光绪十三年四月二十六日，服阕起复，文书到部，究能有选期否？

方臻喜，安徽定远县人，岁贡，就职训导，光绪十二年五月在吏部捐升教谕，加捐海防先花样，申明光绪十一年正月廿六日丁母忧，扣至光绪十三年四月廿六日，服阕起复。乞详查起复后何日可选。来信云，名次第五，须九缺出可得，应扣其丁忧日期也。

再，方臻喆、方臻喜丁忧文书已到部否？

致沈青芝先生函，录后：

前接来函，得悉种切。小女于六月廿三日生一女，产后平安。七月初旬伏在桌上站立喂乳，肩臂似挫了筋骨。以手揉之便和，随后左乳外首板了一块，约有手心大，不痛不痒。按之似乎有核在内，微微作痛，并不恶寒发热，站起便觉重坠矣。近来日见肿大，兼在产月之内，小女实深着急，特自买棹前来亲就高明。务望代为诊治，酌施良方，俾其早日痊愈，则感泐实无既极，叩在至好，谅不膜视也。天气炎热，屡费清神，不安之至。二小儿归来否？再弟入夏叨庇平顺，足丫湿烂近亦就痊，可以着袜，行走但起泡，或脓或水，或足心或脚边，时时不免发作，痒甚。则用先生法门，煎药洗之。至痔疮隔几天亦出红血紫血，便觉松动。这两天又觉舌齿咽喉均火气，不大利便，即遵教服元参莲心灯心荷叶汤，间日服六一散，未卜。尚有妙方，望即示知，开一方来。叩祷。

汪敬之、迩明来谈。

姨太太携介榕赴扬就沈青芝医，二鼓上船，给其川资十千文。托问孚先率宫顺送去，如路遇二儿，孚先即送杜家回宝，二儿再送介榕赴扬也。

七月十七日（8月16日） 戊申　阵雨倾盆旋又溟濛如织
七月十八日（8月17日） 己酉　忽雨忽晴

复孙燮臣侍郎书，录后：

燮臣五哥同年亲家大人执事，七月十日奉手毕，备蒙垂念，殷拳感泐，匪言可喻，就审起处曼福，至以为慰。弟杜门读礼，善状毫无。五月至今，两足湿气旧恙复发，竟日兀坐，刻甫就愈，敝寓幸尚平顺。唯家口众多，支持匪易。君家稼老尚在寿州，闻中秋后送其交令嫒至袁江北上，便道返宝应寓居。十五令弟上月在宝应言之，甚悉已详。芰老书中可问而知，勿庸觌缕。承执事致九帅公函，尤感。因思四月底就医金陵，曾谒九公，情意周挈，因匆匆未提。谋馆之事，阅执事书中叙及弟虽已服阕等语，弟本年十月始满服，此时递去似觉不符。兹将此函暂存弟匣，俟弟服阕后，尚欲践振青中丞邀游姑苏之约，彼时道出白门，亲往投书谒商，或借重鼎力，得成一事。素荷关照逾恒，用敢缕述衷曲也，余均详芰老信中。手肃鸣谢，敬请简安，诸惟朗察，不一。

七月十七日。

再启者，正缮函间，阅《申报》有芰老随同锡孙两公赴津查办事件，然后再到皖江，是否讹传。此间深山中无从打听，兹将寄芰老九号书封呈。尊处如果实系出差，应否可以递交，统望酌度为叩。弟近况甚窘，非借馆谷无以生色。大儿本系教谕，签掣第一，二儿现由训导亦捐升教谕并有海防先花样，似明年伊等服满时皆可望选一缺。知念附陈，敝寓中自令妹逝后，内里主持无人，此则弟之大心病也。

七月十七日。

七月十七夜寅后，梦自书罗扇作五言诗，醒只记其二句，一云"五采诏书新"，一云"肠热心尤古"。

稼老之女孙瑞姑近到寓云，其翁姑近日需索银钱，百端起衅，而万家指日即须来住，求予为之调处，令其赶紧移枢出屋。应如何了结，请予作主，伊无不遵办，伯垣此时不敢出头也。

发芰塘六兄第九号信加封交正和协，寄至京都崇文门内东单牌楼头条胡同户部右堂孙查收，托燮翁饬纪送交，恐芰老出差也。

七月十九日（8月18日） 庚戌　细雨数阵　午前后偶露日光

万筱亭长子来，同七月初十自苏州来书与儿辈云：

家父年届七旬，久萦退志，春杪具禀陈情，幸遂所请，四月交卸，即可北渡。奈新章交代未清，不能离省，是以暂寓苏垣。刻下交代均会算清楚，俟新抚抵任后，即行禀辞。拟于月内来宝居住，望转致杨小园兄，即行乔迁，并请小园代催各户早为让出，俾敝眷到此，不致守候等语。盖万世兄尚不知小园去腊已迁居矣。郭辅臣来告其万家要房子，即令乔植，日内将其子棺移出，不能再迟滞也。

午饭毕,问孚先归云:介榕行至高邮,遇二儿,适沈青翁到高邮来为王姓所约,遂邀之一同来宝。稍顷姨太太、喜儿、榕女、杜家并青芝抵寓。

留辅臣、筱园、孚先、迩明在梅谤陪青芝晚餐。

七月二十日(8月19日) 辛亥 晴

袁楚椿来,留在梅谤,与青芝、迩明午餐。

舜臣自上海归,同纶辉来见。

郭辅臣杨小园来,云乔事已有眉目。伯垣许给三百廿千文,拟于三天内出枢,并令乔植立铭感笔帖云:佑良媳少媚瞀目,植等难以照料,仍归孙府养育,全节植夫妇自苦清贫,无资衣食,现央请亲族友向孙府情商,孙府挪借三百二十千文,以为生计。自此以后,永不向孙府需索,亦不能再向佑媳索资矣。

接翥青十九兄七月初八日来函录后:

昨接家言阅悉,中丞过宝时,吾弟传谕模经转致一节,足征厚爱,铭感不忘。兄迎至无锡宪节,初三午刻始到。同见者六人,皆先看履历,略诘数语,旋问与筬翁班次若何?举茶后,复言在省常见月坪否?俱一一禀明。嗣云月坪现尚无事,海运虽已撤局,而河运米石不知是否抵通。必俟韩某南下方可接印,看来似甚关切,回苏时已将此语禀知月翁矣。中丞择于十二日接篆,俟有新政再以奉闻。月翁小不适意,连日服药,然精神气色均如常。

七月二十一日(8月20日) 壬子 晴

本科宝应进士刘岳云开贺,送洋二元。

伯垣父女均来谈乔家写笔据事。

七月二十二日(8月21日) 癸丑 晴

午间,吴子健中丞灵榇过宝,备祭席香楮往吊。

果卿送健丈灵船至袁浦来见。

瑞姑、辅臣、小园来云，乔佑良棺今早移至泰山殿，乔植定于廿七日迁居。本日晚间辅臣代备瑞姑备席，请中人在宝兴典聚齐画字。

留辅臣、果卿午餐，青芝、小园、迩明在座。

七月二十三日（8 月 22 日）　甲寅　晴

何金扬先生来晤，裴家请来。旋即差人谢步。

致子箴伯兄第十六号书，录后：

十六日奉去十五号安函，想已入览。介榕舟行至高邮，适青老在王家，遂邀之返寓。日来服药并敷药催之出头，此系乳吹，无甚大患，不过要疼痛几天。弟与青老终日聚谈，大可消闷。足丫亦渐次平复，步履照常矣。廿二日吴六丈灵船过此，赴船吊奠，果老三亦来，饭后即至袁浦。昨阅《申报》，七日考教习，或者广毅仁诸公赴考亦系出路。十九兄有信来云，在无锡接崧中丞，先询与吾兄辈行，次问常见月坪否，两面均到，光景必有栽培也。京中电线断，未收拾好，所以音信迟，使星究不知真伪耳。二儿面貌颇渐腴，惟心跳总未全愈，静养为宜。中秋后尚拟往月坪署中一行。青芝尚须少作勾留，俟介榕患除方归。何三老翁金扬亦在宝应，裴家延请。可以二仙传道矣。稼生之女孙瑞姑归于乔，不幸乔生夭逝，近日其翁姑穷而无赖，需索百端。弟不得不出来，先令将乔生棺木抬出万宅，然后恩威并用，给其三百千养赡，又写立凭据，以后不扰孙亲家了。舌敝唇焦，山中人亦无安静日月，可笑人也。蓉舫处吾兄如有致函，乞问其何故不与弟书，大约生性至老不改矣。墨拓南宫《梅花赋》手卷望寄几本来，我处一本俱无。蔼青有回书否？此间陆兄去信计已见面。吾兄体中近更安善，秋气寒热不时，惟万万以时保重。

七月二十四日（8 月 23 日）　乙卯　晴　处暑

清晨果卿自清江旋，匆匆来即走，未晤。据云卢漕帅廿七日动身赴宁会九宫保，须在局候接差也。

请何金扬先生午饭，青芝、筱园陪。

潘文甫自清江旋,带来茶食干面。

七月二十五日(8月24日)　丙辰　晴

送吕烈棻之子娶亲,送喜礼八色,收金花烛爆。

送何金扬之孙娶亲喜幛喜烛,璧谢。

何金扬差人辞行回淮。

潘文甫来谈。

七月二十六日(8月25日)　丁巳　晴热　日落雷声隆隆风雨一阵

留袁楚椿、潘文甫在寓午饭。

收吴春淦观察字励卿,健丈之子。谢送联幛函一封,自安庆省发。

七月二十七日(8月26日)　戊午　晴

先太夫人二周年之期,摆供上祭。

沈青芝、杨小园、问孚先、王鹏九、郭辅臣、孙伯垣、潘文甫均送茶食红烛来行礼。郭辅臣孙伯垣遣其子来祭。

接孙稼生姨兄七月初六日来函,录后:

> 许久未通音讯,殊切怀思,遥祝起居安吉,潭第增绥为慰。兄家居碌碌,无事可陈。药炉烟具刻不离身,老朽情形不堪奉告。每日饭后,即须觅一消遣之方,或步三六叔卧榻前细话烟霞,张长李短,随口乱谈,毫无顾忌,所谓群居终日也。或三位叔太爷到我家梅花厅一聚,幼泉、定先、许山、应辰、幼农、幼尝诸人亦常聚于此。烟茶之外,偶留一饭,亦不过四碗头,四盘子耳。酒食征逐不惟,不应为,并不敢为,而小吃嗑亦不能免,消遣之方,尽于此矣。筱漪到家后,旧病仍未全愈。寿州无良医,药材更不佳,是以未敢多服果子药也。分居之举,议而未定,然不分则无良法以处之。且筱漪急欲回京催办此事,而十四先生一味拖延,盖亦有进退为难之私衷。兄为垫办家用,已将带来之资全行用去,如何是好?此中况味惟老弟知我,当为我叹息也。屏冈地价至今尚未兑到,伊家昆仲时常来问,想借钱作开烟馆、设赌局之本钱,伊等情形概可知矣。闻迩民先生现就蓉舫观察之聘,

想已作武昌之游，久疏竹讯，殊念念也。今岁淮北年谷丰收，河水不涨，冈湾田地一律普收。我们做百姓的遇着丰年，欢欣鼓舞矣。箴翁年伯病已大好，幸甚。便中望为请安，容再专函致候，如蒙赐谕，祈附寄为叩。

七月二十八日(8月27日)　己未　晴

照录果卿致安藩司友、高寿芝信稿：

某前日赴浦道经八宝，得悉家叔丁忧一节，都中来书知由吴中丞任内咨部矣。惟贵处驳查扶柩起程日期，一层部章缘重在到籍，此层可有可无，不关紧要，本可不复。因系方伯驳查之件，已嘱楙生家兄在籍具复敷衍，过节所有尊处笔墨之需，亦属楙生兄到省面致，将来公事到日，务望从速办理为祝云云。

照录吴婿七月十六日自天津来禀，录后：

接奉赐书，祗悉一切。恭谂福躬安吉，潭第凝庥，下忱为祝无量。家君于已成，辞之弗就，奈何！奈何！然重荷关垂，无微不至，永矢弗忘。婿半年来学植荒落，致廷试被放，负厚期已甚。唯冀从此加勉，庶收之末路而已。曩在袁浦临行所领一节，抵都后未得究景把握，未敢渎禀。都中自张幼樵偾事后，汉人大为减色。御史有所陈，概以言过其实置之不论不议之间。即如请旌表末事，亦因之有被申饬者，言路以塞。至保荐之举，自温棣华、王尔玉被黜后，更无人敢接迹者。屡次在吏部打听终养人员，确系坐补原缺。似大人曾得卓异，加以俸满可办引见一次，但放缺一节先难操券。必得现在遇缺，旗人居先。道府并出缺，则道属旗而府属汉。优苦并出，则优属旗，而苦属汉，三缺仅得一。其故由执政者专用旗人，而醇邸则张言汉人无有一人真为国者，军机汉相旅进旅退而已。粤乱甫平，元气未复，气象如斯，良可畏也。此等情形，所以婿未敢径劝大人早出山。以势度之，婿岂不欲大人早日出山，即婿亦得所凭借，深恐仍归原省，远道迢迢，加以香帅率意轻行，今言曰奴隶两司、犬马府、厅州县上衙门者，时抱衾裯,稍有气骨者,亦复谁能遣此? 伯兄到省,十三上辕门,始获一见,非豹帅有不堪设想者,此在京之所以屡欲肃禀,而复止者。昨抵津门叩见傅相,备陈大人近况,乃作婿意曰,拟劝大人赴都作再起计,傅相以为然。乘间以言觇之曰:"卓异人员似可简放,万一坐补原缺,远涉重洋,殊不易易。中堂奏留津门,可乎?"傅相笑曰:"北方苦,未知肯在这边否? 这边现在倒是人不敷用。"婿归来细思,似此可进可退,大人来春可以一行,得一实缺妙甚。都中未始无门路,临时亦好谋,不比空口说白话。不得归时过津,挽其奏留,岂不便甚。婿见津门差事甚多,每岁必有保举。胡云梅已补天津道,张小船亦得大名缺,周玉山得关道,盛杏荪得登莱青道,杨宗濂得开复。皆凭虚而来,似曾任实缺,则可补河道。游子代其前鉴,将来正可大用也。第未起服引见,即要其奏调来津。中堂近年猾甚,恐其不肯。时不可失,势不可失,是在大人早为计及。婿此次来津,欲傅相委一事以图出头。傅相大教训谓,再下一场再来此地,保举早迟总有,不必急急,年纪太轻叫人说话。婿见此地小差使亦多,薪水可敷,每年亦有优保,如婿之专班就职到省,辛苦十年,得三保举,可得府道,此一出头路也。唯刻下有内顾忧未能,即滞津门也。又曩在都中,徐颂阁夫子极力栽培,致潘伯寅将婿已取之卷争去。颂阁夫子大悔失计,潘伯寅之极力搜求者,亦以婿至京未干谒一人,以是见重婿。即以是见累,幸外人未之知,不然功名不得,人将谓婿曾求潘伯寅,请托之所累矣。时命如此,夫复谁尤? 汪子秋之言竟验,敢不益加谨密。颂阁夫子于婿临行时,极力留婿在京下场,假医道以广声闻气。婿以室家未定,期以来年,现既一定,官未晋,恐悠悠岁月,以底无成。拟即日南旋,将南京家眷全送回家乡,以就口食而节縻费。五兄在正阳可以近就接济,以为一劳永逸长策。将来婿在外边小有成就,俟弟妹婚嫁事毕,再单将二老接出,岂非万全之计。婿早年即有此志,以南京宿累未清,未得起行。刻下正可举行过此，恐又难偿此愿矣。唯老姨太太，婿回陵方有定计。婿至陵议定后，即赴宝应与小姐商议。其愿同归即一同归，是或至陵随老姨太，或就宝安插接老姨太太去，或其单安顿在宝，听其自便。渠心安，婿在外亦心安也。明年大人北上，婿亦北来，或就职到津，或住京用功，婿局中昏不自主。何去何从，何吉何凶，不能自决，再请大人以局外再为一决。婿年来轻易躁率，以致今年事多，中变未能得手。廿年坎坷，未始非苍苍，示警若由此，不自振作，恐为妇孺窃笑矣。刻下中书一途出路甚大，徐颂阁夫子欲婿就此，婿因其数太巨，已函商伯兄矣。第其缺本苦恐不能代筹，婿别有所谋矣。年来运气不佳，恐其不成，此举作为水上一棒而已。教谕一途，即现在捐新班，亦须十年后得缺，故婿就州判孙萼斋，亦就州判，闻其今岁即要到省。今岁朝考所录半来自小路，大不服人。同年中多有弃此毛锥者，唯婿终想下一次北闱。再说刻下即到省，未免不甘然，又恐傅相春秋高将来到津，难得保举，中心遑遑，不知所立，素承厚贶，用敢缕述。至婿家事未知能如愿即了否，只以大人屡以为念，故并陈之。暂时尚乞密而不言为祷。甫自都中来，匆匆卸装，应酬纷如，未及作楷，祇叩福安，不备。

再者，闻霭卿丈言，天津盐务利息较胜于南，且稳而无失。便中作书询之，果可以办，将来到津服官，即可携数竿来，似较生息为妥。此间日食尚可米价不贵，蔬菜亦贱，唯房子贵不可言。小房子尤贵，大公馆总在千吊钱一年。轿夫四名，一日须京钱四吊，长养一人一日千吊京钱，管吃饭，非班半不充，夫价既贵且劣不可言，如得要差，及得缺在南房带轿夫，或雇山东轿夫方好。家人粗而不受教，万万不可用。新修街道添东洋车，行人甚便。东洋车养穷人甚众。关道抽捐名"马头捐"预备修街，每日此款可得千吊钱。傅相上章欲以制钱易，都中当十大钱，部议未知如何？天津添造铁桥二道锁桥，将开工矣。原章欲用东洋人，在外国百万制钱，运京更换，部中宝泉局不肯，欲购洋铜自铸。用洋蚨，用须二三万金，可谓糜费。

现在天津气甚旺,紫竹林俨有上海风味,中堂长年驻津,不回保定矣。

七月二十九日(8月28日)　庚申　晴　入夜大雨

早间有邓承志来拜,用治晚生帖,邓承志三字系八分书。另单片后注明:寓大南门内三台客栈,五品衔,分部主事,字士安,行五,广东归善县人,鸿胪寺卿邓承修之弟,由苏州来进京。十数字。

予因今日伤风未会,正拟命儿辈回拜,适杜叔秋来告三儿云,邓某亦到县署。杜生询其何鞠仙认得否?答云,熟人,在扬州尚盘桓两日。又问鞠仙被议,渠则茫然。是真是假,不得而知也。

袁楚椿、纶辉来谈,留楚椿午饭。

杜生云,曾沅圃制军八月二十日动身至淮、扬、徐一带大阅。

八月初一日(8月29日)　月建丁酉　日干辛酉　黎明小雨旋晴

孙心如借予梅谚请青芝先生午酌,邀袁楚椿、杨小园、迩明、纶辉两倅陪之,并请予入座。

二儿回拜邓承志,闻其所谈似是而非,恐非邓承修嫡派也。送微敬四元,由卢升面交获,有收到回片,均令儿辈收存。

宝应城守营千总马宗贵禀知回任,旋差人贺喜。

逊亭三倅长子大寿,叩辞,奔丧回寿,给其两元。

八月初二日(8月30日)　壬戌　忽阴忽晴

郭辅臣潘文甫来,留之午饭。

八月初三日(8月31日)　癸亥　晴

致子箴伯兄第十七号信,录后:

七月廿三日寄去第十六号书,想可入览。近数天未蒙手示,适杜大令自扬州返。据云吾兄有目疾,未见。弟老矣,多疑多虑,一生病根,若不接兄书,便又觉疑虑万端。每与青老谈,谈辄发笑。乞致意雨人,以后吾兄无暇,可嘱其隔数天写几行来,以免悬望。吕婿等至今未到,或应教习场,能取亦出路矣。婿七月望日由津门来函,叙及谒合肥相国,令其安心用功,下场以图上进,不得混想他途,伊就州判故也。合肥询及小人有北地颇苦，未知肯来之语。意思小人服阕若到津，或可位置一差。虽相公雅念殷拳，其如区区各事心灰意懒，何究其垂念，旧交良可感也。介榕乳患出脓，尚有硬核，未曾消尽。青老候其收功始归，且知弟贫，分文不取，此情尤重。九帅八月下旬启节北来，弟拟遣介告以出门，不必迎迓，统俟起复后，到南京再晤叙一切。倘兄在扬谒见，乞含糊一语，以闻得出门四字告之，则妙至。祝湛田无消息，闻其臬篆尚未交卸。尚兄多多发财，亦征老运。中秋前后二儿须赴吴门一行，近谕其安心养疾，慎起居，节饮食，胜草木之功万倍。稼生女孙翁媳之间，种种难言，经弟调停，令瑞姑给伊翁三百缗养赡，以后各度日月，无有异词，亦从权之一法。稼翁有信来，留寿来宝总无实话，但云小漪亟欲北上，此故可思矣。

复孙稼生姨兄信，录后：交汪树冉亲戚带寿。

　　七月廿七日接到初六日发来手书，备悉种切。惟弟历次奉函，总未提及，岂有浮沉耶？就谂起居，绥为之慰。弟历碌如恒，足丫湿烂近已全愈，寓中均尚安好，堪慰绮存，平冈地价系托张鸿青带至庐州，转兑正阳，并函饬丈年往取，刻下当可汇到。此田何日成契，拜托，念念！筱漪弟仍欲回京，将来道出八宝，再为畅叙。吾兄家事料理清楚，何日归来，抑常住寿州否？十五弟六月匆匆过此，畅谈一日，闻已抵湖南。希曾七月中旬赴沪，尚未回宝。瑞姑翁姑穷苦已极，需索百端，前日瑞姑请弟出来调处。给其三百廿千，令其移居乡下，并写永不需索笔据。缘万小亭八月即来宝应居住，房子让不出来。当日是弟经手，未免招人议论，故尔两面成全，一切细情想伯沅当有禀达。吴婿昨有信来，早晚出京，萼斋亦就职州判，未知分发何省也。篴兄在安定书院精神颇好。曾九帅八月廿日启节，来淮扬海一带阅边，崧镇翁到任尚无新政，余再布闻。

复家馨舫四弟书，录后：印汝谋住炉桥，交汪树丹之子带去。

五月廿五日接到手书,得悉种切。兄一是如恒,四月间作金陵之游,节后回宝应寓居。屏体粗适,惟两足湿气举发,尚未愈全。寓中均各平善,堪纾远系。幼斋弟去世,闻之深为扼腕。因思兄与幼弟别面二十余年,前岁冬间匆匆一晤,竟成永诀。言念及此,愈增怆感,且吾弟友于情笃,痛悼自不待言,然事已至此,尚望强自排解为祷。兄僻居八宝,闻信稽迟,兹寄上本洋四元,到时望代办香楮焚奠可也。子言兄从无信来,即兄致书亦不答。兄与之谊等同胞,昔年境况皆弟所深晓,闻其欠款有七千金之多。此时焉有此大力人,昨江蓉舫观察过扬州,谈及言老,亦同为浩叹而已。五伯母大人前叩安。

照录郭辅臣致张霭卿比部书:

霭卿先生大人阁下,达教又自春徂秋矣。驰慕之私,匪可言喻,近维素祉绥和如颂为慰,弟历碌如恒,鲜善可述,所幸典内均各平善,堪慰绮存。前阅邸报,知令尊宫保公蒙恩俞允本籍建祠,欣慰之至。嗣闻阁下拟欲以本宅改祠,假方箴翁廉访宅为住室一事,昨与严翁观察闲话叙及,彼此至戚。箴翁原可奉让,但鄙意箴翁主讲扬州亦暂为之事,将来总须返肥。阁下何不作为租赁,五年为度,每月出以五十金,并无须押租。每年岁修即烦,阁下照料不特,阁下可以不兴鸠木之工,即箴翁亦可得此租利,稍为润色,管见如斯,未识有当尊裁否?风便尚望时惠好音为盼。手此即请礼安,并颂合潭多弗。愚弟郭有殿顿首。

八月初四日(9月1日)　甲子　晴　二鼓小雨

同知衔湖北候补直隶州许恩照来,未会,合肥人。

杜叔秋致二儿一字,谓渠自南京带来庖丁,稍能知味。拟治数肴请老师便饭。但不知何日,可以二思,临祈代为请示选期,赐信以便遵依。当命儿子回复,家君足疾甫愈,概未出门。兹承台端招饮,或于节后示期,定来奉扰也。

予占牙牌,数问二儿苏州之行,得一签云:"积得床头子母钱,夜逢肤箧一时捐。从前枉费经营力，此后安枕得晏眠。"此初二日所占也，而初一日所占皆此四句。今早二儿至关圣庙求得第九十签云："崆峒城里事如麻，无事如君有几家。劝汝不须勤致祷，徒劳生事苦咨嗟。"记得乙酉新正，予在屏冈丙舍为二儿问科名，亦得此签，录之留为他日再解耳。

收宝应新科翰林，进士刘启襄、刘启彤报条两张。

接静峰二弟七月廿七日复函，录后：

> 七月二十五日奉到十四日手书，欣悉尊体全愈，慰甚。仙屏方伯到任，尚无音信，弟事仍无消息。怀谷大病不能起床，已请假多日。芰六哥出京一节，系属子虚。小溪姊丈新奉田宪委，解淮关京饷，大非所愿。渠拟先赴吴门谒见中峰，后再行北上。月之廿一日畏斋亲家与望江倪府结亲，畏翁系女家，知念附及。

八月初五日（9月2日）　乙丑　早间阴雨午后即晴

八月初六日（9月3日）　丙寅　阴雨

问孚先、工鹏九来辞行，赴泰州岁考，送元卷每人大票两千。

袁楚椿辞行回镇江，托买鱼翅十斤。

旧仆徐祥在苏赋闲，苦极，现携十一岁女来宝依予，只好令其在寓暂住再说。

接子箴伯兄第十一号书，录后：

> 前接仲侯自汜水寄来十五号书，廿八日又收到十六号书，备悉种种。承寓为商出处一节，胸中忖度者累日，仅得端倪。以吾弟年未花甲，精神肆应正当出山，且屡询侣琴，据云尚有十年官运，顺利之至。似未便遽然伏处，此是正经道理。第北上不可徒手求人，毫无把握。蓉舫、芰塘所见亦深老到，未尝非是。兄已届余年，万事看穿，然吾弟此时出处竟模糊于心，不能作断。即以此番弃家挈眷而出，亦殊梦梦，不可为训，吾弟以为何如？总之行止自定于心，不可随人作计，明眼人自知之。深望秋冬之交，过此一聚延跂。二侄女患吹乳，产后岂可轻于出门，幸遇青

芝中道折回,闻之甚慰。吾弟足能着袜,好极,然湿气尚宜提防之。兄一夏康泰,入秋更健,唯二儿等不归,亦不寄一信,殊不可解,只好听之而已。健翁之丧,兄登舟一奠,连日看卷少出门。展翁灵榇已登舟,送之江干,黯然神伤。星使绝无消息,必是讹言。湛田尚不定何时到邗。闻孙静轩云,稼生住寿,春且将宝应之屋出脱,确否?天气已凉,梅谍何如?仲侯信收到,近日心中安适否?

八月初七日(9月4日)　丁卯　阴

十九太太送予吊炉饼、红烧鸡、酱瓜等。

八月初八日(9月5日)　戊辰　阴雨

八月初九日(9月6日)　己巳　晴

八月初十日(9月7日)　庚午　晴

袁楚椿因有事未行,今日下晚船来晤。

迩明来坐,留寓晚餐。

致子箴伯兄第十八号书,录后,托袁四带去:

初六日展阅十一号书,敬悉一切。弟初三日所寄十七号之信想已收览矣,近知体中康泰,欣慰之至。仲仁侄尚未到,恐因天津、通州大水所致。吴婿亦不知其已由大沽赴沪否?介榕眠食照常,唯硬核未消尽,乳之下边昨仍出脓,脓头亦未拔出。青老雅意殷拳,必俟全功方归,且分文不取,益令我感愧交萦矣。弟定十月服阕后,子月初旬作邗上金陵吴门之游。先到邗上吾兄书院中,如有闲静房一间,自然下榻于斯,以便朝夕聚谈。不敢客套,然亦断不可把区区当客待也。时势如此,王官谷正为我辈设,岂可自寻荆棘。第衣食之计不可不谋,弟意得一馆榖,或如刘赵桂诸公之局,亦可从容不迫。受山公无信,大约先为我想法,一切统容晤罄,出处之间,谈何容易。生平最服胡文忠公"谋议诸于众人,决断归诸一己"二语。所以必请兄教者,欲使子弟知鄙人六十之年遇事必禀诸父兄,庶几不致末路颓唐,以存祖宗家法,谅老兄必以为然。稼生昨有信与弟,只言筱瀚亟欲回京。
而分家事亦须速办,未提起自家归著。现派其六侄赴沪取银,又
声言将房子卖了,不知其乃郎已在此安置庄田矣。小溪奉田藩
札解淮关京饷,大非本怀。又闻其赴苏谒院,倘补缺无望,直不
得了也。瑾如家有白事,却未接其信息,便祈示知。兹交袁四带
来定做各色月饼炒面一罐,望检收。儿孙在侧,可以续《分甘余
话》乎,呵呵!

送合肥许恩照大票一千文。初八日卢升面交,有回片。

八月十一日(9月8日)　辛未　晴　白露

接子敦七弟七月廿二日自常德来函,录后:

久未奉问起居,只以频年清苦,无可告陈。每欲伸纸,辄复
又辍,不觉倏忽一年矣。七月二十日接奉手书,读悉种切,并谂
萧躬安适,合宅吉祥,慰如所祝。遥想兄之精神年力,康健如常。
服阕后本可出山,以境遇论之,亦未可遽作退志。大兄主讲安定
书院,家眷同住扬,便于照应。精神现在想已复原,为之欣慰。
惟修脯仅数百金,恐亦未能敷用,借以添补可耳。文年前月来
函,拟于秋九月间持其燮老荐书,作滇省之游,便道赴常,借图晤
聚。在弟闻之固属愿甚,然长途旋费不赀,辛苦亦自不易。倘所
谋不遂,往返徒劳,又将安适,未审彼意若何?且俟其来时,再与
之议。黄子襄亲家前补芷江,因从前代案,耽搁未果。现又委署
祁阳,此缺近年亦不见好。大约秋节后当可动身赴任。大侄秋
间能否来湘一叙,益深盼切。臻广拔贡朝考如何?吴子坚侄婿
有无消息,曷胜记念。本年常郡雨水调匀,河流顺轨,各色收成
丰足,地方赖以相安。至木植生意虽较上前稍旺,然亦无大起
色。其中所为难者,见百抽一,全是木值必须仅数变卖,用度始
能活动。近年销路甚窄,艰窘异常。若运往他处,关税人工更不
合算。此外又无出息,种种为难无可设法,故日用一切不免时有
饥荒。总之,目前出入犹不能将就敷用,又奚能望其赢余?似此

情形如何支拄？频年落拓，进退无依，困守一株，实不能无顾虑。每一思之徒深焦急，幸大小人口均叨远芘如恒，甚慰慈注。再去冬次儿臻迁所添三孙恩官，现与五女所生三小安联姻，八字相合，可以作订。

再禀者，伯兄现住扬州，吾兄如晤面时，能否托人函湘中，恳其照拂于相，当州县中调署一缺，俾得稍沾余润。借资展布，庶几进退，可以自主。吾兄以为何如？即乞酌之为祷，否则即作罢论可也。

八月十二日（9月9日） 壬申 晴

送杜叔秋鸡肉两篑，点心两盘。

接林筱溪八月初三日自金陵来函，录后：

上月望后段介来省，奉赐谕借悉，履祺潭祉，均大吉祥为慰，是颂并谂鄙事，种荷关垂，感泐靡已。中峰莅宁，得以两见。奉谕过宝，与五哥大人相晤，盖点明嘱托之意，此节似可不忘。弟次日得谒极峰，相视而默，无一语。本生疑虑，随托仲山观察探询，据云并未提及，不知何故。弟因南北奔驰，兼之接差数日，值暑热正酷之时，差走后，而贱躯大病，寒热往来，呻吟床褥者念余日。刻虽就痊，田署方伯忽以淮关京饷一万八千两见委，部费川资统发一百八十金。除点缀部中外，已无所余，而此次之行资及两寓坐粮皆需另筹。加以直东黄河漫口，洪水横行。徐沂之间又高粱遍地，盗贼出没。以弟甫愈之身，值此荆棘之境，外忧内顾，将何以堪，百般婉辞，竟不获脱。南汇已为楚人得去，尚有二三繁区，于例原可望补，但不知人情何若。因此一层，而饷差又不便硬抛，只得任吃苦，任赔钱，勉强一往。现已由此赴苏，领兵牌勘合。节后可折转北来，到淮关领饷入都，道经八宝，再谒崇阶，畅叙衷曲耳！因行色匆匆，不尽之言，统容面伸。

再许方伯、贾都转履新均在冬腊之交，因边抚军出省阅兵，奏留故也。

八月十三日(9月10日)　癸酉　晴

杨小园送予月饼、金瓜、毛栗、大酥合,又送兆萱宝塔灯一个,均领之。

送青芝节用十千文,赏五二孩一千文。

八月十四日(9月11日)　甲戌　晴

复静峰二弟书,录后:

七月初四日接到来书,知前函收阅,并谂合寓安好,至以为慰。兄足疾已愈,惟肝气旧恙总未平复。初冬服阕仍拟再到金陵散闷,与弟又可小聚也。筱溪云薇垣委其解淮关饷差,南汇有人闻尚有三缺,不知渠能得一否?谋托不易,奈何奈何?倪豹岑中丞告病回来,必在南京寄寓。吾弟屡次来信,未曾提及,岂未到耶?望探明寄知。如有新闻亦望随时写来为祝,兄寓中均各粗适,堪告记念。

再段安来南京,兄曾泐一函致吴畏翁,至今并无回音。吴婿在天津有信来七月十五计此时当返南京矣,亦望问。畏翁三女患乳近已出头收功,产后乳吹。沈青翁来,方放心也,望告知畏翁为祝。新补海州杨和斋刺史何日履新,段安曾否留用,望寄知,余无事述。

八月十五日(9月12日)　乙亥　晴　明月如画

午间备席,在书房与青芝、文甫、小园、迩明、儿辈同酌。

八月十六日(9月13日)　丙子　晴

接陈半樵七月十九日来函,录后:

前复一函,谅蒙青及嗣喜侄来函,致来意,委代购《挈经室全集》。敝局未有此种,访之局友郭某,两往未晤。渠日在茶肆中,不得到茶肆方见之。据云癸丑之变,阮太傅祠悉堆积板片,贼入其宅,特留此宅为熬硝之所,诸板悉毁焉。其子孙今无存此书。此种板子广省皆已重刊,可托书肆代售一部,其价亦不过二三洋云云。两处相问往返者四,消息不可即得。喜侄入城只以一函见委,并不一面。濒行又使其幼仆催询,傲慢不恭,此何为者也。藻年已六十许,步履蹇滞,筋力古人尚恕,岂能闻召即至耶? 言之一笑。秋伏已消,凉风渐至,尚谨慎起居为要。

八月十七日(9 月 14 日) 丁丑 晴

沈彦征前辈赴泰州扫墓,过此来晤。

接林小溪妹倩八月十三日自镇江来函,录后:

> 前奉惠章,读悉一是。于上月下旬贱恙愈后,泐复谢函由信局转递,想入记室矣。近维福同月满,祉共秋清,以忻以颂。弟前奉委解饷差,百般腾挪,未获辞却。正在踌躇,适接司文,知此饷已准淮关咨请,仍由该关汇京交纳。如此脱去,亦属快事。惟眷口待哺嗷嗷,必得急图缺差,方可聊救性命。弟月初既已禀辞出省,刻已由扬渡江南下,节后当可抵苏。但茫茫宦海,究竟若何,殊难预必,现闻成观察履新在即,海运各差九十月间均需定局。如五哥大人即时命驾南来,弟当即扫榻以待。否则祈始终,矜全函致前途代要一津局会办差使,以便为联络吾乡相国之具,即是将来补缺根基。叨承垂爱有年,自可俯如。所请赐函,即交去介携回面呈,则感谢无既矣。至前交之信礼此次当先投送,知关厪系,并以附陈。

炉桥魏实夫长女患哮喘八年,年已三十有四,托潘文甫求予转乞青芝前往一诊脉。案照录于后:

> 寒邪伏于肺俞,痰窠结于肺膜,遇风寒暑湿燥火六气之伤即发,动怒动气劳役亦发。发则肺俞之寒气与肺膜之浊痰交相为患,窒塞关隘呼吸之气,转触其痰,鼾齁有声,病名哮喘。平复则易,除根则难。姑拟开肺法:

麻黄去节八分　苏子三钱　杏仁去皮尖三钱　款冬二钱
桑白皮三钱　　黄芩五钱　半夏二钱　　　甘草八分
白果二十一粒打碎去壳　同煮服。

八月十八日(9 月 15 日)　戊寅　晴

午后纶辉、舜臣来谈。

孙心如外甥来谈,留在梅谛午饭。

接子箴伯兄第十二号信,录后:八月十三日泐。

初六日得十七号,以妄传目疾来询,尚未作复。十二日又得十八号书并饷以月饼面茶,餍我老饕,竟乏琼报,无任主臣。弟谆以出处相商,兄直言相告,并非故作骑墙之见。缘近日自己亦懵懂之甚,茫无主宰也。目光颇明,讹言殊可笑。侄女乳患肿硬处断须销净,不可留后患。青芝不索分文,可感之至。小溪得京饷差,无味之至。九帅过此,如见面即告以吾弟出门。小春初旬来游安定,有屋可住,可以畅谈数日。兄日来除写字外,静坐半天,绝不构思劳神,亦饶有天趣也。半樵新纳之姬又逃去,退钱八十元,而老翁兴致甚豪,仍欲再聘名花,真是怪事。稼生归寿州,光景甚确。二儿想是在山东一带阻水。耀孙又动宦情,舍部就道,阻之不可,老人亦只好听之而已。去岁作《观空图》久矣,抛除万事,了此余年,胸中毫无挂碍,省却许多烦恼,快甚快甚。连日天气凉爽,竟似深秋,灯下渐可看书。瑾如上月归去,言明节后回邘。谦初加捐知县,分发江苏,可谓阔极。

接传豫外甥八月初一日来禀,录后:

敬禀者,七月中旬揖赵弟来函读悉,福体康强,合寓安吉,下怀欣慰。屏冈地价一节,六月底接张鸿青由庐来信,当即赴正阳领取,其时张府信未到典,空劳往返。嗣又专以函鸿青催问,迟至七月十八日始将六百番取来,当将正价伍百番,又二十番提交和伯、绮伯收存,赶即专人邀请书卿兄、张月卿及各售主,廿六日宴会善后局,廿七日同赴屏冈,因天热,稼生伯未到。端看地亩竖立界石,然后成契。发价临时一切尚称平顺,不过五百二十番之外,传泂又向诸伯叔情商,多索五番,廿九日事竣。借蔡姓小花圃请谢诸伯叔,张月卿未到,因有公事,廿八日先回下蔡。惟张月卿不能一请了事,诸伯叔公议送其十番,昨已将这款交存倚笙伯处。俟其月初来城,送给现计本洋六百,除去地价酒席花费,只存廿五番,尚不敷税契之用,拟稍延迟。在庄收项,下拨钱投税,兹将收支清账录用寄慈鉴。汪庄一带,今年午季所收大麦四十石,小麦八十余石。夏秋以来各粮总未起价,上限银粮庄用均得筹款垫付。甥手中素乏,不易支持,现已饬滕宏陆续售买。秋季庄稼秫豆皆好,惟稻田雨水过多,已生结虫,不免减收。甥之庄田麦收有限,全指稻季,亦有结虫之患,较之怀定各乡,为尤甚。现在屏冈事毕,拟发信后,料理赴南乡,并绕道汪庄查看情形。书卿在舍小住六日,因事忙,于初一日回桥矣。

光绪十二年七月买屏冈田地花费各账:

收张典兑来本洋六百元。

支洋三元、钱四百文,四五月专鲍大王西赴宝川资。

支钱六百文,六月底专函与雨棚树北炉桥脚力。

支洋一元、钱八百文,定先赴正阳关来往五日船价饭食。

支钱八百文,七月初专滕宏送信到张家圩催问地价。

支洋五百廿五元,付清屏冈地价□,并代传洞赎地偿欠又用本洋五元。

支洋两元,三次请客成草正契,城乡洋烟费。

支洋一元,专人下乡邀请中人及各售主往返川费。

支洋三元、钱二百五十文,下乡成事夫马轿力。每名钱十□四,计二轿、四轿共用夫十六名。

支钱五百五十文,下乡茶食点心。

支钱三百文,下乡人夫茶水。

支洋一元,赏善后局下人二次帮忙。

支洋十七元,成草正契三次请客。用围碟海席五桌,大便饭二桌,并人夫到乡酒饭各费。

支洋九元,请谢中人翅席烧烤一桌,并叔菜中桌。

支洋十元,送张月卿作中谢金。

共支本洋五百七十二元,大钱三千七百文,□合本洋□。

钱洋合共支五百七十五元。

除支下存本洋廿五元。

照录复文年外甥书:

> 庄收粮食,候得价卖去方为正理,若出庄即卖,价值太贱,是歉岁无粮,丰年贱售,岂是正经办法?税契稍迟何妨,望甥将今年庄收好好收贮,俟价起出脱,或可小有沾润。至必须应用之款,书卿处尚有房租可取。何不令其收房租应用乎?房租每年拖欠亦属奇事。老夫家计日算,所望甥与书卿细为打算,是数百里外所切托者,想不膜视。此致文年甥览,余命儿辈书之。

八月十九日(9月16日)　己卯　早阴旋晴　日落小雨一阵

复陈半樵中表函,录后:住扬州板井。

> 昨奉手毕,备悉一是。就审起处咸宜,至以为慰。前询"十三此夜"因洪北江赠阮梅叔楹帖云:"第五之名齐票骑,十三此夜订心知。"既用"第五"成语,则"十三"句必有所出,吾兄前函云云,却系虚解,还祈查示为祝。阮刻丛书弟现觅得《定香亭笔谈》《瀛洲笔谈》二种,聊备检阅耳,非必需之物也。近日与青芝谈医,颇有领悟,惜哉老矣,不能深入灵兰阃奥。顷箴老书来,闻兄不能洗心归佛,而又老眼看花,未识后来者能否胜于前娇,念念!二儿心跳似怔忡之恙,就医于扬一处,未谒,非敢不恭也。弟子月尚拟出游,彼时到邗江与兄聚首,再为细述。

八月二十日(9月17日)　庚辰　晴

苏健翁元配胡夫人仙逝。

八月二十一日(9月18日)　辛巳　晴

八月二十二日(9月19日)　壬午　晴

收周小棠银台讣文:生于道光甲午年七月初六日午时,卒于光绪丙戌年四月廿九日申时,子志程、志劬,承重孙庆高。

林棣如外甥自京旋，过宝来见，留晚饭，迩明在座。

接吕叔眉侄倩八月十九日自扬州来函，录后：

敬禀者，夏杪在都，曾肃寸缄，计邀垂鉴。光阴迅速，又是中秋。敬维福履康强，起居安善，合府均吉为颂无量。侄此次偕子坚、仲仁两弟入都应试，只以辅翼无方，致两弟同时报罢，抱惭无已。本拟早日南旋，因雨水过多，不能就道。七月初间子坚先赴天津，月杪侄与仲仁始束装出都。侄并扶慈榇同行，本月初三到津晤子坚，询悉所事茫无头绪。据云津门事虽可图，然非到省人员不能得优、保优差，亦无益处，若就今职分发，不图进取，似觉可惜。侄与再三筹画，不如捐一中书入都供职，兼应京兆试较为妥善。渠已函致粤东，望其伯兄设措，然需款将及两数，非集腋不克成裘，拟回归省后，再为商酌。初八日，偕侄等附高升轮船航海南归，十一抵沪。侄以旅费不足，将慈榇暂寄沪上。仍偕两弟附安庆轮船，沂江而上，行至镇江分手。子坚径往金陵，侄与仲仁即返邗江，于中秋日抵家。岳父精神复旧，以次均吉。侄女已有七月身孕，尚属平安，远怀顿慰。因书院房舍甚少，在宅后另租一所与侄居住，甚为合式。侄耽搁数日，即往申江扶榇旋里，相度茔地，办理葬事。闻吾叔大人十月来扬，未审届时能遄归趋侍否？外芟六叔嘱带函件一并寄呈。

接茳塘六兄七月十八日第九号书，录后：

六月廿五日由胡万昌发八号函，内附爕老各信想已达到。近想福躬安适，合寓佳祥为慰。闻脚气又犯潮湿旧恙，近已交秋，想痊好矣。孙致曾信想已递发，所事如何？大约亦总得两三月后方能见效。缪云之侧尤得有人常题及之为要。仲仁子坚等考试均未能得手，深为可惜。子坚已赴津见傅，见觅事有，当日乃祖交情似不淡漠置之。仲仁与叔梅月半后方起身，因叔梅就此便搬灵回去，是以分两起行走。廿二日考教习，林棣如候考，如得此留一出路亦好。谦初改知县分苏，已于上月验看，亦是一能手，与果卿相似。孝侯来京打听其教职事，大约非加大花样不行。长孺军机未能得，殊不得了。子听俟秋凉方赴鄂，早些前去能多一生色之路，以助京费方妙。子罩已报捐巡检，其项不足。适伊合伙做生意之周某来京，为之设法敷衍办了。篑兄主讲安定，借以娱老，眷属亦到扬服侍，自是正办。惟闻其痰症痊愈后，仍不服老，似非所宜，此等年纪，岂同少壮时乎？京内近无甚事。林绶青纳一妾，如能就此时生一子，亦大妙事。稼生闻定于回寿城居住，伊等聚族而处，房田俱无损失，不比炉桥之难以居住也。子敬九弟已于前月到津，拟秋月起复出来，即在津当差。据云济莘在省候算交代，俟完结后，再定主意，尚不知葫芦中是何药也。子言之事仍无头绪。小兰补缺事，须至九月间方腾出缺来。召棠在京仍旧，明年当可望补缺。吾家在薇省者，惟渠最迟钝耳。入伏后暑雨连绵，幸旋雨旋晴，田禾不致受害，惟被涝之处已不少矣。迎儿在东仍当其防汛差，须俟九月差竣回省，再想法子。蔼卿当海运差已完竣回津，拟保补缺后以知县用，将来亦是一好手，惟过班所费不赀耳。余询仲仁等可悉，不多赘述。附寄缙绅一部，并报本照收。

接芰塘六兄八月初一日第十号书，录后：

七月十九日交仲仁带去九号信并缙绅，想可达阅。廿二日接胡万昌带来八号书，欣知一是平安。惟闻吾弟脚丫湿气尚未全愈，此等病最讨厌，非三两月所能奏效之症。近已秋高气爽，当可望霍然矣。子坚至津，未知所谋如何，尚未接其来信，伊如事有成就，当即同仲仁等一阵南旋。榕女生一女，大小平安，可喜。嘱致成月坪信已照写，交谦初带去。子罩已于此月内检看，当可同子听结伴同往。孝侯之件闻果卿有信，仍帮助之，似可加大花样，此时教职非大花样不可。凤阳考教习者，只取林介弼一人。贡班考者，均未敢取。今年贡班有八百人，甚难取也。孙萼斋住小漪宅内，前夜失盗约三百金，内有金镯一付，重四两。盘川俱无了，实不得了之事。昨闻案已有着落，即其宅内家人偷窃，京内下人之难用如此。京内别无甚事。子言之事仍无头绪。子敬闻已言旋，在津小病，尚未回涿。济莘尚在省候算交代。汪积堂起病又赴粤，携鹿中丞一信前往，满拟到彼即得好处。讵投信数日后，由首府传下话来，叫汪某赶紧回去。现正查办五年前办理厘局不善，各委员都要开参。因伊系鹿中丞之亲戚，留点情分，先给他一信叫他躲开。此时弄得进退无路，陷在粤东，尚不知如何打算也。七月一月内阴雨连绵，直隶被涝之州县不知凡几。昨山西河亦报水灾上来，未知南省若何？去年流星之变，占者谓人民离散，或即应验在此耶？小溪补缺件能否弄成？棣如在京极力图谋，未知能有济否？前询周小棠灵榇何时南旋，昨闻已于七月廿四日起身矣。万小庭已到宝应否？其家眷闻已先到，是否即住八宝？稼生闻定于返寿居住，眷属俱已挪移否？箴兄近日身体如何？前接其一信，笔迹大非从前，亦足见精力之颓废。务劝其珍摄，勿稍大意为要。兹乘棣如言旋，泐此。

接成月坪观察函，录后：

晻隔栌晖，恒殷葭溯，兹际蟾圆之序，届翘詹燕寝以延禧。敬维〇〇仁兄大人望并秋高，福同月满，朗抱与金风并爽，澄怀比珠露更圆，引睇芒光，倾心藻祝。弟从公南国，候纪西成，愧佳状之毫无，喜冰轮之普照，大约秋节后可以接印视事。惟查署中公事，自英任后，诸多改订新章，即漕运委员一事总须用在省候补人员，即在省候选者皆不得派委，无如诸亲友处所托者为，候选人员居多，奈何奈何！肃此。恭贺秋喜，虔请台安，统希朗照，不宣。年愚弟成桂顿首。

复成月坪观察书，录后：

日前二小儿臻喜赴扬州，兄曾泐一函，命其抵苏垣时面呈，未知已邀青览否？顷奉惠书，备承藻饰，临风雒诵，积日倾忱。敬维鼎祉绥和，履祺迪吉，引詹乔霭，无量颂扬。兄栗陆如恒，敝

寓一是,堪以告慰绮注。承示漕运一事,凡候选人员不得派委,
想系新章。但儿辈前次奉恩,拟列名于绅董班内,借此得一奖
励。二小儿不日到苏,一切自可面陈,兄与吾弟交非恒泛,谅不
膜视也。

晚间浙江史莲生刺史,印致焘,陕西耀州知州,曾官内阁。之子史悠
顺号少莲。自台湾到山东张朗帅处谋事,来请安。命三儿会之,询其
所由。渠系陕西候补知县,因沈吉田方伯被参,牵涉渠名在内,诉冤
而走。少顷,忽来一信云:顷专诚晋谒,值贵体违和,未获祗聆教言,
良深歉仄。侄夏间由台湾旋扬,因患湿热,调治始好。日来部署就
道,所虑者长途跋涉,旅费不足。伏望世伯大人应手一援,暂挪借三
四十元,俾免穷途困顿等语。当令三儿亲自告知,来介为数甚巨,难
以应命也。

八月二十三日(9月20日)　癸未　晴

沈青芝饭后登舟,送川资四元一千,与迩明、小园、儿孙往河干
送之。

致子箴伯兄第十九号书,录后:

十八日奉十二号函,敬悉种种。并知目疾之讹,相隔不远,
而传闻不足信,如此可笑也。廿二日得叔梅书,喜伊等平安归
来。吴婿赴江宁,想尚有耽搁。介榕所患已愈。沈青老直在梅
谞月余,可感!可感!家中自介榕等均有报效,老先生不讲究
大利,合朋友之义矣。据青老云,归时伊面为吾兄述之,毋庸琐
琐。二儿定九月初三日起程赴苏,过邗时必禀谒。成月坪又有
信来,以为委员不能派候选者,不知此系绅董之差,人人可当,渠
吃亏不甚明了。崧镇翁亦曾道之,观察之举出路颇大,但须费一
番苦功,非高卧所能办者。质之高明以为何如?叔梅归德化,冬
间当来,弟到扬时有人作伴,极慰。蓉舫黄鹤悠悠,真令人不解,
半樵有书却不提莺燕事,七十老翁举动若是谬哉!子敦信呈阅,
欲求作书楚抚调剂一缺,乞兄酌之,或招呼午桥,何如?文年欲

赴云南,谒岑制军谋出路,持爕臣书而往。此子敦所云,文年来
禀不敢说,看来我家诸奕甥均才大如海,非吾侪所及。彦翁赴泰
州,匆匆一谈。云回时再过我,恐不确也。林甥亦回来,小溪京
饷差淮关自兑,可无庸成行,现在吴门能得一缺方好。瑾如至今
未见,岂过门未入耶! 仲仁佺宜杜门读书,勿染繁华之习,下科
努力,企予望之。

命二儿上翥青十九兄函,录后:交纶辉转寄。

屡晤纶辉三哥,欣悉福体康强,下怀为慰。苏州情形大概知
悉,崧帅到任后谅有新政,成二叔闻秋后即可接篆。伯父大人津
局一差当可有望,念念! 顷阅成二叔致老人家信云,海运委员凡
候选人员不得派委等语。佺与大哥所求者,拟列名于绅董班内,
不过借此得一奖励而已。查光绪十一年海运河运单,绅董派郁
熙顺等五人,有案可稽。佺思绅董之事,多一名少一名无关紧
要,似不必拘定成例。敢祈伯父大人先向成二叔道之,佺不日即
到吴门,一切当再面陈也。老人家足疾已愈,寓中上下粗适。知
伯父寓内均各安好,并以附闻。

八月二十四日(9月21日)　甲申　早阴旋晴

曾沅圃制军到清江大阅,本日住宝应码头。

阅《申报》潘谟卿骏猷,岭西道。放山东盐运使。八月十七日上谕。

附记介榕患乳所服各方,青芝手开:

七月十八日议于高邮方:

产后二十一天素有肝郁,刻因外吹乳孔塞住,内乳结聚而成漫
肿,误服助热之药,计有九日,内已作脓,势必致溃,万难消散。正在
产月气血两亏之时,用药尤不易! 易先进瓜蒌散,继以和奶汤,俟溃
后再议。

　蒲公英五钱　天花粉三钱　川贝母二钱　全当归三钱

　金银花三钱　生甘草一钱　炙山甲一片　百花酒和水煮服

廿日方:

瓜蒌一个连枝打碎捣如泥　当归四钱　制乳香一钱去油
制没药三钱去油　生甘草三钱　无灰酒一斤分三次服
廿二日方：

川贝母三钱　当归五钱　生甘草钱半　花粉二钱
蒲公英五钱拣净水洗　炙山甲一片　青橘叶十四片拣大者
廿八日方：

蒲公英二钱　　　白芍一钱　　　　通草八分
金银花二钱　　　茯苓一钱　　　　木通三分
炒山栀子一钱　　柴胡六分　　　　天花粉钱半
附子一分童便制　白芥子五分打极碎　清水煮服。

又方：

乳患左边出脓，底面又出一头，两处出脓数碗上下，肿处渐消。惟结块未化，按之则痛。此皆平昔肝气郁结所致也，指日可收全功，但将来肝郁一动，其块又聚。要在勿生气，勿烦心，或者可免后患。切切自误，如其犯之，后悔莫及。仍照原方以疏肝解郁，调补气血清剂，轮流服之。

潞党参一钱　　茜草三分　　　全当归一钱　　生黄耆一钱
茯苓一钱　　　白芥子三分　　蒲公英一钱　　炒白术一钱
鲜忍冬藤六钱

八月初四日方：

蒲公英二钱　　银花二钱　　　川贝母一钱　　瓜蒌霜二钱
乳香一钱研末　细青皮一钱　　生甘草一钱　　柴胡一钱研末
没药一钱　　　金当归二钱　　茜草一钱
陈酒和水各半煎服。

初七日方：

生黄耆二钱　　穿山甲五分　　川芎一钱五分　当归二钱
皂角刺一钱五分　酒水煎服。

初八日方：

泄泻稀水兼有痰滞,腹中疼痛,此夏日伤暑所致。但产后外吹乳肿出脓,其块尚未大消,又添泄泻之症,若不早除,久则转痢,恐难支持。仿古贤用升浮散导之法:

炒苍术一钱　　防风一钱　　打焦查一钱　　生白芍一钱

炒白术一钱　　茯苓钱五　　陈皮一钱去净白　　制川朴一钱

六神曲一钱　　炒车前子一钱

十一日方:

潞党参切薄片钱半　　银花三钱　　当归一钱　　炒白术一钱

嫩黄耆二钱　　茯苓一钱　　白芍钱半　　香白芷一钱

春柴胡一钱　　括蒌一钱　　青皮五分　　清水煮服。

十三日方:

潞党参一钱切薄片　　陈皮五分去白　　白芍二钱

柴胡钱半　　　　括蒌皮二钱　　生黄耆钱半

当归二钱　　　　白茯苓二钱　　炒白术一钱

半夏钱半姜汁制　　川芎一钱　　粉甘草一钱

清水煮服十四日去黄耆。

十四日方:

潞党参钱半切薄片　　当归钱半　　川芎一钱

生白芍钱半　　生嫩耆一钱　　桔梗五分

白芷五分　　　金银花一钱　　炒白术钱半

白茯苓钱半　　甘草五分　　蒲公英一钱

清水煮服。

敷药方:

白芷一两　　　　川郁金七钱

各研细末听用,无太阳晒,只可用火烘干,不可下锅炒。

韭菜地上蚯蚓屎三钱　葱子钱半　研末醋调敷上,干则易之。

犀牛黄八分　　飞血丹一钱炒紫色　　海螵蛸　　天竺黄一钱

真轻粉一钱　　降香节一钱

共研细末入麝香一分，研和取药末少许，放在膏药上贴疮口。

表乳方：

白箭芪廿文　通草六文　七星猪蹄一支　煨汤不要放油盐作料。

八月二十五日（9月22日）　乙酉　晴

苏健斋夫人成服之期，送香楮，三儿往吊。

郭辅臣来谈，并云刘俊卿观察署淮扬道。王公告病。

程毅甫来，三儿会，前送二十元汪敬之已交到矣。

八月二十六日（9月23日）　丙戌　晴　秋分

杜叔秋大令来禀见。

接静峰二弟八月十八日来书，录后：

七月廿七日由马递奉寄一函，计邀鉴及，吴子坚侄婿已回金陵，晤谈数次，一切均好，想已有信到宝矣。小溪赴苏未回，所图当可如愿？弟于本月十五日奉署巡道调办瓜埠缉私，此差较保甲稍胜，仍属无补于家计，奈何！奈何！拟廿一日赴差，新方伯尚无到任消息。宫保二十日出省大阅，约月余光景方可回辕。林汇川表兄调办姜太厘捐。杨和斋表兄部复已到，赴任迟早则不得而知也。

接吴婿八月十九日自南京来禀，录后：

天津呈上一禀，计蒙慈览。敬维福躬康健，食息绥和，定符私祝。婿由天津同叔枚仲仁结伴航海，十五日抵陵。一路尚托庇平安，唯婿在途即抱微疴，抵家转剧，兼之患喉旧疾举发。五日以来虽杖而能赴，而精神颇不支，以故稍稽作禀。大人姑苏之游果乎？如果上海不可不到，华夷莫辨，此亦极天地之大观，亦极天下之变局也。真不可以久留，伤风败俗至斯已极。然以供游览则固佳甚。得佛饼百枚，可尽两处之胜矣。婿经此番挫折，顿悟前非。若不由此立定脚跟，恐伤迟暮。故曩日游心天外，由今思之，只寸光耳。无论老大无成，自贻伊戚，即侥幸功名，亦属可耻。老泉廿七读书未晚,决意来年赴京,用功以图就近应试,大人以为何如?京中老辈欲婿就中书,唯巨款难筹,婿流年又不佳,多谋少成。姑存之马粮道,至今未到,而九帅又阅边去矣。闻其中所谓干吃面者,委米一万得分金五百,九帅已存交多人,若如朱仲书所办,利害相同。婿恐受人愚,求利反害,未敢多求矣。成月坪观察处,大人通信时姑为婿一谋,倘得数百金,则可有成局。大人近境入不敷出,将来仰覆荫处尚多,万不再重以相累也。何小山处,在津与霭丈计议,得大人一函与小翁,叙及地山先生与先祖交谊,渠再从中说项,或可一助,此事俟婿到宝再计。至婿家事,大约可照前信所陈办理,如果就绪,婿即可专心用功矣。小姐产易,真大幸事,生女一佳,望大人命名为祷。婿携来口蘑及玩器俱在仲仁处,仲侯二哥在扬,可就近取寄也。婿头目晕眩,不能多述,容再续禀。迩明先生近日身子健否?未能另函。二家姐已生子,五妹已字望江倪氏,方伯公胞侄孙,名文和,尚聪慧,未知将来能沉实否。再静峰丈现委瓜埠缉私,清闲无事,月得薪水七八十金,除用可剩二三十金,月内即到差。小溪丈赴苏,闻有补新阳之信,有京饷赔差,大约可以不去。钟山山长延请数人均不到,箴丈何不乘早兼谋修金,较优于安定也。

复吴婿书,录后:

　　子坚甥好,月初接天津七月望来函,得悉一切。因甥即欲南旋,是以不复作答。月之二十日始得吕甥书,知甥与广等由海道归,平安无恙。顷又阅自江宁来书,均悉此次失意,不足介介!甥等正在少年,前程无量,宜脚踏实地事之,效侍郎公从根本上做功夫,桂宫杏苑指顾而得,勿负老夫厚望,至嘱至嘱!广在扬州繁华场中,仆亦属其勉力读书,勿出大门,想以为然。甥处分家事井井有条,似当再与尊翁熟商,迁居甚非容易,管见所及如此耳。介榕患乳吹,适青芝在高邮,延之前来诊治痊愈,不索谢仪,住梅谻二十余日,仆颇不寂寞。小毛孩结实可喜,且会笑。

乳少,雇一贴奶者,一应平善,足以放怀,并望禀知尊两大人。七月仆有书致尊公,至今无复音,岂浮沉耶? 昨又嘱静弟转达矣。二儿定九月初三日赴苏,甥事前已托容方,迄无消息。受山制府闻可以为我谋事,亦不能作准。成月坪时有书。现崧帅又在苏,机会原好。奈月坪不甚了然,差事以为委员非江苏官不行,不知所谋者乃绅董差耳。顷已先发信去,统俟二儿面向月翁商酌,不庸再渎。仆屡晤郭二,意欲延甥出官,只一处每年二百串,如成亦胜教读,勿声张,到宝应再谈可也。仆十月底服阕,子月出门,腊底返宝应度岁,明春二月赴津,所拟如是,且办到哪里是哪里也。稼翁仍未回,分家事未毕。闻其用度浩烦,茫无头绪,而囊中有限之款恐难支久。苏健之妾作妻忽吞烟逝去,尚要开吊受礼。还明常见,精神颇佳。何小山处,兹命儿辈拟稿寄来,甥可以托人一书,不可改易鄙意。甥办一函与霭弟,由渠处寄河南为得,中书人数太多,亦非复从前境界,慎之于始为要。傅相尚念旧,此时不必遍书,反露痕迹也。箴大爷已愈,唯作字歪斜,精神大逊,亦可虑。叔梅已赴德化,冬月方归。闻凤池亦出席,能否为我一谋否? 匆匆不多述,余容晤馨。甥体中不适,劳碌之故,静心屏虑为祝。

致二品顶戴河南即补道何维楷函稿:子坚未缮。

小山大兄姻世大人阁下,前岁一别,忽忽两年,只以道途遥远,遂致音问罕通,而驰系之忱无时或释也。敬维升祺迪吉,履祉绥和,引企芝晖,莫名藻颂。弟杜门渎礼,历碌如恒。近因家计支持不易,且气体渐衰,颇憎老态,拟谋馆毂借资津贴。今冬服阕,亦不复作出山之想矣。敝寓一是粗适,堪以告慰雅注。闻阁下需次汴梁,深为上游器重,督粮一席必可奏补,盼望之至。吴婿兆毅朝考报罢,渠家光景艰窘,拟捐京职,尚可用功下场,而所费甚巨,不能不作集腋之举。因思尊翁与竹如侍郎交谊颇厚,能否为之援手怂助若干? 俾其得捐一职,以图上进,则感荷云情,实无既矣。此稿寄南京由吴子坚缮发。

八月二十七日(9 月 24 日) 丁亥 晴

问孚先先生自泰州考试归。

王益吾考扬州各属诗古题:

"观海则意溢于海"

赋得"江天漠漠鸟双去"得江字五言八韵

宝应老生题:

孟子曰"人之易其言也"两章

"恒豆之菹,水草之和气也。"

赋得"吟诗莫作秋声虫"得虫字五言八韵

八月二十八日(9 月 25 日) 戊子 晴

杜叔秋夫人范氏送介榕桂花油两筒,领之。

纶辉致三儿一字,内附十九兄给纶侄谕录后:

再者,今冬海运总办中丞在宁时,九帅即当面为王廷训要过此人。来苏禀见,与林筱溪同班,闻亦许定矣。如此大帽子,外人安得与之争乎?倘有别事可图,亦未始不可救燃眉也。即海运绅董亦宜早谋,恐迟则捷足先登矣。汝务将情形面禀五叔,抑或将此字送去一看,不另函矣。二铭能来苏州否?八月十九日又及。

接茆生孔善贺秋节,禀,叙前次覆书已收到,余无事。

接张铣禀云,成大人八月二十接印,派他传帖兼签稿。

八月二十九日(9 月 26 日) 己丑 晴

纶辉三侄来谈。

接雨人八弟廿二日来书,录后:

前奉手谕,读悉贵体违和,湿热下注。现在时值秋令,天气朗爽,想足疾已全愈矣,如颂为慰。叔梅仲仁于中秋午刻航海抵邗,一路平安。廿一日丑刻仲仁又添一子,产后安适。小儿闻颇雄伟,篴兄欣喜无量,明日汤饼当更热闹。子坚与叔梅等结伴出

京,于京江分手赴金陵省亲,出月当可赴八宝矣。叔梅寄榇沪
上,月杪又将扶榇归葬九江,奔驰万里事亲尽孝,洵近今罕觏者
也。弟中秋后一病五日,箴兄为延医诊治,近日食粥,已渐次复
元。接芰兄来信,眷录一节:

> 以海防先就教者甚多,轮补更难刻期,以故中止。天之扼
> 弟,亦甚矣哉! 大儿宝树就合署馆,每月仅四元。居停情意虽
> 殷,而房用万难敷衍。屡次来禀,求恳五哥大人暨箴兄格外栽培
> 于芜城,左近嘘植一区,从事笔墨,救贫之暇,兼可用功。虽系躁
> 进,而言之可悯,故有不得不为左右,告之箴兄,允为说项,而无
> 间可乘。未审老哥有地安置否? 将来得有衣食,皆出厚赐,当不
> 惟大儿一人感泐已也。大儿拟冬月来扬,弟亦茫无定见,伏乞酌
> 示,以定行止是叩。前谕令其考优,足见关爱,惟此途甚窄,弟又
> 拮据,意在中止。外呈大儿寄来白折一方,乞训正。

八月三十日(9月27日)　庚寅　晴

土鹏九自泰州岁试归。

致芰塘六兄第十号书,录后:

> 七月十六日寄上第九号书,交孙燮翁处转递,想早收阅。八
> 月廿二日连奉吾兄九号十号书,并搢绅京报各件,备悉种种。使
> 星并无此事,不知是何讹传。马相如外放套出科缺,何日可以引
> 见,甚盼荣转。弟之心事,九号书中详言之,静候赐覆。吴、吕两
> 甥偕臻广、又林、介仁甥先后均南归吴,赴江宁,由镇江去,九月来
> 宝。吕到扬后又赴上海,送其母夫人枢归德化。介仁到清江公
> 馆,广八月二十一日丑刻生一子,大小平安。箴翁移寓安定书
> 院,即得孙,亦可喜也。伯融闻其欲捐道员,分发江苏,无论花费
> 太大,而为乃祖挂一招牌,似非所宜。果卿缺可望,但闻江苏已
> 有十八人了。静峰弟泽含盐道,委其瓜埠缉私,每月可余二三十
> 金,亦不甚佳,再候机遇,或须龚甥用力也。小溪有补新阳之谣。
> 海运之事,抚台与月坪均关切,而又闻九公力荐王廷训,其人所

谓帽子太大，只好看自家运气耳。二儿定九月初三日赴苏，伊本与月弟有约，不过觅一绅董差事，可得奖励。奈月坪诸事不了，然常有书信，且俟二儿到时再看光景。吾兄寄月坪书，又将谦初列入，试问岂能一一如意，何不别为谦初想一路哉？雨人在扬州，又要将宝树觅馆，亦不知向何人启齿，真难事也！容方查无消息。李仲在彼站不住，闻要到弟处来，更所谓一解不如一解矣。孙传尧失盗，此间早有所闻，刻下其弟传沂尚在沪未返。稼生近亦无信。传恕在宝尚好。三侄女抱恙，幸青芝为之医痊。积堂行为，弟在粤知之久矣，其叔亦被参革。不知四妹现同赴广州否？济莘自作孽，不足惜也。万小庭已遣人来收拾房子，闻下月到，未知确否？伊此时二十万金，真廉吏不可及也。粤中督抚饬局员向各富户借钱，闹得太不成话。又命首县作书致众绅解释，其助纣为虐者，萧韶王之春老彭干儿子为最，言宦岂无所闻？粮道署被盗，明火执仗，万寿日事。亦未闻如何奏报，此时之粤事较之友公，在彼何如？而粤人之京官者，何不闻出一言耶？去年冯展云向弟云，香山居士以三万金辇至京师，托粤友分致粤官，人人感激，此话当不谬矣。今日督抚中如展云者，尚是中上，不可多见，惜其化去，刻已枢回高要。箴老病后虽健，而精神较前大逊，来信所云，笔迹大非从前，弟亦云然。据青芝云，境遇宽，不生闲气，尚可延年。八九已成篇，能混一秀才，为乃翁重游泮水，携子重着襕衫，则妙之极矣。邓承修之弟承志乃户部主事，忽到扬州一带抽丰。昨过八宝，以治晚生帖求见，弟适病足，令二儿见之，开口即说其乃兄非人。弟命二儿赠以洋蚨四枚，亦新奇，书博老兄一粲。弟定服阕后，子月中旬赴宁苏一游，谋馆榖为要，今年又亏空不少，奈何奈何！小兰能补否？黄婿何如？虎臣能得张将军青盼否？绥青晤时道候，车笠盟寒，久无音问。据棣如曰纳妾得妓。王建宫词百首，伊不知要做到几十首也。九公阅兵过宝，弟避至乡间。

　　再启者,张屺堂廉访,昨已假满,闻由轮船北上,陛见吾兄,想可晤面。屺堂八面周到,近年时在扬宁晤谈,深蒙其垂青,且与箴老换帖交谊不同,吾兄便中可将弟近况甚窘告之,托其到苏与崧中丞酌商,如有盐务或幕府中事,为我代觅一席。弟之奏折文移未敢多让,兄可告之。即张少原在肇庆时,弟亦相待不同,并可嘱少原转达,切切!吴婿在津,合肥垂问,并有如能起复后来,不嫌苦亦可,位置等语,虽云片糕,然不忘旧交,可感也。清江转运局扬州后路粮台能得最妙。弟又及。

　　致鬶青十九兄函,录后:

　　　　八月廿日命儿子作禀,交纶辉速寄,以日计之,月底必到。昨又由纶辉送来吾兄手简,得悉一切。此次人事颇尽,又难得崧帅登高而招呼之至王君云云,似亦意中事,且看各人运气耳。月坪于委员不甚了了,弟又致伊一函。小溪到苏,未知所谋若何,来信何不一提。兹二儿来,种种可以面商。弟近况亦极窘仄,出山之志已懒。内儿子各能得苜蓿一盘,便可省却老夫经营。三儿明岁倘能食饩,亦为之就一教官,弟无大志也。绅董之差可多可少,且闻可以售取。月坪处兄可详细言之,弟不复多渎矣。嗣昌忽奉乃祖母之命,赴苏换回侄孙归。纶辉所云如此,弟不敢赞一词,想兄自有定夺也。宝应各寓平安,弟服阕在十月底,拟子月出门散闷,倘迂道吴门,尚可小聚数日。余命二儿面陈。

　　接子箴伯兄八月廿七日第十三号信,录后:

　　　　廿五日得十九号书,知前寄之十二号已收到,晤青芝,细询近况,大慰老怀。中秋节叔眉二儿忽然归来,闻系航海,大幸平安。廿一日丑刻喜抱一孙,乳名赛龙,媳妇之乳尚足。二儿稍歇数日,即令其伏案,不许出门,叔梅初四日起身往德化,欲办大事,年内能否回来,殊不可定。子敦信收阅,未提求楚抚一节,俟晤午桥,再与商之。日内盼仲侯过邗,青芝云吾弟每饭辄动气,最不相宜,即须留神改之,久不服药大妙。兄近日以习静、观空两层功夫保重此身,似觉有得,愿与吾弟共参之。昨杨性农公子仲琳观察过此,以著述相投,壮年劬书,可畏可畏!云往袁江必诣朱家巷见访,甚为可谈,惜乎重听,殊多不便也。叔眉已与子坚信,想渠日内必过江而来矣。顷得肥上信云,明春王五赴上海龚仰蘧之招,未知确否?吾弟小春初旬想可到此,跂予望之。

接新补海州杨和斋刺史覆信,录后:

> 敬肃者,正殷驰慕,欣奉赐笺,承垂念之逾恒,益志私而滋幸。敬维表兄观察大人利济为怀,霖梅望重,行看节启,忭庆孚如。铎前蒙大府请补海州,内信传来,幸堪邀准,惟部覆南下,或尚需时。段纪纲意拟来宁,似可暂缓,因寓中门房狭小,实难一榻再容,且俟部文到日,上台如准,即赴新任,彼时有事可办,再请饬派前来何如?令侄纶辉前到金陵,曾与谈及将来同赴海州,彼此均有裨益。目下虽无差使,似可不必急急。便乞达知,是所切祷。肃复敬请台安,惟祈涵鉴。杨朝铎谨肃。

接段安来禀云:蒙荐杨主人处,抵陵后传谕地方窄小,谕令回扬州守候。俟赴任时过邗,随同前往。将来杨主人过宝时,仍求格外再为一提,则更加有益也。所有命带南京信均面呈矣。

九月初一日(9月28日)　月建戊戌　日干辛卯　晴

清晨焚香,敬占牙牌神数两课:

> 中平　　中平　　中下
>
> "履霜坚冰,其象已见。不进则退,君子善变。"
>
> 癸丙
>
> "心急马行迟,妄干何有益。且自安分,天人保吉。"

又为臻喜卜两课:

> 下下　　中下　　下下
>
> "群阴构难,五鬼闹判。权而得中,方寸莫乱。"
>
> 辛壬
>
> "不是知音休与论,只看镜破风不正。逆水莫行舟,气宜数

将尽。”

果卿三侄自车逻来，求予作书致龚怀谷观察改委一事，留在寓晚饭，小园、纶辉均在座。是晚果卿持信即辞。

致子箴伯兄第二十号信，录后：

八月晦接奉廿七日十三号书，备悉种种。昨雨人信来，知二侄得子，喜慰已极。并阅来示，二侄南归，即令伏案，不许出门，此区区所切佩者。繁华之地，名师益友少，酒食征逐者多，一不慎即坏声名。二侄朝试被落，正欲使之惕厉用功。八九虽幼，亦须日有课程。雨人成老成人也，以身率之，两弟子当可成器，以副尊长厚望，鄙言迂阔，然系从阅历中来，乞以此数语示之。自古孝子慈孙，未有不循循受教者。若一意孤行，终必有悔，《豫》之六二“戒溺于安乐”者，要须中正自守，其介如石，不俟终日，而见事之几微，故能贞吉质之，老兄当以为然也。孙名赛龙，此“龙”字似应敬避曾大父之字也。叔梅德化之行，据来信年内可归。子敦属弟代致意吾兄，求于楚中大老说项，而致兄信不提是非，末学所能领悟矣。青芝力劝弟勿服药，日养喜神，良朋规箴应铭座中，承示亦以每饭动气为戒。弟老境颓唐，不能致寿母之期颐，又抱老妻亡逝之恸，两载以来精神顿减。加以日用浩烦，动劳心力，人非金石，其何以堪，故心境不舒，郁而成病，此气之所由来也。以故出山之念，久绝于心，但料理诗文，聊作虚名之想。吾兄“习静观空”四字实有见地，非佛氏之虚无寂灭也，定而后能静，空空如也，圣贤学问不过如此，矹碌碌如我辈耶？兄暇时仍嘱树君写一横幅，即此四字。跋几句于后，弟可悬之室中，消除妄念。昔文文忠请董甘泉尚书作《释躁平矜说》，命弟书于扇头，今尚书文集中可按也。能不躁便静，能不矜便觉此中空洞无物，可以互相发明。仲琳尚未来，耳太聋非笔谈不可。金今年在南京，曾与之畅叙。性农有子矣，某赴上海，此狎友也，焉足与其患难生死，裴行俭讥王杨卢骆有以哉。弟疏懒太甚，青芝力怂子月初旬出游,小春万不克外来,姑到彼时再定行止。承兄相招,心感无既。二儿作吴门之行,月坪垂念旧交,但谋事颇难,未卜能如愿否。吴婿有信,此月可来。二儿云,如在扬相遇,即拉赴吴门。伊等各有妙用,弟只好听之。余命二儿面禀,询之可悉,勿庸琐琐。段安得和斋为主人,似亦可以糊口,而来禀又求再为力托,真患得患失小人矣。可发一噱,秋气深矣,惟因时格外保重,统容再布,不尽欲言。

复静峰二弟书,录后:

　前复一函,想已达览。八月廿六日接到十八日发来手书,欣悉吾弟迁调瓜埠缉私。闻此差较保甲尚有生色,虽于家计无补,而好自为之。日久自可调优差,不必急急也。兄历碌如恒,寓中均各安好,堪慰远念。昨得吴婿信,知于中秋节抵陵,何日来宝,想常晤叙。筱溪闻有补新阳之谣,未知确否? 曾九帅上月过宝,尚未回来,新方伯年内能到任否? 田炽翁常见否? 杨和斋已奉到部文,准补海州,何时方能到任,望寄知为祝。

致龚怀谷观察再启,录后:

　再启者,前月舍侄臻峻赴浦,道经八宝,叙及五月间入省晋谒,深荷奖誉,益见足下课功责实,佩服奚似。其时渠因崧帅在漕督任内,不便冒然而去,是以迟迟。刻下艺帅定章,比较七八九年各月分一少者免议,二少者局用八折开支,三少者七折,如车逻情形。自九年裁撤分卡两处众兴,又添设金针菜统捐,迩来洋单畅行,有此三层收数,何从得旺名。为严比较实则减开支,漕局用款本已无多,似此更形掣肘。舍侄车逻一差,来春即届两年期满。仆属其仍以晋省为是,但近况非借差薪不可以资菽水,更兼亲老不能远离,处此可进退两难之时,仆知其素来办事实力。足下正在讲求厘务,用人之际,倘能与以里河一差,渠可就近养亲,公私均甚相宜。如高邮设有更调,渠于彼处情形尤为熟悉,是否可行,叨在戚末,用特直陈,即希察度为祝。名心泐。

九月初二日（9月29日） 壬辰 晴

嗣昌侄孙来见。

林筱溪价由清江旋，交其带去复信一封，录后：

八月十二接来书，正拟裁答，又于十七日复展手翰，备悉种种。并知贵恙已愈，闻之甚慰。淮关饷差已由该关汇京，阁下免此一行，亦属快事。承属一节，刻刻在心。二儿不日到苏，一切可以面谈，毋庸赘述。兄足疾已愈，冬初服阕，尚拟出游，寓中均各顺平，堪慰绮注。前途勿庸专函，二儿面陈似更亲切。补缺有望否？此时办事之难，想阁下深体之矣。八月十九日缮。

再启者，前函封就，直至今日午刻尊价始由袁江来，棣如亦无一字，未卜阁下此时返江宁否？昨吴婿书云，新阳一缺，阁下可补，未得其详。二儿初三日登舟赴苏，一切命其相机办理，此所谓尽人事以听天命。阁下宜发音问，此间深山中，不知甲子也。兄又泐。

致沈青芝先生信，录后：

荒斋屈驾，简亵良多。别来忽又经旬，昨阅致二儿书，得悉老先生安抵观音禅院，与隆师畅叙别悰，一切安善，欢喜无量。初一日果卿来知秦邮，并未相晤，而王君处亦未见，何耶？弟遵示戒生气，不服药，但迩来秋燥，咽喉舌本时有干苦，不甚作渴，大约仍是口衔元参为得，便乞详示为感。二儿赴吴门，闻果卿亦去，结伴而行，大不寂寞。到时望催其作速前进，勿误正事。弟子月出游，承兄谆谆相劝，奈懒惰性成，兼之出门即须花费，且到彼时再为酌定行止耳。弟为师太作小传，笔情颇觉栩栩，抄稿呈阅。将来刻入拙集，可借师太之名以传，幸何如之！袁四手所买各物并皮筒，此次欲购菊花，祈代付洋钱交妥便寄下。余二儿晤罄，不多赘。

禀江苏抚宪崧镇卿中丞稿，录后：

敬禀者，窃职道前在河壖，恭迎旌斾，荷谦光之下贲，实感激之弥恒。恭维大人允升吉座,祜萃崇阶,绩懋抚绥,荣秉三吴节钺。猷宣总制,即颁九陛丝纶,翘企铃辕,莫名鼓舞。职道杜门读礼,历碌如恒。现在两足湿气虽已就痊,而肝气旧恙仍未平复,幸敝寓一是粗适。子箴家兄时有信来,精神尚好,均堪上慰宪厪。职道初冬服阕,无志出山。拟抽暇再赴金陵访医,如果托庇,体中顺平安健,便可前往吴,趋诣台阶,面聆策教。兹因二小儿臻喜来苏,肃禀上问起居,并命二小儿叩谒,如蒙传见职道近状,询之自详毋庸觇缕。专肃,虔叩勋安,祇贺任喜,伏乞垂鉴。

致三品衔江苏粮储道成月坪观察函,录后:

月坪二弟同年大人执事,六月六日托林令之蘅带上一缄,并藕粉冬菜,想早察收。嗣奉惠书,备悉一是。因有琐务,未及作覆。适镇帅舟过宝应,兄谒见时恳为致意,谅转达矣。迩维侍祺迪吉,合署绥和,定符远祝。入秋以来,想年伯母大人寿体自必康健。韩观察不日旋苏,吾弟大人接篆在即,闻之慰甚。兄历碌如恒,贱躯近尚粗适,惟肝气旧恙总未平复。冬初如暇,欲再赴金陵访医,尚拟绕道吴门,与老弟作平原十日之聚。至兄十月服阕出山一节,未能即定,睹此时世进退维艰,至好如老弟,当何以教我也。两小儿仰承培植,心感无涯。兹命二小儿前来,尚祈加以策训。附呈食物,乞代呈年伯母大人赏收为幸。余询二小儿便悉,不多赘矣。专泐,敬请台安,诸惟爱照,不具。

红柬年如侄制方○○恭请年伯母大人寿安,弟夫人以序问好。

致矞青十九兄再启,录后:

前函缮就,适孙小湘甥有信致心如,知兄已委沪局总局办,欣慰之至。二儿到时,一切可以面陈,勿庸多渎。刻下荐差荐馆及下人想纷纷不已,尚祈慎之于始,手下不得力,便坏自家声名,鄙见如是,想以为然。弟处有一介石裕,只可加恩给其寻常差使,能多几元即好。非银钱重事,所能胜任者,余无毛病。又弟之看庄杨茂才小园,吾兄务必为之觅一干修。至吴婿等,有二儿到,当可各处分派,二儿已登舟。匆匆再渖,不尽欲言。

九月初三日(9月30日)　癸巳　晴

迩明来谈,午后臻喜登舟赴苏州。

瑾如侄孙自清江旋扬,来见即辞。

送苏健斋夫人蓝呢祭幛一顶。

送吴松轩寿礼八色,收桃面。

杜生法孟来请安,三儿会之。

复吕叔梅、雨人弟两函,无事,不录,交二儿带交。

九月初四日(10月1日)　甲午　晴

九月初五日(10月2日)　乙未　晴

泾县吴松轩士荣八十正庆,差帖贺之。

九月初六日(10月3日)　丙申　晴

肇阳罗道选孔宪毅给事。字玉双,山东曲阜县人,丙辰进士,现官吏科掌印给事中。

收袁楚椿代买鱼翅十斤,计卅六片。

九月初七日(10月4日)　丁酉　晴

曾沅帅本日午刻过宝回宁。

接林甥介仁初六日来禀,录后:

　　顷接严亲来信,知已于初一日旋宁,在苏三谒中丞,许委海运差使缺事,未曾言及。所幸常熟已开列,上详名次第三,桃源名开第一,惟院中均留内,未即揭晓。有九帅须与中丞面订之说,究不知能得一缺否?甥因念既承母舅大人嘘植于先,仍乞玉成于后。不日九帅旋节过宝,时祈为先容能补常字最为得法。

　　再禀者,九帅今晚到浦,闻于明晨即行南下,恐信到时亦来不及。或请母舅大人致信宁藩,托其转求九帅,酌补一邑,倘可有成,铭感无既。如蒙俯允,信即寄呈严亲处,以便转呈也。

复棣如外甥函,录后:

　　顷接手书,得悉种切。仆四月间在金陵已谒过九帅。此次九帅来往过宝,假托回里扫墓,未去谒见。至田方伯处系五月廿日曾发一信,已将令尊之事切实言之,至今未接其回复。伊曾向果卿言必有照应,日前果卿来宝云,本月到苏州折而至宁。仆又属其到南京会晤令尊,面谒署藩,一切相机办理,不必再作函催,反着痕迹,想以为然。初二日令纪过此,仆已函达令尊。除再渤数行径寄江南外,特此布复。再以后遇有所闻,望常写一信来我处,酌量办理可也。臻喜已赴吴门,月半前可到,又行。

九月初八日(10月5日) 戊戌 晴

万筱亭长子来,同次子来福来请安。

差人到筱亭船上请安。

接臻喜初五日灯下来禀,录后:

> 敬禀者,初三日叩辞登舟,初五日午后泊扬州东关,先至张午桥寓,探得已赴白米,随至刘树君寓,说不在家。男即到安定书院谒见大伯父,适树翁黄五徐八吴次在座。男与树翁茶话两刻,问大人何时来扬,答以子月初间,并请其写"习静观空"四字。江容丈之信,大伯父云随后即写。伯融定初八日由海道入都,果三兄力荐武巨随行,不知收否?果兄明日摆酒为伯融钱行。吴子坚先两日抵扬,未带老李。顷与之细谈,请其同赴苏州。伊说士各有志,不肯前去。叔眉则劝男不必勉强,亦只好各随其便也。所刻图书翻裱,徐应斗中堂以及皮领等件统交瑾如照办寄上。男明早买点礼物,并到半樵表伯处一见后,即开舟南下。今晚在观音庵与老先生吃稀饭毕,匆匆肃此,恭叩福安。

致林小溪妹倩书,录后:

> 九月初二日交令纪带去一函,未知已达青览否?据云阁下尚在苏州,初七日得棣如书,知已由吴门回宁。常熟、桃源两缺似可有望,盼甚盼甚!九帅来往过宝,兄因四月间在金陵见过,此次故托回里扫墓,未去谒见。至田炽翁处,至今无回信。日前果卿来宝,云及本月到苏,折而至宁,兄又将尊事属其面谒署藩,

相机而行。如果卿一到,即望阁下与之同谒炽翁,一切斟酌办理,此时不必再作函催,反着痕迹,想以为然。二儿初三已赴吴门,昨闻蠹青兄得沪局总办,未知确否?吴婿兆毅早已归来,刻下是否在宁?抑已渡江,望询畏翁一声为要。兄一是如恒,甚慰远念。信到即覆,遇有新闻,随时写来,勿吝笔也。

九月初九日(10 月 6 日) 己亥 晴

迃明侄来谈。

二儿来信云,刻图书徐文卿在扬州教场小玲珑对过。

九月初十日(10 月 7 日) 庚寅 晴

潘文甫约冕三太爷、迃明、雅仙、孚先、心如、臻壹午饭。

刘岳云进士来拜,未晤。

收李经世谢送祭幛信。

九月十一日(10 月 8 日) 辛丑 晴 寒露

刘启襄太史呈硃卷拜会,未晤。

许乐泉大令赴仙女庙来晤,留午饭。

杜叔秋大令来请定吃饭期,三儿见之。

吴婿本日申刻抵寓。

收苏健斋夫人胡氏讣:生于咸丰壬子年四月十八日亥时,卒于光绪丙戌年八月二十日戌时,子绪秦、绪谷。

收袁四带来旧羊皮桶一件,旧竹布袍面一件,洋布包袱一个。

收孝杰侄七月十九日禀函,录后:

去冬接奉手谕,并承赐以朱提廿两。彼时因硃卷未齐,故未肃笺禀复。度岁后终日贪写大卷,落第后又复忙考军机,是以朱卷总未得带呈钧览。私心歉仄,莫可言喻。恭维入秋以来,福躬康禧,合第祉祜,定符孺颂。侄命运不逢,所如辄阻,会试落第,本属暗中摸索。虽闱墨不堪,乃其学识之不到,初无私意于其间也,固不必怨尤。至考军机一节,本署名列第四,军机处交卷亦在三名以前,只以无实在人情,遂不得与于其列。而取者记者非亲即故，明目张胆，各为所私，公道不存，人言不顾。至拔贡朝考以二等而得京官，大都显者之子弟，或富而善拜门者也，从此考试高低又无凭矣。然平心论之，此时之枢臣其权势不过能施于此等处而已。若并此等事而不肯为，又何乐乎执政耶？其他稍有关系之事，则唯诺同声听之，不学无术之太公胡闹。平日闻其议论，群谓今日洋务无事，则已治已安，至内地有乱，以此时坚甲利兵足以办之，而无有余矣。侄窃观近日情势，连年水旱频仍，民穷财尽，上下偷安，营私谋利。其号为振作者，亦不过刻薄为能，胺削元气，季孙之忧，正在内而不在外也。南道君子尚作是言，无怪其敢于虐民酷吏矣。运际否塞，小人道长，此时之不得意者，固可强附于君子之林，是亦可自幸也。吾伯前谕绝意出山，此正识是见高卓处，亦所以与时消息也。十三叔之事，大非弟弟之道，前读手书致芰伯，在侄即思禀知祖父大人，继恐年高生气，故亦不敢。父亲节后回家，亦必微言讽谕也。仲仁、子坚同时落第，亦运气为之。子坚至津，当有所遇，渠聪明透达，将来大可有为，此次之屈，视之固漠如也。附呈朱卷一本，余尚有廿本，已寄庐州转呈矣。此信交仲仁转寄，子坚带到。

九月十二日（10 月 9 日）　壬寅　晴

朱曼伯观察开复原官，自粤东归来晤。

林甥介仁到南京，并往湖北省。掌灯后来见。

潘文甫送予大菜四篓。

接武甥宗海来禀云：初八日同伯融入都，顺便改指江苏，验看到省须二百金。今承伯融雅助白金五十。雨人八舅及青芝先生诸公均有薄助，统计不足百金，又向许静夫暂假若干，以成此行。将来入都到省各费，暨甥起程后数月家用，则更无从设法。乞大人念甥窘迫，酌赐数十金以济眉急。如蒙恩惠，即乞寄交许静夫处为荷。

接孙稼生廉访八月廿一日书，录后：

前月抄缮函交文年侄附便寄呈，想邀青及，惟未蒙报章，殊深系念。辰维履祉增绥，潭祺均吉为颂。兄闭户养疴，不闻外事。每日午后，在梅书屋聚集气味相投者五六人，品茶品烟，清谈至晚即散，间留一饭，不过四盘稀饭馍馍而已。偶添两碗大菜，直等炰凤烹龙，较在外边常噱鱼翅桥尾，真有仙凡之别。屏冈地亩业已查清交出，传洛昆仲均各尽欢而散。惟传濂一人钱未到手，即向赌场一掷而去，无家可归，飘流于烟馆赌室之中，衣敝履穿，形容憔悴，亦可悯也。屡接辰儿禀函，道及宝应寓中诸事，仰赖老弟大人泰山之靠，使穷神恶道不敢公然为祟。即如乔石江无理取闹一事，带着鬼脸出乖露丑，触动老大人虎威，大吼一声，群魔俱伏，并邀亲友与之剖断，给钱完事，以后永不缠绕。瑞孜有生之年皆伊姑爷所保全也，而感激涕零者，不止瑞儿一人矣。兄东向叩首，永矢弗谖。兄本意在州结夏，秋初仍回宝邑，乃到家后，见诸事乱集如麻，脱身不得。各位太太久想折居分爨，口中不言，迨筱漪归来，急欲自立门户。不得已，遂将新旧产业，按八分摊派，兄撰　篇折居小引，阅者无不垂涕。现属十一弟请人下乡踩地瓜分，早晚如可议定，筱漪即可动身，仍由海道进京，再定安家处所。十四弟旧欠之债，兄任其半，现银二千，筱漪只肯任三分之一，此事又费唇舌。知念谨陈，寿州无甚可述之事，只有金运昌身故，其妾王氏殉之，王烈妇之婢，又殉之，真可敬也。

复稼生先生信，录后：

　　三月廿六日、四月初五日连寄两函，均交佃户带呈。五月十九日交文年价带去一函，八月初三日交汪树丹亲戚带去一函，屡接来信均言未曾收到，是否为洪乔所误，奇甚奇甚！本月十二日接八月廿一日手书，得悉种切，就谂云云。屏冈地价知已收到，并承代为照料，铭感无既。弟家居读礼，无善可陈。初冬服阕，子月尚拟作金陵吴门之行，借以消遣耳。乔氏春属早经移居乡下。万筱亭已到，定于九月十三日进宅，尚未晤面。朱曼伯新自粤东归,年内即航海北上,功名均开复矣。蕚斋在都被窃尚未了结。希曾在沪,未卜何日可旋。吴婿已由京抵宝,京中无新闻。箴兄在扬精神尚健。十老五闻已到长沙。吾兄家事分定,何日归来,不胜盼望之至。有便人来,望送我头糖二斤。渤复。嘱鹏九代笔,望恕疏懒。

致江蓉舫观察书,录后:

六月下旬曾渤一函,托舍亲孙翼之司马带呈,想邀青睐。迄今未奉手毕,驰系之至。遥维政祉绥和,合署祥吉,远怀为颂。大令郎去世,侍久已得信。彼时执事荣任在即,故未奉慰。但修短有数,莫可如何,尚祈格外达观是祷。侍家居读礼,无善可陈,所幸敝寓均各粗适,堪纾绮注。林小溪舍亲之蘅补缺一事,现有常熟之缺藩详第三,桃源之缺藩详第一,其中允否,系由上峰主政。顷接小溪来函,嘱弟代乞老前辈大人为其致书九丈,则春风一拂,小草得以向荣,终始成全,非独小溪一人感渤已。林甥介仁携信来鄂,到时望进而教之。至弟奉托之事,迄无音耗,想老前辈断不膜视也。

九月十三日(10月10日)　癸卯　阴晴不定,晚落小雨

回拜朱曼伯,顺到万小亭小坐,苏健斋家行吊复至。鲍伯熙、刘启襄、刘岳云三处未晤。

万小亭进宅,送贺礼八色,收糕桃酒烛。

午后小亭来拜,迩明亦来谈。

收朱正本朝考,得知县报子并朝考卷一本。

九月十四日(10月11日)　甲辰　卯初风雨大作,晚间始息

送朱曼伯令媛添箱礼十二色,璧谢。

接仁甫弟九月十二日来函,录后:

月余未通信,想起居胜常,合宅均好。闻有邗上之游,未知何日动身,念念!六叔父前月杪到扬,因解上忙折价而来,欲谋更调一地,奈无机会可图,恐目下难以如愿也。闻小溪弟现委解

京解饷差。关饷已兑进去,不须委员押解。伊前月杪已由苏垣趁回金陵,不知当渡江北上。静峰弟改委六合县瓜埠缉私,系巡道所委,较保甲闲适多多。月初来扬定省,住了八日,已回局矣。弟昨奉札委城外保甲差使,薪水十五金,油烛杂费数千文。虽不能弥补宿债,然究竟有胜于无,此皆我兄大人栽培之力。吴纯甫先生弟不曾与之谋面,晤时乞为请安道谢。前次许赐《海天琴思录》,迄未奉到,再所刻陈月渔先生文并课孙草,望便寄一二部以利初学,是为盼祷。稼兄尚来宝应否?翼弟可否有信来?祈示知。

九月十五日(10月12日)　乙巳　阴冷

胖陈请假回扬,命高大同行。

致子箴伯兄第二十一号,录后:

吴婿抵寓,询知近日体中康泰,合寓善平,至以为慰。叔梅等各行其道,武巨同游,未知年内能荣归否?弟近日又复气疼,幸随发随止,老态日增,心思过度。惟"观空习静"遵兄之教,或者不致大患。曼伯已归,晤面两次,功名全行开复,并有张香涛制军保片,十月欲赴都引见,似可简放一缺,不到中州也。稼生有信云,与筱漪均急于外来,无如分家,虽定而前欠无着,筱漪不肯多认光景,稼生须抬大头。微闻其下人云,非再付四千金不能了,真可谓无法可施矣。万小庭来了,房屋粗粗收拾住下,仍是精神健旺。据外人谈,有二十万光景,可羡可羡!陈季平初六作古,亏空十万金,如何办法不得而知。许乐泉来,得其详也。二儿计早到苏,再几天必有信。小溪令棣如赴楚,乞容方之兵,现有常熟、桃源两席。仁甫已得保甲,可以吃饭,但须脚踏实地,庶曹邱面上有光。闻徐仁山到扬州,确否?望示知。琴西复奏调,此时粤东直糟到不堪,奈何奈何!霭青闻已晤,所事罢论,弟久已料及,相喻无言最好。湛田有信否?果卿仆仆道途,年内能权一缺方好。怀谷大病,有谣言甚恶,望即示知。刘树兄为弟书

"观空习静"横幅,乞请其跋语,并乞吾兄催其早书赐下,切祝切祝! 瑾如光景太窘,又遭其庶祖母大事,无可如何。雨人明年想联馆地,宋先生馆定否? 均示为要。

致沈青芝先生书,录后:

二儿抵扬及吴婿到宝,得悉老先生富寿双增,弟前寄之函已邀英盼,数日未接扬州消息,驰系之至。弟谨遵台教,养气戒药。近来忽于晚饭前后满腹疼胀,不能放屁,转侧不便,直闹到三点,寅时或睡醒,放几个屁始松动,幸而出恭,痔疮出血,尚有小血块,或紫或鲜红。至两肋胸口亦时有疼胀,再咽喉总不大利,口舌微干,而不作渴。前天喉觉微疼,用老先生法门,所谓含化丸一粒,衔于口中便好了种种,望寄示法方备用。孙心如家三姑奶忽又疟疾,不肯信说。请了田兽医,亦不知吃些甚么药料。每夜间疟发,便发昏不懂人事如死人,然闹得夜夜不安,此何故哉? 想孙心如必有函达也。闻瑾如手所用小账,及各零账若干,在阁下手上支付,望赐一账目以便奉缴。弟子月定要出门游散,晤面不远,统容面叙,朱姨等丸药春好亦求丸药。并有帽子如已办齐,即交来手高大寄下不误。二儿计已到苏,再五六天当有回信。林棣如星夜赴湖北,乞江容方书谋事,小溪之缺。能成与否? 不敢必耳。仁甫已得保甲局差,十五金,另有数千月费。此皆老先生起死回生手段,代为感感! 晤吉甫观察,致念为祝。小孙、孙女等望托师太,遇有合宜亲事代为题媒,吾兄亦望留意,拜祷拜祷! 闻有心痒腹鼓两证,能重谢否? 示知扬州一切新闻,随便写来,切切! 匆匆不多述,陈胖告假,只好令其前来,望交代王辣子一声,尤感。

朱姨遵照老先生开方,隔两天吃一剂。现在经期已届,尚未见。前一次经期只算两天,血不多。其余毛病心里仍有或疼或阻,喉亦不甚爽利,咽津似阻,气尚有不接时,腰早晨便疼,起来后行动便好,头亦有时疼痛。口中热,舌苔厚,舌根难过,口尚有气味,饮食尚好,应如何办法? 望老先生再赐法门,至切至切!

仁甫之子嘉植自清江旋扬来见。

收凌汉秋讣文,生于嘉庆二十五年庚辰八月二十二日寅时,卒于光绪十二年丙戌二月十五日戌时。承重孙凌鋆降服,子道增。

九月十六日(10月13日)　丙午　晴

杜叔秋请予午饭,座中只朱曼伯一人。

鲍仲愚世兄起服来拜,三儿会。

吴士荣子守沄来谢寿。

漕标水师副营右翼升用守备蓝翎千总宋方吉差人禀安。

九月十七日(10月14日)　丁未　晴

九月十八日(10月15日)　戊申　晴

迓明来谈。

五姨母周年之期,送祭席前去行礼。

接沈青芝九月十四日信,录后:

初五日仲二少爷带来华札,得悉各节。但大人则要不生气,少烦心,起居谨慎,自然精气健旺,胜于服药多矣。朱姨奶奶之恙不大好治,她底子是虚的,胀症亦是虚中夹实的,重在腰痛,必须攻补兼施。前在宝蒙朱姨奶奶一切照应,阶代为筹思,当省则省,应用则用。凡遇此症用贵重之药以治病,有万不能省者,故再四思。维只得先配少许,计用参、茸各五钱,如服之有效,即续配,亦费钱无多,故将丸药配成照服。春大姐托做帽子一顶,又丸药三粒,每月经来服丸一粒,分做两日服,下月照服此,是阶奉送的,各事由瑾如经手,用钱阶垫付。扬州之事,三少爷信内已提及之。箴大人神气复原,连日出外酬应。仲仁二少奶奶左乳生乳吹,师太看阶开方,未知能消否?

接臻喜九月十二日来禀,录后:

敬禀者,初五日在扬州寄呈一禀,想邀慈鉴。男初六日自扬州开舟,沿途平顺。初十日安抵苏垣,住沧浪亭,见十九伯伯,谈及各事毫无消息。十一日清晨往抚署官厅坐着,适钱道台谒见下来,男即投禀帖禀见,守候许久,传谕挡驾随拜。成二叔亦不在署,而信与礼物早已饬张铣呈上矣。今日黎明再赴道署,见着成二叔,畅谈良久。二叔私向男曰:"你甚精明,我已将你的名子填入董员矣。好好替我办公事,但董员定章五名,京里荐者共有十四人之多,其中交情极厚,而万不可却者仍有八人。核减其三,仅留潘尚书、黄殿撰、宪幕汪所荐,及上年热手连阁下共五人,其余诸位俟下届再派。至令伯与林小溪均开列在前,但不知抚台更动否? 大约亦无甚更动。此二君本为抚台,所知者札委向在冬月外间,切勿泄漏"云云,男登时请安道谢。又曰:"我打算请你进来住住,咱们细谈。"男随口覆一句:"如有别的事见委,亦可效劳。"答以再谈。男当时欲进上房见老太太,据称尚未起身,随后再见。男意如果真来邀约,只得且去,以后见机而行。午后十九伯禀见成二叔,谈到男大为称赞,伯就此请二叔留为幕宾,意尚欣然。听其出言,甚是热闹。究未知何如也,此将大略情形先行上闻。林姑丈早回江宁。果三哥逐日见面而已。子坚想可抵寓。扬州零琐事不知瑾如照办否? 前有廷寄饬督抚察看易方伯能否胜任,因方伯止办海防修理南北海事也。昨已覆奏,尚堪胜任。崧抚台到任,即说三首县差事办的不好,至门包则明禁也。崧锡侯又升蜀藩,可谓快矣。闻东抚奏调张屺翁办河工,盖屺翁不愿到皋司任耳。

九月十九日(10 月 16 日)　己酉　晴

马植轩粮储恩培由通州回宁,差人请安。

杜叔秋生来谈。

研卿六侄携其子:长燕申,字巽如;次燕年,字叔祈,回凤阳院试过此,留其午餐,外送申、年元卷十元,由书卿兑付。

命三儿致书卿函,录后:

平冈获坟田地,接定先兄信,知于七月杪会同吾兄料理清楚。据定先信云,今年当要卖稻税契,此大可不必,何则? 今年稻子甚好,总要得价再售。缘宝应公馆用项日见不足,不得不以之弥补。望转致定先,税契稍缓,切勿乱动。至炉桥房租,今年总要一律收清,不能常时拖欠。而班九营稻子,更宜得价再售,切记切记! 兹有研卿六哥两子燕申、燕年来凤阳院试过宝,老人家送其两人元卷十元,由吾兄兑付。开支总账。此信到后即兑交研卿哥手收可也。前交汪树丹带去幼斋大爷奠分四元,外致馨四叔慰信一封,未知收到否? 望询问一声为要。

又致庐州管公租许乃五一字,录后:

本年庐州公租,闻稻子甚好,总要得价方卖,不可乱动。稻子钱卖出一一归兄手存好,有便即要来去。缘宝应公馆用项浩繁,尚有亏空,不得不指望家乡田地弥补也。兹因研卿六爷来凤阳之便,顺泐数行,托其转寄庐州。

接瑾如侄孙九月十五日来禀,录后:

日前子坚姑丈返宝,带上菊花二十盆,想在查收矣。前委办各物均已办好。兹托六叔带上共新旧皮缎绒领九条,外徐应斗中堂一幅,即乞检阅。惟刻邓派图章之徐海卿,前已会过。据渠云每刻一字,须洋一角,系今年所增之价。每年所刻一字亦须七十文。前二叔云,武巨川前所刻者,价仅五十文,为数悬殊太甚,侄孙不敢擅定,并望早为示知。如嫌价昂,以便觅人将石寄上。若必须刻,亦乞将阴阳二文告知,若者为阴,若者为阳,是盼。外细账一纸,即祈核之,所用各价径寄沈青翁处为祷。外仲二叔嘱购新旧小帽四顶,并祈检收,价二叔已付过矣。

各物细账:

犴尖领新旧二条,价一两八钱,□作钱二千八百八十文。旧领各店均言无从修补,仲仁叔属另作。

补貂领一条　一千文

缎领新旧二条　二百十文

绒领新旧二条　三百十五文

金刁领新旧二条　三百五文

中堂揭裱挖补　　八百四十文

图章四方　　　　五百文

菊花二十盆每盆卅八　七百六十文挑力在内

共用钱陆千捌百十文

九月二十日(10月17日)　庚戌　阴　午后小雨不止

万筱亭送予茶叶、火腿、茶食、盐笋。

杜叔秋请合家看戏,命介榕、莱官、爽官前去。

送杜叔秋礼十色,收桃、面、烛、炮。

接果卿三侄九月十八日自扬来函,录后:

敬禀者,月朔叩辞,瞬经半月。恭维福体安康,合家均吉,定符孺颂,侄初七日同二弟到润,次晨解缆,初十晚甫抵吴门。二弟移寓沧浪亭,侄在船小住。十一日谒见中丞,并问伯父身体精神,叔父大人计可服阕云云。其时因六合吕令办理逆反供,其中漏传人证大为申斥。问侄差使满期否?因其盛怒,极言江苏州县大如牛,只知收漕,绝不留心,捕务更不知听断,为何事同见人多,侄亦略言即退。二弟往时,因昆少奶奶病重,马培之已回复不治,是以未能得见,渠拟迟数日再往。成二爷约其移入署,十二日晤后,即送数看答拜。其伻来,云现打扫书房,尚未糊好。侄劝二弟自宜搬入署中,为是将来同阵亦属便意。其董事外差即监兑押运两事劳神淘气,只可挂名,万不能当。既约入署,当不至赋闲。津局总办闻定王廷训,十九叔总是沪局,曾嘱二弟不可语人,并云十九叔及二弟小溪姑丈,均是中丞交下云云。侄在同寅打听,咸云储宪事甚机密,外间只知王君是九帅函要,余均不知。侄往谒时同见两人,十三见藩台并写履历,亦是两人同见。方伯人甚和平,省中称之为风流儒雅。聆其言语似尚不虚。极言当今之时色厉而内荏者,方为有用之才。欲求似乡愿,亦不可得。意在求退,并论医学如治世,今之不宗仲圣,求修园亦不可得。渠曾有诗云,如在京条陈及,今之所闻,似非欺世盗名者可比。侄见识鲜浅,不敢是非。将来叔父大人见之,自可洞悉。侄掣签又在第三,如无压班者,到升调十二三缺,可以到任。刻下调缺甚多,若补即用一人,则少一缺。命运如斯,只有耐守而已。曾打听小溪姑丈补缺消息,据司友云,由军功保举不能归入议叙,此班共有七八十人,曾经实缺者有十数人,补缺甚不易耳。侄此行来往,风色不利。今日甫经到邗,一切恐膺慈念,匆匆肃禀。二弟俟搬定再为肃禀。侄明日旋邮,如暇再到八宝,面呈种种。昨在润州,闻怀谷有恶耗,不知确否?

　　江南出缺:吴县　常熟　丹徒均繁缺,应调补　太仓州闻有升实缺之说　江宁出缺　上元　桃源均繁缺　高淳简缺补海防先宜兴仍应补用大挑先

复果卿三侄信,录后:

　　果卿侄好,十八日得二儿禀知汝等在苏,大略二十日亥刻又接侄手书,详细之至。掣签第三要十二三缺,只可耐守,然能先委一处混着,似乎更妙。所难得者,抚与宁藩,机会不容易。而吾辈力量只能如此,侄倘无事,何不来宝应,过一天面谈,好在不花船也。燕卿十九到,留其一饭即行。申、年两人均诚实可爱,必采芹也。怀谷已古,可叹。心如家三侄女病危,未知青翁能来否? 余命三儿书之。

接青芝致三儿信云,瑾如已付洋七元钱四百文。

九月二十一日(10月18日)　辛亥　阴　掌灯后即雨

杜生生日,差人拜寿。

　　谕臻喜十八日接汝苏垣来禀,得悉大略。二十日果侄来禀,则叙述颇详。承月翁相待优厚,心感无既。如令汝移至署中,不可推却,遇事尽心,脚踏实地,勿稍染纨绔习气。十九伯前,务须时时请教,而行事上接下。外间甚非容易,既在署中,又当引嫌,

不可友朋来往，至切至切！闻果卿侄云，易方伯持正不阿，得暇谒之，道我佩服之忱，断不宜为人干请。初在外边，植品为要，寓中一切平安。子坚甥亦来，惟用项浩烦，入不敷出。年底尚须与郭老二挪凑也。箴大伯及青芝劝我出门散闷，第动身即要花钱，且到子月半后再定。小溪遣棣如赴武昌，乞容方书，我有信去，究不知能否得力。据果侄所云，则小溪补缺实不易耳。汝大兄虽系旧班，签掣第一，恐满服后亦难速选。绅董人数无多焉，可勉强。尚望与月翁商之，成全一席。或十九伯伯得差后为之设法，是在汝之相机办理矣。三侄女似疟非疟，其病危险，已转身请青芝，我未作函，心如与子坚各缮函。能否来此不敢必，心如局运亦坏，奈何？孙稼翁非四千金不了家务。二小姐已抵宝应，月底航海北上。纶辉又带着龚外孙赴袁江，乞凌照普医疗回来了，光景照普药方敷衍而已。扬州平安，大伯伯身体好，有内里主持，不准请客之说。而于少襄徐仁山等一饭不留，似又非酬应之道。燕卿携子过此，言之颇晰，鲍会之控张蔼青于高邮州因典基之事，似乎不必。陆郭均未回，且看有人调处否？各色绒线及鸭绒可购来。以后写信应编号头，以免舛误，切切！仁甫叔已得保甲差，可以温饱。其子培之来，已返，只见一面。十九伯伯、成二叔前请安。

　　高大回，带来沈青芝覆信云，胖陈已交王辣子，三面言过，并要付工钱两个月二千八百文，弟垫付四个月计共钱五千六百文。寄上朱姨奶腰疼丸二百粒，睡时服丸六粒，不知加一粒二粒，不可多服一粒，腰疼一定即行止服。前开方留之，月经来照服一二帖，所留间两日服一帖之方停止勿服。照服所寄之丸，服十日后如何，示知可也。

接臻喜九月十四日来禀，录后：

　　敬禀者，十二日交局寄呈一禀，限十七日到投，想可如期邀览。十三日，月丈约男移进署小住，谒见老太太，以序安好。男细询署中光景，据云钱谷一位，书启四位，账房杂务银库为家丁承管，余无所事奉烦等语。其无机可乘，已可概见。昨饬张铣在书办处打听董员，五人除总董在沪料理沙船外，余皆到津听候差遣。此明年二月之事，有此一举，毋庸作入幕之宾矣。至札子早则十月，迟则冬月，托人代收亦可。署中势难久住，拟不日言旋。此次出来，利字闭口不谈，名字不过如斯，运气使然，奈之何哉？中峰处拟临走去禀辞，未卜能一见否？孙春阳兵燹后即无此店，而此地酱菜远不如四美也。蔡道台出差，朱观察在宁。本家谦初尚未到苏，果三哥插签第三名，殊为闷损，归矣。翥伯溪丈于海运河运必有位置。月丈未肯明言在何处。全单已呈抚台，尚未核定耳。织造局能织补服外褂，价则十八两，但补服能五采否？来人云，尚有样子送来看再议。

接翥青十九兄九月十六日来书，录后：

昨寄一函，命经儿面呈，未知何日得达。兄昨又禀见月翁，据说已送单子与方伯看，看到兄名则云："我未见过。"因思方伯到任，每逢衙参及平时禀见，号房概不上呈，无法可想。令人闷闷甚矣！候补之难也，月翁处若不吾弟先容，亦是如此。即如果倅此次禀谒方伯，三次不见，有何理说。二倅得派董员已是莫大人情，本来大帽子太多，而限于五名也。月翁见兄则云："内里实无事奉烦令倅。"兄对云："好在到津听候差遣，尚求大人照应。"月翁笑曰："可矣可矣。"此次约在署小住，虽是情面，亦是可感。二倅不日即回宝，明正赴津。札子总在冬月下来，归兄代收。至薪水究未探明实在也，年年变样子。如沪局有分，老弟所荐杨小园及石玉，似属易处，但此差无所用人，全是委员。如小湘来信，请代留一席，是不知此中情形也。至老弟之事，二倅与我略谈，还是天津为第一着，此间万无好处。近来风气，果子话居多，若相公究有乡谊，交谊非同泛泛耳！吾弟当不河汉斯言也。闻芑堂又有奏调赴东之说，不知确否？所集东坡诗句，兄已办纸觅善书者书之，随后寄上。开来书单，容去访之。

九月二十二日(10月19日)　壬子　早阴旋晴

请朱曼伯观察，杜叔秋明府，刘少棠太史，万小亭刺史午酌。

致荩塘六兄第十一号信交魏升带去，录后：

八月晦日寄上第十号安信，计日想已收阅。近又多日未奉手毕，驰系之至。弟寓上下均尚粗适。吴婿已由南京返，现须觅一馆榖接济家用。二儿于九月初三日起身赴苏，昨得信，知月坪弟留其在署少住数日。海运绅董仅得五缺，大约名条有百余人，二儿当可得一缺，大儿恐不能添入。闻谦初尚未到苏谒宪，或云在上海勾留。至蠹翁事已列名上院，光景不能津局，九爷荐王廷训。或者沪局可得。幸崧中丞有招呼，而蠹翁非此万不得了也。孙氏三侄女先患休息痢等证，经沈青芝治好，近忽生湿疟，势甚危险。九月十九日专人星夜赴扬请青芝来，此老声价太大，全恃交情，尚不曾到，心如父子昼夜不安。纶辉夫妇与二儿归，均轮流前往坐夜，六亲同运，真没法事。吴婿虽精医，不敢领手，总望青芝到，方有生机耳。扬寓平善，仲仁之妇生子后亦患乳吹，幸老青早治，得费费手。箴翁精神甚好。曼伯已由粤归，子月入都，功名全复又得，香君密保，大可望放。弟前函托查两兄选期等件，想已查出寄下矣。容为弟谋事，杳无音耗。林小溪现遣棣如到武昌，乞其禀恳九公补缺之事。桃源常熟能否不可必。果卿亦在苏州，签掣海防先第三，要十三四缺方可望补。孤注之掷，不知守候何时，亦运气使然也。小亭安居八宝，已晤见几次，矍铄哉，是翁也！果卿在苏久知积案之弊。昨开一节，略请寄京与兄一阅。能入告则小民受德不浅，酌之。兹乘稼翁之女来京，其下人魏升遇有外任，求兄吹荐。

风闻○○省所属州县，每于臬司饬驳及翻供复审，命盗案件有羁禁七八年而不能理结者，是非莫辨，真伪莫明，必至禁毙而后已，是犯不死于法，而死于禁，殊非。

国家慎重民命之意。△前在刑曹，每见外有案件，动辄经年累月，展转因循，不能速结。此皆由于牧令听断不肯认真，盗案又不严缉，即偶获一二犯，不过聊顾处分。及至解司犯供翻异，再饬复审，展转多时，弋获更难。且各州县时有更换接替之员，视非己事，监禁待质，任意因循，与民命大有关系。现在○○臬司○○○在该省服官有年，由牧令升擢监司，情形熟习，办事认真。请旨饬卜○○巡抚，饬该臬司悉心稽察，严定审限，庶几亦振颓靡，可以仰体皇上子惠元元之至意。

九月二十三日（10月20日） 癸丑 阴雨大风

杜叔秋明府三代开列于后：

杜法孟，字叔秋，道光丙申年生，行二，年五十一岁，直隶深州武强县民籍，由廪膳生中式咸丰己未恩科副榜。考取右翼宗室汉教习，期满以知县选用，充天文馆算学，管理神机营枪炮，总理衙门奏保赏加同知衔。在任仅先前补用直隶州知州，选授江苏宝应县知县，署安东县事。

曾祖：见龙，字伏菴，未仕，故。

祖：俊英，字超俦，未仕，故。

父：如川，字荆门，己亥科举人，截取知县。

胞伯：如皋，字锦严，嘉庆戊午科举人，截取知县。

胞兄：法曾，字浩然，已殁。

胞弟：法商，早殁。

妻：范氏。

子：芬，字芷庭，实录馆眷录议叙吏目，选贵州定番州吏目。

孙：泰，筑生。

接子箴伯兄九月十八日第十四号书，录后：

初五日得二十号，十六日又得廿一号信，缕晰种种。吾弟偶患气痛，想系天时燥亢所致，不必介介。树老书横额即为趣之。仲侯住一日即行。子坚不愿赴苏，亦不便强之。二孙乳名本是赛卢,取犬子之意。现将弥月,仍雇奶妈,颇为结壮可喜。仁山来扬,为其次郎娶媳,月杪方回。正阳怀谷于初八日作古,可伤之至。孙省翁十五日七十正寿,大开东阁,而老人病仍未退,不能见客。湛田绝无信来,恐年内未必能到矣。此间两次祈雨,均未有应,安宜如何?子罩十二弟航海自京师归,仍来求助兄。今年用度浩繁,欠负甚多,而渠实窘迫,哓哓不已,拟于庐州店凑五十番予之,实属万不得已之举也,老人力不从心,良用怃然。子听尚迟迟,吾行未出国门,不解何故。长孺已挂牌行医矣。现补八月两课,而九、十月课即相继而起,竟无暇日看书写字,殊为闷损耳。今年菊花为秋旱所勒,尚不见花,瑾如代买者不辨优劣,奈何奈何!

接果卿九月二十日自高邮来禀云:

　　昨晡叩见大伯父,精神强健。十二叔亦自北来,闻即赴鄂。怀谷初八日作古,厘务有章韫卿兼办之说。汇川表伯到姜泰时,前委杨令文熙,粤东人,因需作抵局中用物,两相龃龉,同阵入省,不知方伯如何调停,厘局委员因算交代,本属私情,公然不肯交差,实属奇事,不知后文如何了结。侄拟解款送邗兑浦,旋回如皋,余再续禀。

九月二十四日(10月21日)　甲寅　晴

九月二十五日(10月22日)　乙卯　晴

瑾如致三儿信,二次所买菊花卅盆,共一千二百文。

杜叔秋夫人亲来谢寿。

九月二十六日(10月23日)　丙辰　阴,小雨数点　霜降

迤明来谈。

九月二十七日(10月24日)　丁巳　早晴旋阴

前署宝应令何耀良禀见,未晤。

许乐泉大令自仙女庙回来,吃晚饭。

九月二十八日（10月25日） 戊午 晴

朱曼伯请乐泉晚饭，约吴婿往陪。

致子箴伯兄第二十二号信，录后：

　　九月廿三日奉十四号书，敬悉一切。尊体康泰，尤为忻慰。二侄媳乳吹已愈，闻乳甚多，何又觅奶婆耶？研卿携二子十九日过宝应，留住半天，燕申颇懂事，燕年亦伶俐，大约一衿可必，弟赐以卷资十番，将意而已。果卿苏州归，又赴如皋。补缺名次第三，再有压班者，更须退后，孤注之掷，而运气不佳，无法也。今年祠堂公租，闻可丰收，弟应得之租尚须划出百元归吾兄，以清仲仁入都所送之款。但此时稻价太贱，已饬研卿信致许乃五须得价再售。敢祈老兄便中再谕以一函，至嘱至祷。研卿述老十二光景，亦只好有进无退。而芰翁长孺垫项，闻无所偿一。江容方能如巡检，何此？鄙人所昕夕代为惴惴，无力佽助，愧不可言。兄尚小作周旋，渠定心感矣。乐泉赴仙女庙购木料，因老病不能到扬州酬应。昨已言旋，小住一日，即返袁江。其二令郎欲捐中书，少年英发，可想。杜生述秋丙寅弟所取总署同文馆教习来令，宝应人太方古，然不失书生本色。前日见仲仁贡卷履历，忽来告我曰："家父名如川，是己亥杨简侯房科举人，始知子箴老伯是同榜同年。"弟告之曰："崧中丞之父亦尊公同榜也。"渠更悚然。即此一端，可知此老之忠厚矣，书博老兄一粲。林汇与前差大闹，奇闻也。杨和斋年内可到任，过扬时段安可同来。二儿已移寓月坪署中小住，几天即归。绅董差仅五缺。渠得其一，万幸矣！明年二月须赴津门也。薵翁亦可望，沪局尚未下札。孙甥三请青芝，尚未到，据云师太未归，师太真出门乎？乞示，余不赘。

接青芝廿六日致三儿函，云：

　　二儿廿六抵扬，廿七八开船回府。箴大人在会馆团拜跌了一次，起来倒也无恙，廿日事也。十二老向箴翁要洋五十元。庐州六太爷仙逝,余新闻仲回来可知矣。

接翥青十九兄廿一日自沧浪亭来函,录后:

　　两寄信函想可邀览。兄昨日始得见薇垣,照例官话而已。
中峰处,二侄两谒均挡驾,濒行禀见又道发。而中峰之令弟升蜀
藩,二侄亦随众上帖道喜。顷成宪云,伊位尊而不必时刻烦渎,
既去过几次就算了。而成宪已将伊在中峰处提过矣,所事已允
定,似不至变,札子总在冬月。二侄已禀辞,于廿一日登舟北渡
矣。鸭绒冬月始有套裤,尺寸留下以后做出寄上。对子托洪文
乡写去,俟交来裱好便寄。

九月二十九日(10月26日)　　己未　晴　酉刻小雨数点,旋又大雨

差帖回拜何菊仙大令,住天枢道院。

乐泉回浦,予与吴婿往舟中送行。适乐泉为朱房山所约,遂至森
和店,始晤曼伯,亦在此畅谈良久。

复翥青十九兄函,录后:

　　廿一廿八两日连奉手函,备悉种切。就谂起居安适为慰。
顷接扬州信,知二儿廿六日已抵邗上,不日当可到宝。海运各差
札委闻在冬月。彼时二儿之札发出,尚祈代为收下,早日示知。
至吾兄之事,当可准定。日来甚盼,望佳音也。弟下月服阕,观
此时势,决无志出山,而刻下求人之难,吾兄当深体会矣。纶辉
常见,闻杨和斋履新,壬卯过宝时,渠可随之入幕。林筱溪并无
信来,又赴苏否?心如家三侄女患湿疟甚重,现专请沈青芝,尚
未见到,心如运气不佳,奈何奈何?弟前数日有信寄二儿,恐未
接到,望代向道署查出寄回为祷。吕贡九自清江来宝,来请安。

丙戌年十月初一日(10月27日)　　月建己亥　日干庚申　阴雨

二儿臻喜自苏州抵寓。

家人张铣呈敬绍酒一罐、金腿一只。

致林筱溪妹倩函托朱曼伯带至南京党家巷:

　　九月曾泐两函,想邀青睐。迄未接手示,驰系弥殷。隶如甥

赴武昌,此时想已回来,所事如何,殊深念念!京饷差事既奉札委,何日起程?又闻阁下委劝办海运津局之说,未知确否?一切望详细示知为要。二儿已由吴门回来,海运各差须冬月始定,外间谋事之难毋待细述矣。兹因朱曼伯观察南来之便,顺渤数行。曼翁古道热肠,到陵时阁下可以往见也。兄一是如恒,寓中均各顺适,堪纾绮注。金陵有何新闻,并祈寄知,以广见闻。

十月初二日(10月28日) 辛酉 阴偶露日光

心如借徐贵赴扬请青芝来宝。

十月初三日(10月29日) 壬戌 晴

十月初四日(10月30日) 癸亥 晴

迩明来谈。

午后与小园在大街散步,买得《韩诗增注》两本,价大票一张。

十月初五日(10月31日) 甲子 晴

送宝应新进文章郭耕耘大票一千文。

鲍伯熙太守服阕辞行,回江西候补。

十月初六日(11月1日) 乙丑 晴

送鲍伯熙行,顺候沈云生明府。

沈青翁晚饭后抵寓,住梅谿。

接子罿十二弟九月十六日自扬来函,录后:

　　仲夏曾肃寸函,谅邀清鉴。恭维提躬多莆,欣颂弥殷。弟强就一职,东拉西扯,又蒙六兄担承若干,敷衍出都,搭坐招商局船。本月朔二日轮放丁沽,帆收申浦。于十二日至镇江道,经维扬,本拟小憩数日,买舟赴宝,趋走台阶,敬领训诲,出而向世获益良多。缘限期太迫,不得过于延迟,尚祈恕之。弟此时效职鄂省,人地生疏,又勉力而为,尽取所有。如到省赋闲,日久将何以为生乎?祈吾哥能否与大人先生中赏赐一荐函,则持信以投,庶不致束之高阁矣。弟于后日回庐,从此东西南北常为奔走之人,言至于斯,不觉怃然也。外芟六兄所给之函一并呈上。

接荩塘六兄八月廿一日第十一号函,录后:

　　八月初一日交棣如甥带去十号信,想可达阅。初九日接由
燮臣处送来九号函,悉知一切。仲仁及棣如均先后自津起身,抵
扬当均在节后,吾弟来信所叙各节均已领悉。九帅处俟十月间
再往最好。自节后至今忙得直不得了,所查教职等事,均未得工
夫。找人往查,随后查明再寄可也。子听与子罩同阵出京,两人
未必能同伴赴鄂。缘子罩此次办此事太费周章。伊只自措得四
百金之谱,兄为之在钱铺担承,《毛诗》长孺将结折为之押取结
方,才将事办成,伊回家仍须张罗也。孝侯之事,尚未办就,以此
未能与他们同行。长孺现在医道盛行,果能行开,乃大好事。现
闻每日总有钱进门,家中零用有此项,即可站的脚。孙燮臣九月
初三日次女出嫁,徐颂阁亲家。一概不惊动。孙鄂斋丢失金镯银
物,将其下人送官,直追不出来,弄得不能下台。八月十七日何
次风长子,年十七岁,吞洋烟而死,骇人听闻。问知因中秋节吃
蒲桃,为其祖母管教,口角吵闹,以此轻生,殊不值得。余无甚
事,一切询子听子罩可悉,外报本附去照收。

十月初七日(11月2日)　丙寅　阴晴

心如来谈。

发子箴伯兄第廿三号函,录后:

　　昨寄二十二号安书,知已入览。二儿回询,兄近履安适。会
馆团拜闻为衣垫伴跌,嗣后行礼宜留意,老者筋力非同少壮也。
子愿忽古,不知何病,亦不知时日,令原之感,乌能已已,其子安
分守己,当可不致穷乏。近得庐州信否? 示及为要。子罩勉就
一官,第荩老函示代为挪借《毛诗》一部,而长孺印结折又复押
出,以私衷揣之,此款恐未易筹,岂一江容方所可了者? 杞人之
忧,未卜老兄以为然否? 二儿承月坪关切无如,董绅奖励业经停
止,区区三百金薪水徒劳心力,未为得计也,且俟明春再议。若
蠹老,则总可必得一事矣。孙氏三侄女病疟缠绵,四请青芝,居

然光降,然此老身价非寒畯能问津者。初六起更时到,诊治于心如之室,食宿于退一步斋,大约心如必竭诚致敬,方可见其功效。曼伯赴江宁吊其乃岳兼谒九公,本月半后即归,打点赴都。万小亭杜户养老,亦不常见。稼生家事,旧帐不清,须出在稼生名下,进退维谷,奈何? 燮臣之女正在母丧,而择吉出嫁,此等大有关系。弟与燮臣固属至戚,即颂阁亦忝在世交,恨不能作其诤友,吾于是不能为两公解矣。午桥久在乡间,何时始返? 闻殷侣琴已回,确否? 并望示知。弟寓上下平善,蔼青尚在扬否,余容再布。潘文甫自清江归,送予吊炉鸭两只。

十月初八日(11 月 3 日)　丁卯　晴

约青芝、文甫、小园、迩明、子坚在梅谼吃蟹。

沈云生明府来谈,并看菊花。

林筱溪解京饷过宝,掌灯后来晤,送予小菜、点心、茶叶、银鱼。

十月初九日(11 月 4 日)　戊辰　晴

田炽庭令尊七十正寿,小溪代予送红呢幛、寿烛,领之。

约筱溪在寓早晚餐,二鼓登舟,儿辈送之。

托筱溪到京代购紫金锭、如意丹一笔钩,万应锭、驼糜膏又交去鹰洋三元,到淮安买毡靴一双。

陆静溪来请安。

十月初十日(11 月 5 日)　己巳　晴

十月十一日(11 月 6 日)　庚午　晴

潘文甫辞行,留晚餐。渠明早开船回炉桥。

命儿辈致文年书,今年稻子得价再售,余无事。致书卿信,要桥尾十对,咸小菜。外属其稻子得价再卖,房租一律收清,再启叙马家园之田本系三房的。嗣子愿六叔以境遇不佳,恳情暂收租价贴补日用。老人家曾经允诺,事已多年,今子愿六叔作古,奉老人家谕,请兄乘此时向两囊哥说明,即行收回,即以今年为始,归兄一手经理,至切至切,万勿忘却!

十月十二日（11 月 7 日）　辛未　阴晴不定　立冬

王际泰之子顺卿、云卿入泮，送贺仪小票两张。

十月十三日（11 月 8 日）　壬申　晴

子坚约杜叔秋晚餐。

孙伯垣遣人禀知，筱漪弟于九月二十四日病故寿州本宅。

十月十四日（11 月 9 日）　癸酉　晴

张兴交船寄呈莲子十斤。

陆静溪约午饭，沈芸生、朱房山、万仲循、吴子坚在座。

至伯垣寓茶话半刻。

江苏海运津局王廷训、王用龢，沪局谭泰来、方鸿，帮办林之蘅河运潘学祖　绅董候选知县沙船董总　郁熙顺　训导金福臻　职员汪介者　教谕方臻喜　廪生翁曾来。

接林棣如甥十月初七日自南京来信：

> 甥于上月十二日开舟后，十七日到宁耽迟数日。廿二日搭轮赴鄂，廿五日安抵武昌。当谒见盐道，相待颇优，随将母舅大人所属之话一一面达。据云鄂省局面太小，幕府不多，差使更属难，固只好从缓计议。至前托表兄之事，刻刻在心，但有机缘，即当设法位置，如此云云。嘱甥代呈一切。兹特禀知，甥父之事已蒙惠赐两信，交甥带来刻皆投递，未识机遇若何，殊无把握耳。

接果卿十一日信，现赴邗照料六侄媳病，余无事。

十月十五日（11 月 10 日）　甲戌　晴

朱房山来谈。

杨小园请青芝、迩明、子坚、予吃蟹。

致芰塘六兄第十二号信，录后：

> 十月初六日奉到十老二带来第十一号安书，知燮翁转交第九号之信，已经邀览。弟于九月廿二日交稼哥，仆人魏升寄上十一号信，系海轮前往，想亦收悉矣。本年四府粮道海运派员已明列清单，津局王廷训，沪局寿老。小溪系沪局帮员，臻喜在绅董

之内，光景须年内赴沪一行。绅士中有翁曾来，当是叔平同年，家侄辈也。惟目九年张佩纶条奏停其奖励，但得薪水，空吃辛苦，转觉无味。至运商尚有虚衔，一路不得过五品，或者将来能列入商单内，乞先在部询问明白。至前托查臻喜服阕后投供开选，头上尚有何人，望将名姓开来。应该几缺可得，是否专选复设教谕，或曰五贡正途与廪贡不同，可以统选。秃头教谕复设教谕两门，鄙人于此道茫然，并乞详示。大儿臻喆旧班第一，究竟何时轮到，想亦代为查明矣，至叩至叩！永翁差局妥当上台，亦颇称许。惜龚怀谷化去，少此提携上宪耳。弟老而退开，力所能为，家间兄弟叔侄无不尽其棉力。今年苏省诸公尚觉顺当，所愿吾兄早得京堂，遇有成就人材之处，及早赐以栽培，后起有人，吾族方能久享天祖之福也。果卿签掣第三，前云十三四缺，尚非实信，须二十缺上下方可望补，至早亦要三年，孤注之掷，未为得也。弟久将身世付与锄犁，前托查引见牌子不过问逶明，自因有卓异一层，并昨想出山也，望饬吏查明。虽同人劝驾甚殷，坐补一层，本怀非愿，所谓垂老何必看人眉睫。至家计日窘，非得一馆榖不了。九公口如云片之糕，食之不饱。以致燮老之书俟诸后日。吾兄在京得风气之先，倘有出京，诸公可以图谋一事者，何不为区区预筹，如晤长乐翁亦望以下情告之，懒于搦管，不复空作寒暄矣。小溪得京饷差六万，大非如意，现定十月望前后由袁浦起程，三十余天方可到都交纳，晤时可以细谈一切，实非笔墨所能尽者。燮老处亦望代为致声，遇有机缘，春风口角，想不膜外视之。筱漪竟于九月廿四日终于寿州，书生薄命，遽然于此，伤哉！闻稼生已专价接其两妾回寿矣。三侄女病已大减，沈青芝来，须月余收功，此老身价太大，孙心如花钱而已。六亲同运，信然。吴婿仍在宝应，吕婿未返，筱老安好，道员相否？想已晤面。

送凌汉秋蓝呢幛一顶，由林小溪转寄通州。

送陈季平蓝呢幛一顶，由吕贡九转寄清江。

接蓉青十九兄初八日来书,录后:

初七日接到前月廿九日手书,种种尽悉。借谂履祉安和,至为欣慰。河运海运各委全单,昨已见辕门抄矣。惟河运诸公先行给札,所有津沪各员尚未奉到公事想不过三数日间耳,似不至有他变更。今年本是提前办理,亦为求差者络绎不绝,早日揭晓,免烦故也,兹将全单抄寄一阅。仲伾想早到家,小溪并未到苏,闻江宁已委饷差,必不来也。况沪局定例,只给三月薪水,亦甚无谓,以伊之手笔而又处繁华地方,恐须带钱取赎方可了也。沈青芝到否?三姑娘已回头否?念念。洪文卿所书对子尚未取来。植官疟疾虽轻,然仍不免逐日一潮。杨价又病,是以鸭鹕无人去买。俟买到即将套裤做成寄宝,所存道署家信,容往谒时禀请饬查代收,转寄开局,约在冬杪腊初。缘近日查荒未竣,漕价未定,所以无事可办。匆匆泐此。所寄仲伾家信顷专人往问,据云有即送来石裕,即令随仲伾到沪可也。应于何日动身,以后另有信知照。

蓉青兄又给二儿函初九日泐,录后:

二伾入览扬州所发之信,昨已收阅。宝应带有家信,顷阅汝父亲来函,始知已专人往查矣。如查来即加封寄回。月宪连日传见河海运各员,愚不在传,即不便插入。拟初十往谒,见不见,尚难预计也。董员应办之事,托友开一节略,寄阅其余,非面谈可能详也。董员同往一局,与各委只分前后进耳。但另自起火,闻饮馔亦颇精洁。惟要和平谦恭,同人方不排挤,遇事关照。郁公多年老手,各事透澈。各帮船户无不熟识,其中弊窦恐不能免,外人不得知也。开局尚无定期,以后当信知照。赴津之期断不得在正月间,甫经兑来何能如是之速,由北道偕行,理应然也。植儿自上月廿五日即患疟,虽日经一日,究未能止,极其黄瘦。杨价病势较重,近有转机。即此两病人,请医服药已令人不胜其扰。愚之札子顷由藩署送来,吾伾之札不知张铣代收否?容查明寄宝。封信后又接初二日来信,观察及张铣二信已专人送去矣。

　　绅董向派郁巽泉为总董,闻此人权颇大,定要联为一气。其余皆由总董分派事件,应办之事,各州县米船报到挂号,请总会办。分派某县米船归其帮商船兑收,登簿记数,悬挂粉牌。某县欠米若干,某帮收米若干,总要记清,以俟归总核算。每日到验米处,携带笔墨草账听候总会办验。米收退风筛,一一填明,清条账簿可以随时稽查。商船向归五帮,收米如委员验明。可用之船,饬令归帮停泊听候。兑米亦要开明清白,认识商船保结向是绅董承办,商船米样应用铁斛,总董携带赴津,特开呈,略知数端,其余不知者不敢臆度,伏祈钧鉴。

致芰塘兄再启录后:

　　再启者,子愿六弟作古,不知时日。伊光景尚可,但愿其子安静过日,不愁衣食也。十老二在扬小住,返庐一行再到鄂省,闻事体不佳。长孺与吾兄挪款未卜,能如数清偿否?箴翁庐州之屋欲售,蔼青鄙意已置复弃,将来又复另起门户,似非善策。蔼青在扬,一时恐尚无成局也。邸堂佩公均有恩旨,能否转圜,便中示知。科缺已见一,尚有二缺,甚盼荣转也。子言兄究竟作何打算,悬系之至。即寄信去,渠亦绝无回音。小兰想已补缺,何小山想可补粮道,而与中丞为难,将来如何相处。沈笔香现住何处,望示知。

十月十六日(11月11日)　乙亥　晴

送新进文童宝应芮昌五大票一张。

送新进武童宝应王殿元小票一张。

纶辉三侄来见,留晚饭。

接子箴伯兄十月十三日第十五号信,录后:

　　初三日接廿二号书,值补九月课,匆匆未复。十二日又得廿三号书,备悉一是。会馆蹉跌,真出意外,以后须要格外留神,衰老人不可恃如此。子愿九月十四日作古,系往六安收租,抱病而回,可伤之至。诸子绝无教训,奈何!奈何!子覃之捐官可谓不度德不量力,欲倚一江容老如何靠得住乎?近日可喜者,三女于十一日寅时生一外孙,大小平安。叔眉昨来信云,有地一处,俟相度可否,再定行止。年内能否回来,尚不可必。午桥须月杪方回,闻又在乡间添设直库。树君常见,息静观空颇,每见必趣之,渠尚未落笔。侣琴前因其阿嫂有病,在鄂中医治耽搁十余日,病愈已长行矣。昨有信来云:孙三侄女病愈否?青老何时回邗,乞为道念。兄前数日忽患水泻,每日二三遍,因日服神曲,午时茶数碗,四日而瘳。现在精神如常矣。子听自京都至上海,昨到此,兄留之住几日。渠即往鄂中,年底回肥上省亲,吾弟赏二儿入都之八十千,夏间已在肥上收到。今年秋旱,闻收数甚歉,无可如何。外砵卷至肥上带来者望查收。

接仁甫弟十三日来函,录后:

前月杪嘉植回扬,询悉前函已邀鉴。及并谂福祉安绥,合家均好为慰。闻有邗江之游,不知何时动身,念念!弟保甲差使月初调至旧城三段,每晚须上街梭巡,并至文昌楼公局。大约十一二点钟出门,三四点钟方回寓,中奔走之劳,亦无法也。大老姨太年老多病,交秋后,时病时愈,日渐瘦。约医调罔效,延至十月初一日子时弃世,幸衣衾棺木数年前均已备齐,临时尚不至潦草将事。现拟六七前后出殡,遵老人家遗嘱,送至江都东乡三墩桥附葬。已写信与大哥商酌计零碎花用,以及出殡川费等,非五十元不可。弟以积累之身遇意外之用,正不知如何筹画也。如见三叔迳明侄等,乞代告知。因夜不成寐,心绪不佳,故未一一致函。

收郭瀛槎尊慈凌氏讣文。生于道光元年六月十七日子时,卒于光绪十二年九月十九日卯时,子文翘翰,降服子文蓍。

十月十七日(11月12日) 丙子 晴

同筱园、孚先、鹏九至学宫前看迎学。

十月十八日(11月13日) 丁丑 晴

石裕叩辞,赴苏州。

致成月坪观察再启,录后:

　　再启者,昨阅省抄,知家兄鸣林令之蕖均蒙派委沪局,而二儿臻喜亦滥厕于绅董之列,渥承厚植,感何可言! 惟有令其勤慎从公,庶无陨越。此后尚祈时加训迪,俾有遵循,叨在至好,不作寒暄套语也。

复焘青十九兄信,录后:

　　十月十五日接展手书,得悉种切。并谂吾兄已得沪局,欣慰之至。二儿亦派绅董,俟奉到委札,即赴沪也。吾兄何日到任局? 月翁想已晤谈矣。前荐石裕承兄饬其前来,兹石裕遵谕至苏听候驱使。此外尚有一二闲,仆呕需觅地糊口,吾兄能于各委员处代为一荐,则妙极矣。名条另开,望酌之。至小园一节,想兄必能培植也。沈青翁已到,三侄女所患渐痊,可以放心。植官疟疾想已全愈,总以少服药为佳。弟近尚平善,月底服阕,尚拟出游,寓中均各安好。吾兄寓所上下平善,可纾远念。孙筱漪于九月廿四日作古。林筱溪前解京饷,初旬过宝,现计已北上矣。家人徐升,安徽人。

复林棣如甥信,录后:

　　月之十四日接阅来书,得悉一是。并谂吾甥已由武昌回陵,蓉翁所给两函消息若何,驰系之至。昨阅省抄,知海运沪局帮办已将令尊大名列入,闻此差只给三个月薪水,不过五六百金之谱,然亦聊胜于无也。初九日令尊解京饷过宝,计此时必登车北上矣。吾甥何日回浦,甚盼望过此一叙。白门近事,望寄知为嘱。

十月十九日(11月14日) 戊寅 晴

果卿自高邮来,送予董糖卞蛋。

十月二十日(11月15日) 己卯 晴

朱曼伯观察令媛本日出阁,差人道喜。

果卿侄晚饭后叩辞回高邮。

复仁甫弟信无事，送其老姨太奠仪二元。果卿带去。

阅文年外甥致三儿信摘记于后：

揖赵表弟安览，八月朔日寄上屏冈买地清账，想早达到。今年家乡收成，秋季尚好，贵庄虽稻生结虫，而杂粮犹可，共计秫稻各豆约收二百石有零，俟仓收清楚即开账寄阅。惟六陈总未起价，邻境毫无行动，出售颇难。现在三坊下限钱粮催逼极紧，无款完纳。去岁透支，今已年余，尚未归楚，自客夏贤昆仲在庄动身支用，至年终百九十元之谱。实在无法筹垫。敝庄全指收稻，今年秋收歉薄，本近日出售尚易，豫前自乡城已嘱庄价照料出卖，十个斗每洋一元，一石七斗。尚未见钱寄来。目下各项需钱，着急之至。贵庄经手数年，适逢歉岁，存款时少透支日多，以致仓粮鲜，能待价而沽。豫与农事又不见精，即如吴湖、高塘两处所议打租一节，至今不曾觅着交主。缘富不肯交贫不敢与，屏冈又不时多事，种种为难，皆属办理不善，深负委任。务请阁下禀商母舅，派人接管或托在寿本家亲友，抑或并交书卿，均称合宜。书卿稳练老成，虽经手田庄过多，必能格外勤劳，实非妄保，吾弟以为然乎？豫今冬明春尚拟筹措资斧赴常德一行，计与七舅廿有六年之别，翁婿再见直不相识，可笑人也。豫之小女三毛与七舅处恩官表侄年庚相合，彼此信来，已联姻娅矣。九儿现附馆本宅王先生家认字，午节后读《诗经》，天分中中也。兹因小漪叔赴八宝之便，寄上白枣干二十斤望照收，顺请礼安。九月十六日。

再启者，前函缮就，已交漪叔，不料漪叔忽于九月十八日吐血之恙发作，医药无效，竟于廿四日寅刻去世。昨将原函查回，由信局转寄，白枣干俟得便再寄。九月廿三日接弟八月十八日由驿递书，并母舅手谕均已读悉。嘱将庄粮收贮，待价不可出仓即卖一层，确是正理。但贵庄连年以来皆是卯支寅用，查账便悉。即以本年而论之，去年透支一百九十元，今年又筹垫上半季庄用工食。经手人如有钱垫付，亦是理所当然，分所应然，惟棉力有限，弟所深知承嘱取用桥上房租一节，向无此章，且各有经手，何敢擅专，且闻书卿处亦早经透支矣。汪庄本年收粮，前仅将小麦售出敷衍午季国课并庄用一切。其余杂粮约二百石，尚未出售。目下急需用钱完粮，并添钱税屏冈契，以及本年去年透支，现在花销非孔方不可。尊意必欲贮粮待价即希筹款寄寿，抑或另有高见。此信一到，即乞速覆以便遵行。屏冈坟佃张宏父子前日在三王集与孙铁臣口角，居然动打两造，都来豫家说礼。铁臣意欲逐张宏下庄即可无事，否则带领多文多福打上庄来。而张宏之意如因此下庄，定与铁臣闹事，不肯干休。豫拟令张宏赴李家洼叩首谢罪，铁臣尚不愿意。张宏父子连年本不安分，去年强娶丁妈为媳，及与传治打骂，几乎闹出人命，费许多事方才了结。现在渠父子皆吸洋烟，名为种田，不过看坟看房而已。耕牛都没得了，豫久想换人。因田地薄少，觅不着好佃户，兼之冈上情形亦不易处。张佃不时闹事，弱佃不能照管，是以种种为难。招佃不便，现在倚笙伯家坟前又出事故，缘杨贵去夏下工后在屏冈买得传濂田地廿余亩，并租传濂房屋居住。今秋自盖房屋，其基距适离倚笙伯家坟只二百步，据倚伯云正在坟内绝命方，又兼白虎。饬其迁徙，不准盖造。而杨贵受人指使，意在必盖。倚伯何能容忍，其中又出许多枝节，一言难尽。豫因此事及城乡张宏事来往城乡调处，庙山路都走光了。目下杨贵停工候说，经屏冈昆仲来打圆场。杨贵原田转卖于倚伯，原价曾八九十元，此时非加倍不可。倚伯既无钱买，亦不肯出此大价，皆未算，文章落下，烦人之至。先将此二事约略达知云云。九月廿六亥正三刻。

十月二十一日(11 月 16 日)　庚辰　晴

万筱亭次子候选教谕，万来复来请安。字仲循，廪贡生。

十月二十二日(11月17日)　辛巳　晴

十月二十三日(11月18日)　壬午　晴

十月二十四日(11月19日)　癸未　晴

朱曼伯次婿陈致远来拜，未会。

十月二十五日(11月20日)　甲申　晴

致子箴伯兄第二十四号书录记于后：

十月十六日奉第十五号书，知前函均已收阅。果卿来宝小住，一日畅谈一切，甚慰岑寂。青老为三侄女医药，煞费心力。现已就痊，而善后尚需时日，并念其力薄，不计较酬金，尤属难得，可感！稼生书到，惊悉筱漪于九月廿四日忽吐血而逝，绝塞归来，书生薄命，可叹也！稼老已专价赴京接其眷口，而其家事尚未清晰，年内恐不能元旋矣。昨晚孙伯沅忽又报知仲山恶耗，此子颇诚实，冀其奋志名扬，不意遽止于此，上有七旬外老母，何以为情。既而思之，少年子弟只宜安静读书，能得科名固为美事，不然耕田布业老寿安闲，亦属旧家风味。捐例之开，动辄以官为乐，不甘小就，躐等飞腾，视朝廷名器若戏物，然福泽有限，匃灵幻设，外有耀而内空虚，蚁顶一椽，不亡何待。滔滔天下，旁观者代为忧虑，而彼不觉也，无药可延卿相寿，有钱难买子孙贤，卿相且然，况一介细民耶。质之吾兄，讵不河汉。树君为张海柯书墓是否镌刻竣，乞命曾介到王访泉家要一拓本寄下，至嘱至叩。弟所索"观空习静"横幅，树老已搁管否？并乞催之。弟廿七日释服，鲜民之生愈增哀感。青老劝我出游，弟亦极思与兄把晤，奈天气渐寒，孱体多畏，且俟青老归时，如果风日晴暖，或偕之登舟也。吕婿得子，甚慰！甚慰！乳足否？自移书院，即得两丁，吉乃有祥，远怀欣喜，匆匆不多述。子听闻已赴武昌，巨川被窃，衣履一空，奇事哉！京中有信否？上颂合家安好。

十月二十六日(11月21日)　乙酉　晴

杜叔秋来禀知，明日下扬州公干。

十月二十七日(11月22日)　丙戌　晴　小雪

本日释服，摆供家堂上，行礼。

十月二十八日(11月23日)　丁亥　晴

康三爷之子汝恩即前岁来汝林也。自杭州回桥来见，命三儿会。

吕贡九送来毡靴一双，系托林筱溪经手在淮定做者，已交去三元，下欠。

接子箴伯兄十月廿四日第十六号信，录后：

十三日寄去十五号书，亮早收讫。子听于十六日起身往湖北。仁山亦返正阳。孙仲山于十六日作古矣。吉甫调往支应局，此间保甲则仍是赵小溪接办，日内可到。天气已寒，吾弟月初能出门否？扫榻以待也。连日看卷甚烦，亦未出门。身子甚好，惟冯家定于腊月初八日喜期，须办各件东西，甚为忙迫，且两手空空，真不易也。此间用度虽比在家稍省，然意外之费总不能免。即如怀远田老二来此张罗，以家前承过他家厚情，焉能拒绝，不得已竟有二百金之赠，另送船钱十余千，真料想不到者！老六之变，送其百千，亦万不可少者，此等用项实出乎心之所安，要不得属为浪费。青老何日回邶，念念！湛田闻有请假两月之说，恐履新须在明春矣。树君所书额寄上照收。阅《申报》，仲侯已派海运，须到天津否？年内想尚不必去庐州，秋租通扯四分有余，秋旱之故，闻定远亦如此。八宝丰收，可羡。稼翁有归来之信否？

接庐州筠心堂管公租许乃五少阳初十来书，录后：

子○仁翁大人，钧启久钦高风，无由趋谒，企慕之私，无时或释。敬维福体安康，潭第凝庥，引睇吉辉，曷胜私祝。敬启者，今岁秋租减收，每房派分租稻一百担。日前十二爷自京都返庐，因捐巡检，需用孔殷。昨日来祠将阁下租稻业经卖去，弟难以阻之，讵即据字。云另有信致仁翁，暂为借卖以济急需，随后设法归还，如此云云。未审阁下以为何如耳？专肃奉禀，叩请崇安，伏惟朗照，不宣。愚弟许乃五谨禀。

接臻鹏侄讣禀子愿六弟于九月十四日戌刻去世，子臻鹏高官藩。

接稼生姨兄十月初七日来函，录后：

十月初七日汪家应试童子携来尊札一缄，拜读备悉。欣谂祥琴已御，豸绣重披，正海疆需才之时，吾弟一出，而中外牧安，翘首望之。兄病废在家，愿为太平百姓。惟愿大才整顿乾坤，国安民泰，我侪小人其乐陶陶。榖奉讳归里，原冀享田园之福。又幸十一弟万里归来，连床共话，更是老来乐趣。不意筱漪自成所带病而回，路过宝应，晤面时当可知其受病之由，与病中之形状毋庸赘渎。到家后延医调治，渐觉轻减。正拟于九月十八日做过先慈周年，即日登舟东下，仍由海道赴都。不料十七日夜忽然犯病，气阻甚剧，倚坐两时之久，吐出血团始就安贴。十八日至廿二等日尚好，不过精神稍减耳。廿三日又吐血不止，夜寅刻又气阻不透，竟于寅正溘然长逝。兄惨遭手足之变，恸何可言。幸家间亲族众多，为筱漪赶办身后之事。均其周妥，照京城接三规矩设奠致祭，又择于初二日家祭一次，其成服日期应候京眷回来，方可卜吉举行也。兹特命家人郝福回京，请燮五爷料理家眷出京，舍间田房业于筱漪在日分定另宅居住，已有成说。兄当代为安置，万金重担责在猥躬，兄以久病之躯如何能肩此重任，幸有十四弟在家诸事尚可商办，知念谨陈，容再讣告。

复稼生兄信，录后：

顷接十月初七日发来手书，知前交汪树丹带去之信已邀鉴入，就谂起居胜常为慰。筱漪弟之变殊为扼腕，吾兄老年手足又折一枝，悲感自不待言。然犹幸漪弟塞外归来，得以寿终故里也，尚望强自排遣，是所至祷。漪弟眷属吾兄既遣人至京往接，想已得信指日。天寒河冻，一时恐未能到家。昨又得令侄仲山噩耗，前闻以关道记名满，冀其奋志名扬，不意遽止于此，实深令人叹惜耳！寿州岁试，府上入津者几人？吾兄何日归来，不胜盼切之至。弟本月服阕,出处尚未能定,敝寓均各安好,尊宅一是顺适,尊斋闻已到宝,尚未晤面也。

三儿复文年外甥信,录后:

月之廿日接展九月廿六日发来手书,得悉种切。借谂合第绥和,既忻且慰。今秋家乡收成甚好。弟前日连次函达,请其稍缓出售者,亦不过待价而沽之意。今账上既有透支,自应卖稻抵还。至稻价贵贱,相隔太远,弟处不得而知。然事由阁下经手,想能通权达变,不致吃亏也。平冈坟田,务乞随时照应,况先祖慈及先慈坟墓俱在彼处,无论阁下出门在家,此责究不能辞。至兄拟赴湖南谒见七叔,亦属理所应然。如起程有日,当回明老人家,暂为觅人代管。张宏父子时刻滋事,实属可恨,想兄必能惩治也。老人家本月廿七日起复,出处尚未能定,吾兄如出门,务必到宝一聚,是所切祷。老人家所要咸莴苣头糖,便中寄下,切勿忘记。

三儿致栅生三侄书,录后:

久未接奉手书,驰系之至。老人家本月廿七日起复,出处尚未能定,俟明春再作行止。起复咨文一节,必需早为料理,而路途遥远,颇费周折,且尚有许多事件,非与兄面谈不可。兹奉老人家谕嘱,弟函致吾兄,接信后即买舟来宝,一行所需川资十元拟即寄上,奈信局不肯寄带,望兄筹款垫用,随后由我处账房照给,切勿畏难不来也。仲兄现奉成粮道札委海运绅董,明春就要赴津,此项差使保奖已为张佩纶奏裁矣。十九伯得海运沪局总办,现已到差。迩兄在宝,精神如常。四箴兄在家想必安好,念念! 把晤匪遥,余容面罄。

儿辈复许乃五信,录后:

乃五大兄览,顷接来书,得悉一切。十二爷卖稻一事,实为诧异。今春十三爷卖稻之后,曾函属阁下以后,无论何人欲卖我稻,你必先函达于我,俟我回信方定行止。试思我之租稻既托阁下管理,即系你之责成,岂以旁人欲卖而竟与之乎?易地以观,你有物件寄于我处,设有旁人冒取而去,你要我赔,不要我赔乎?此理尽人而知也。况十二爷扬州来信并未提到借稻一字,何渠不提而你来信耶?是又不可解也。无论何人售去,我亦不便过问,但事由阁下经手,务必将本年所收稻子如数缴出,切勿延缓,否则回明老人家,再为办理,勿谓言之不预也。叨在宾东,特以直告。

十月二十九日(11月24日) 戊子 晴

孙萼斋自京回,孙静轩自清江来,均见。

吕贡九来晤。

接四府粮道成月坪信,录后:

　　许久不领教言,渴想之忱,与日俱积。辰维顺时纳祜,餐卫咸宜,定符远祝。弟粮储忝任,树立毫无,早夜自思,实深惭恧。所幸公私顺适,眷口平安,差足告纾绮注耳。现届办理冬漕,已将海运各员派定,令郎仲侯世兄持重老成,转漕例熟。谨遵命于绅董中位置一席,兹寄呈委札,望即察收是荷。令兄骞青太守暨令亲林小溪明府,亦各分别派充,知关垂念,用以附闻。康邮多便,子墨可通,尚祈时惠德音,以匡不逮,是所叩祷。十月廿二日,外委札。

十月三十日(11月25日) 己丑 晴

周小棠银台灵柩船过宝,送蓝呢幛香楮,遣三儿到河干祭奠。

送康三爷子汝恩川资大票三千,由纶辉交去。

十一月初一日(11月26日) 月建庚子 日干庚寅 晴

郭辅臣来谈。

接芰塘六兄第十二号信,录后:九月廿三日泐。

　　前交子罩弟带去十一号函,想已达阅。月之十四日接到十号信,欣知褆躬健旺,合寓安和,至以为慰。吾弟起复件,吏部查出来,本籍供结尚未送到,好在已有到籍文,叩无供结,在京亦可办理,其来与不来,即不必管他了。现在脚上湿气已全愈否？殊念。苏门之行,何日起身？九公及镇帅,均可为身一席馆地,定可谋就,惟能就近在淮扬一带最为方便。子坚谋事如何,伊有将南京眷属送还家乡之议,能照办否？箴兄书院之事尚不甚劳瘁否？得闲仍以静养为要。仲仁得子可喜。果卿补缺事如何？子罩又张罗着些须否？吾家现在内外居官者,人却不少,贫之一字皆不能免,亦家运使然,忍耐之可也。耆青弟明年海运一席能得着否？怀谷竟尔作古,殊可惋惜！闻其身后甚不得了,未知同寅代其设法否？永斋厘局办理如何？闻林汇川已调优卡,老运亨通,可喜！小溪补缺事能定准否？伊京饷差能辞却否？万小庭现已至宝否？闻渠腰缠甚厚,各有福命,毋相羡也。京内近无甚事,自朱侍御降职后,言路愈塞。兄得过且过,聊借此一官以养老而已。七月间转科名次打第十,自八月至今不足五十天,超至打五了,放选三人,丁忧一人,道班头上丁一人。亦可算疏通已极。出差之谣不知从何而来,各处亲友皆纷纷信询,殊可笑也。长孺现在籍医,每天进几吊现钱零用。子听须在外挣点钱贴之方好。孝侯教官已捐足大花样,得缺仍在三四年后方有望。黄卓人已交卸回省署了,半年未至赔累即为万幸,其缺本太瘠也。小兰现赴武清放赈,召补东安信,尚未见明文。迎儿已回东省,同乡在京者均安平。现又哄着要在举场添一试馆,已发信各省,未知能办得成否？兹由孝侯南旋,匆匆泐此,附去九月报本,照入。

十一月初二日(11月27日)　辛卯　早落小雨数点有雪花　午后放晴

万小亭招午酌,同席朱曼伯观察,程悦甫刺史,沈云生明府,鲍会之茂才。

十一月初三日(11月28日)　壬辰　阴雨

方东卿自高塘寺来,云已分有场基一块,计折亩一亩零,合小亩三亩八分。其场地紧与宗在华场地相连。又其屋后有地一亩八分,亦是折亩二,共计地二亩八分零,合小亩作十亩地。拟求售留价要五六十千之谱。又高塘寺佃方保诚同来,因坟前大路谢志远家仍然来往,禀知转饬不准走此条路,渠连年不佳,耕牛亦卖了,欲求薄赏等语,并无别意也。

收汪圻青同年讣文,生于道光九年己丑十月初三日寅时,卒于光绪十二年丙戌八月十六日戌时,年五十八岁,子瑞。曾崑,高慈。

收子覃十二弟十月十九日自合肥来函,录后:

五兄大人尊前安启,两上安函,未聆教谕,五衷倦念,寸墨难宣。敬维提躬笃祜,履祉增绥为颂。弟前在扬曾聆伯兄言及吾兄服阕入觐,翘企荣升,先为预祝。弟勉力就职,借此谋生,两手空空,尚需拉补。前蒙芰六兄并长孺侄通融之外,尚有担承之项。来岁有要归赵,暂时可以从缓者,缘弟之生意年终期满,经营数纪,尚有生色,俟结账后可以分偿京账。但目下限期已逾,万不可过为耽搁。弟迫于赴省,奈囊橐空虚,意欲肃禀吾兄,祈通融若干,为之一援。因相距甚远,恐来往书函致多转折,伏思吾兄乐于从众,看伯兄、芰兄、长孺、寿伯侄皆有通融,吾兄友爱素著,应亦有分赠之雅,非弟之过为厚望,揆之于理,谅亦有意不容辞者矣。故弟先为变通办理,并将吾兄今年所得之租作为通融,以济眉急。前已售去,仅得青蚨七十番之谱,暂作川资,免得吾兄日后寄赠,又多汇兑之费,不亦两全其美乎? 肃此禀达,恭请福安,即希恕鉴。十二弟濬涣谨禀。

十一月初四日(11月29日) 癸巳 晴

杜叔秋自扬州旋,来见。汪敬之来谈。

方东卿午后回高塘寺,送其布马褂一件,足钱四千文,与方保诚佃同去,外在宝应饭店住,日四百文亦归账房开销。

十一月初五日(11月30日) 甲午 晴

花翎盐运使衔江苏候补知府、前泰州知州程悦甫遵道禀见。

命儿辈往看郭辅臣病,并向其通融若干。辅臣允稍迟几天代为办理。

儿辈致子箴大兄禀,照录于后:

大伯父大人尊前,敬禀者:上月杪接许乃五来函,忽言十二叔将筠心堂分给父亲名下,公租售去百石。昨又接十二叔信,信中语多枝离,未便呈父亲阅看。兹照录呈上,但思此租曾有要款抵用,溯自今春十三叔私卖之后,已函致乃五,饬其看管,不得任听他卖去。且此项公租自十一叔交出,即由父亲转求伯父代为照料,数年以来并无此等花样。今十二叔又蹈十三叔故辙,而乃五竟听其所为,此咎谁诿。侄等处诸叔间情礼兼尽,而两叔如此施为,年复一年,势必致禀明尊长理论。刻下需款甚殷。已泐函致乃五,令其赶速缴出,无论何人所卖,而经手之责难辞,否则父亲知道又要生气也。用持禀知伯父大人,务乞转饬乃五照数赔缴,以警将来。至以后租收应仍求伯父照管收入堆房,似较妥当,并祈谕示为叩。父亲拟赴扬州与伯父小聚,天气渐寒,未卜能成行否。肃此恭敬福安。侄男制臻喜、臻喆、臻壹谨禀。

十一月初六日(12月1日) 乙未 晴

本日,宝应县知县杜生叔秋,带领新进前十名文生:耿庆生,字璧兰,院首;顾文林,字蔚斋,府首;邹乃煊,字振之,县首;芮昌龄,字锡纯;王赓荣,字尧臣;芮昌五,字云樵;王云卿,字书五;乔惟金,字励川,八位来谒见予,备三席,两桌留诸新贵,在西厢厅小集,属杨筱园、问孚先、王鹏九并臻、喆陪之。叔秋则邀至梅谬与予同酌,汪敬之、吴婿、三儿、四女均在座,戌刻散。

接果卿三侄初四日来禀,寄来贵学台取入定远县学文生名次单,照录于后,丙戌岁考:

许焕荣	武世琳	方燕申县学	方燕年县学	张琦毓
汪德崇	李永绪	陈启昆	葛毓芝	施维棹
方臻谖县学	刘长春	方肇樾县学	江葆光	何维棠
程锡长	林维翰	庞兆楠	武海章	杭克临

王培元　　　钮树毓　何维桓

十一月初七日（12月2日）　丙申　晴

约汪敬之在梅谚午饭。饭毕，偕予并青芝、小园到迩明家小坐。有刘恒者来拜，据称是刘仲良之侄，新捐江西同知。卢升糊糊涂涂的请问师邗会之，既无跟役，又未衣冠，仅穿背心，其为假冒可知，不理可也。

十一月初八日（12月3日）　丁酉　阴

吴婿、大儿、三儿到万小亭家午饭。

十一月初九日（12月4日）　戊戌　晴

汪吕公请予午饭，同席筱园、子坚、迩明、纶辉。

回拜程悦甫、陈致远，均未晤。

接杨学洪自金陵来信，谢送伊母祭幛。

十一月初十日（12月5日）　己亥　晴　阴雨

万小亭来谈，并云皖抚陈六舟中丞将来过宝，安徽同乡拟备席公请。此系六翁婿朱房山之意，先来知照。

致子祥二兄信：

　　果卿侄来禀，知燕申、燕年两侄孙入泮之喜。历溯吾家兄弟同案入泮者，芸圃、佩君两叔，晴溪、邻泗两兄，同治年间喆、喜两兄。今又申年、济美，四代兄弟同入泮宫，亦可传为佳话。弟上月释服，出处未能遽定，年内拟到扬州消遣。果卿月前来宝一叙，渠补缺尚遥，静以待之为是。

覆果卿三侄信，无事不录。

致王克斋观察信：

　　克斋仁兄姻大人阁下，暌隔丰仪，莫亲馨欬，每怀芝范，时切葭思，即维鼎祉凝禧，履祺佳旺，引詹矛绣，式洽蚁忱。弟蓬庵息影，乏善可陈，幸贱躯一是粗适，堪慰绮怀。舍亲孙稼生兄眷属现自宝应起程，过闸渡湖回寿。正值隆冬冰冻之时，沿途恐有阻滞，乞弟代向阁下借一炮船护送，为此函恳，如蒙慨允，兄即祈派定,在浦守候为祝。琐渎清神,不安之至。专泐,即请台安。

致孙稼生信:

　　稼生姨兄亲家同年大人阁下,十月廿八日曾泐慰函,谅邀丙照。入冬以来,遥想动定绥和为慰。弟息影安宜,无善足述,年内尚拟到扬州一行。屡躯尚适,寓中均各安好,堪纾远念。尊斋归来,晤面一次,现与伯沅、希曾等同阵回寿。正值隆冬之时,沿途恐有阻滞,弟已函致克斋兄为其借一炮船护送前去。宝应各事及弟之近况询渠自详,毋庸赘述。万小亭安居于此,时常晤面。朱曼伯已动身北上。郭辅臣得气阻之证,现已医治就痊。心如家三侄女之患,诸多缠手,青芝在宝一月为其医治,业已霍然。子篪兄精神尚好,屡有信来问兄消息,甚记念也。此请礼安,不备。

儿辈致果卿侄信,照录于后:

　　启者,老人家起服一事,现在宝应县呈报转详仿照本地朱曼伯、上元温葆琛之子山东知府丁忧起服请咨例,即由该县径详江苏抚院,给咨文赴部引见。另外分咨广东、安徽吏科,较由本府藩司递详最为捷便。但抚房必须有人关照,敢祈兄托妥实人在苏代为料理,是否应点缀若干,望兄酌示遵行,此事不宜缓也,至切至要。

　　再启者,老人家起服之事,径详抚院者不过取其捷速,而藩房府房仍不能置之不理,盖因咨文系由藩府两处转县,不然藩房府房又要拖延。且朱曼伯是本籍人,径详我处是寄籍,恐其挑剔,办事不得不老到。藩房已托人招呼,惟抚府两处即祈吾兄代为料理,前次报丁忧是武巨川经手,府房所包每处十二元。不过仿照此例,上下总宜快速为是,拜托拜托。

十一月十一日(12月6日) 庚子 晴

杨小园早茶后登舟往清江,向许乐泉、杨琴舫两处取利。

致许乐泉信,录后:

乐泉仁兄亲家大人阁下，别来匝月，驰慕良深，遥维起处绥和为颂。弟一是如恒，寓中托福粗适，堪纾远念。兹乘敝友杨小园兄因事来浦之便，顺泐数行，奉候起居。敝处存项自四月起至十二月止八个月，应付利息照数统交小园携回，以便应用为感。浦上近有新闻否？此请升安。乡愚弟○○○顿首。

致杨琴舫信：

琴舫贤表侄足下。（稿同上。）愚表叔○○○顿首。

接乐泉来信云：

昨得电报，寿春镇郭宝昌开缺养亲，其缺，奉旨着韩晋昌补拨。

十一月十二日（12月7日） 辛丑 晴 大雪

致子箴大兄第二十五号信，录后：

子箴大兄大人尊前，十月廿五日寄上第廿四号安信。廿八日接到十八号手示，备悉种种。田君一节，昨果卿来云可以数十番了之，鄙意觉其不然，今果赠以二百金，卅年交谊，聊以为报，彼亦当原谅也。冯宅完姻自系正派，记得三岁已提款办过，今番似不致再费。二儿派海运差，须赴津门一行，虽不贴本，而所入仅供路用。且近票停保，甚为无味。昨纛老函致二儿，令其在宝应守候，渠月初即赴沪局小住一二日，即携幼子质官返宝应，约计月半前后必晤面。如二儿年内不到局，则所省多矣。稼兄自筱漪亡后，账目仍然未清，现全眷返寿，再为设法，花费不能计数。上海之款化为乌有，此间所存不过数竿，不意其老来依旧吃苦，为之浩叹。筱漪眷属已定本月初间自京南归。文年来信，又要赴湖南了，聪明误用与武巨川同，奈之何哉！臻鹏寄我一函，内称"先严"款署"棘人方○○"，如此秀才，尚何说之有！凤阳岁考申年同捷谒橛亦高标，可喜之至。六侄不日必过八宝也。杜生叔秋云在扬谒见吾兄，精神康泰，伊屈指同榜，父执落落晨星，吾兄实鲁殿灵光矣。初六日携其门生八人来见。前十名取进八名,盛哉! 待以两筵,亦属佳话。老青治病已四十日,须病者霍然方能买棹。此老别是一家,此次既非大财,又受辛苦,技之累人若此。燮臣来书令我出游,姑觅一馆一差以为出山地步,殊不知白头老妇断不思再理镜台,而其意甚殷,且作书致九公,昔汤临川覆李三才书曰:"身与诸公比肩,事主老而为客,实所不能。"今燮哥欲以客待,弟既无临川高尚,又恐画饼难成。刻下青芝诸君劝驾再三,拟月内买舟过扬,赴江宁晤豹岑商之,兄以为然否?日内尚盼翥老来,若二儿出门,弟不得不看家也。吴婿只可闭户读书,谋事迄无一得,亦运气使然。朱曼伯忽显忽藏,昨已北上,并未辞行,不解何故。弟挽仲珊侄婿一联另纸呈致,令与刘大哥张午哥阅之。刘哥横额已装裱挂之壁间。托询张海柯墓表,未蒙示及,乞命王祜等再为索取,到王访泉家要。拜祷能日内起程,一切晤叙,此请近安。

挽孙侄婿传樾:字仲珊,予兄子箴先生之女夫,又先室孙夫人从侄也。需次江苏,其母夫人尚在堂。予宦京师及道出江西,仲珊时依左右,今年尚小聚金陵七日也。仲珊贤侄灵次,从姑父方○○拜手寄挽。

　　　停云京国,听雪章门,更经话雨秦淮,往事怕重论,老我空挥双眼泪;

　　　湛露鸾纶,观风矛绣,正展凌霄鹏翼,降年胡不永,知君难忘七旬亲。

接孙仲珊讣文:生于道光十九年八月初二日辰时,卒于光绪十二年十月十六日酉时。子多鑫、多垓、多垚、多森、多坦、多钰。

　　新补海州直隶州知州怀远杨和斋表兄,朝铎奉饬知赴任,来见予,随即答拜,并下帖请其明日午饭,伊急于开舟,辞谢。

十一月十三日(12 月 8 日)　壬寅　晴

　　三儿到宝兴看郭辅臣病,辅臣假我足大钱六百串,言明按月八厘行息,期至明年二月归还。由三儿立字交辅臣收执,金鹤洲经手,先付四百串,年底再付二百串,此记。瑞姑娘来说,乔四全家又来胡闹,属王鹏九调处。

十一月十四日（12月9日）　癸卯　晴

接郜荻洲观察信，照录于后：

　　　　子严仁兄同年大人阁下，久别枌晖，未亲梓范，辰维履祺佳胜，潭福增绥，至以为颂。弟秣陵滞迹，蔗境稀逢。舍下租稻被李少西脱骗一事，前番旋从在宁承蒙垂问，已经发官，自当听候公办。秋间家人禀催而发，乃并不严追，仅批再讯，似犹有踌躇不决于其间者，然犹望其速讯也。昨接管事人来信，云李少西之兄近又出头扳扯：舍佺孙肇元禀请传讯，而县中亦如禀批示，有候饬传质讯察夺之语，夫此稻倘有舍佺孙变卖，将李姓顶缸，从前舍佺孙在宝时，伊何不申诉，迟至今日舍佺孙抱病回里，忽然幻出此层。其为混行扳扯，希图透卸，显而易见，况搜出稻条，乃伊与卢姓信件久粘在卷，证据已确乎！李少西前既取条保在外，后又任意扳扯，人言彼之神通广大，弟殊不信。同乡有劝弟将此款捐充善举者，其言亦觉有理，但仍须官为力迫。奉恳老兄代致杜大令，先与熟商，伊共空稻九百余石，即照花账冲除，亦应缴稻五百石，追出之后情愿拨入善堂。即不能如数，亦必作五百石说话，方得下去，如能允办，再行具禀，有赘清神，容当面谢，专此，敬请台安。年愚弟郜云鹄顿首。

十一月十五日（12月10日）　甲辰　晴

瑾如由袁浦赴扬来见，送其祖母奠仪英洋二元，交其手收。

研卿六佺带其两子燕申、燕年由凤阳旋来见，呈阅院试文章，送予面斤糕、绍兴饼、白面、石榴，留渠等小住一日。

给申年贺仪英洋八元。

汪敬之、迩明佺均在梅谿晚饭，谈乔家事也。

杜生叔秋送予礼物四色，领其补服活计给代属一元，捧合子人二百文。

杨小园自袁浦旋，送予山楂糕、吊炉鸭。

接许乐泉覆信云：

嘱咐之利自四月起至十二月止，应得利一百九十二两。今已照付交杨小翁手带上，望查收云云。

接杨琴舫覆信云：

承谕一节，侄亲赴埧所，有自四月份起至十二月份止计八个月，共银一百廿八两，面交杨小翁转呈，即希查收。小翁另谈一节，已转致前途。据云届时现成，所需之盐刻送上四十斤，外家乡麦糯一小包，即祈哂存是幸。

林筱溪妹倩子介僖进学，送来喜报。

十一月十六日(12月11日) 乙巳 晴

接楙生三侄十月十八日自寿州来信云：

前接揖弟来函，知嘱办文书早经详院阅，抚宪已有咨文到宝矣。次弟文书年余未见驳回，想亦到部，侄已专函致倪纫秋，托其到省问明文书何日达部，随后禀知。

书卿来信，言及省费尚未筹出，侄现函催，将此款亟速办齐寄交为是。侄媳现患白带，日见况重，医云气血两亏，需服燕窝，祈赏赐若干，交迩明哥递寿为感。

杜生叔秋来见，茶话两刻。

孙伯沅来回乔四胡闹。

十一月十七日(12月12日) 丙午 晴

接星舫四弟谢函，照录于后：

五兄大人座右，月之十二日由汪树丹仆人张姓送到手书，备蒙心注，承惠寄代楮本洋四元，当率诸侄叩领，情真谊渥，感逮没存，恭谂褆祉吉祥，远怀藉慰。弟家居奉母，善状毫无。稿事较胜往年，生意犹嫌淡薄。人多累重，支绌时形。七弟以盐员需次山东，屡办河工，难邀内奖，以格于新章之故，现致府经仍当河工差事，不知能希寸进否？吾兄大人服阕后，祈早日赴都候简，柏翠薇红，升阶指顾，是寸私所切祷者耳。大兄停榇宅中，年内应

可出殡。知念附陈，肃此。祗谢鸿施，敬请福安。四弟期汝谟谨
禀，诸侄侍叩，慈亲命笔遵念。十月十四日汪树丹带回。

接果卿三侄禀云：

初八日往接新任宁藩许仙屏方伯，见面谈到叔父年谊，方伯
殷殷垂问，并问何时出山，又说己亥有年谊。次日到扬州，方伯
拜大伯父，谈到侄蒙其奖许。叔父服阕请咨一节，须知照院府两
吏房已另达摄弟矣。侄拟十九日登舟北来，过宝应时，一切面
禀。望日自扬州发。

乔植来见，长跪不起，予晓以大义，嘱杨小园、问孚先、迳明侄等
向孙伯沅说合，给其四十元了之。

孙希曾由上海旋，来见。

十一月十八日（12 月 13 日）　丁未　阴　晚雨一阵

孙伯沅来辞行，旋寿州。

接王克斋观察覆信，照录于后：

五兄姻大人阁下，顷奉藻函，宛亲枨度，寸衷欣慰，莫可名
宣。敬谂履祉绥祥，潭祺安吉，引詹之下式洽颂私。承示孙稼翁
眷属回寿需用炮船随护，遵即派拨一号在浦守候，俟其眷船到
此，即行随往。弟于役如恒，愧无建立，幸交冬陆运，诸称平顺，
差抒锦注耳。肃复，敬请台安，惟祈荃照不一。姻愚弟王翚翎顿
首。十五日。

十一月十九日（12 月 14 日）　戊申　晴

约万翰臣、万仲循、孙伯沅、孙萼斋、孙希曾、孙衍芹午饭，令三儿
与吴婿陪之。

汪树丹由凤阳旋，送我豇豆、绿豆、白面、石榴、桥尾。

十一月二十日（12 月 15 日）　己酉　晴

接书卿侄禀，照录于后：

敬禀者，今岁年成大熟，班九圩二季分收各粮一百一二十
石。因无出路，粮价太贱，至去岁所存之粮售出各处，汇兑早已

乌有。丁艰之费,棚生三哥在桥嘱侄兑洋六十元。八月间倪佩兰来信云,抚藩两房不肯,又加付本洋十二元,计共付七十二元。至催讨房租,一时难以凑足,不得已将小麦黄豆卖去归此款项。研卿月初到桥,接揖赵信传五妹谕,送研卿两子考费本洋十元,当即兑付。余无多事。十月廿九日自炉桥发。

给棚生三侄官燕三两二钱,由儿辈渤函,托孙伯沅昆仲带至寿州转交。

杜生叔秋来见,禀知部荻洲观察控李宗菜卖稻一案,月之十三日提讯,李宗菜责手板二十,押坐班房,勒令速缴。乃李宗菜因两手空空,于十八日吞服烟膏,欲以命抵偿,当饬差灌救过来。十九日覆讯李宗菜并其父李长庚,情愿将田四十亩合价一百二十千,先将契据缴案作抵。外尚有欠票一并缴案,求恩当望具结。杜生录堂供堂断呈阅,堂谕断令缴还部公馆稻子五百石,先将田契呈案备抵,余项派差协催,限二十天缴清云云。查李宗菜实空部厫九百石,后以花账搪塞只空五百石,其中尚有部荻翁之侄孙肇元同卖等情,势难追究。此案系前任何耀良未了之事,荻翁托予转致杜生,如此结局当算是好场面。晚间命三儿告知沈云生,因云生乃荻翁门生,亦曾谆托我也。

十一月二十一日(12月16日) 庚戌 晴

孙心如送沈青芝医敬二百元。闻今日兑清。

沈青翁备菜请予午酌,汪敬之、逊明、小园、子坚等均在座。

乔子洋乃兄昨日七十正寿开贺,送大票一张。

丙戌科翰林刘启襄、进士刘启彤开贺,送英洋四元。

郭瀛槎令堂凌氏仙逝,送蓝呢祭幛,由郭辅臣转交。

致孙仲珊老太太信,照录于后方氏:

　　大姊大人尊览,今岁夏间过扬,往候未值,即三侄亦未见着。到南京与仲珊小聚七日,适足疾复发,匆匆回宝,过扬时亲友概未往拜也。每于邗上人来,询知姊身体康健,深以为慰。昨接子箴大兄信,惊悉仲珊旧疾已除,又偶感风寒,竟尔不起,闻之殊为扼腕。回忆弟官京师,以及外放岭南道过江西,仲珊时依左右,而弟于渠兄弟中独爱仲珊尤甚。满冀其奋志名场,不意遽终于此,然修短有数,莫可如何。吾姊大人年逾七旬,猝遭此变,懊恼自不待言,尚望培养精神,强自排遣,勿过伤怀,是所切祷。弟远隔一江,未能抚棺一哭,兹撰就挽联一副,并托吴畏斋亲家代备祭席一筵,聊伸私悃而已。弟年内尚拟到扬州一行,如果吾姊在邗尚可晤叙也。特此布慰,敬请寿安,不具。三俺暨诸外孙辈均此致慰,不另。族弟○○顿首。

果卿三俺赴袁浦为卢艺圃漕帅祝寿,十一月廿八生日。过宝应来见,留其小住两天,渠送我长寿糖一包。

十一月二十二日(12月17日)　辛亥　晴

果卿、迩明两俺,沈青芝兄、杨小园兄,竟日在梅谣陪予闲谈。

接静峰二弟十六日自金陵来信云:

> 前月廿六日父亲寿辰,弟往石港叩祝。惟石港实缺,常君年内即须到任,父亲亏累颇重,奈何奈何? 新任许藩宪十八日接篆,弟现来金陵谒见,小有耽搁,即回瓜埠供差矣。

接霭卿大弟信,照录于后:

> 五哥大人尊览,前者子坚俺婿过此,与伯相所叙各情,想已面禀。迩来周玉山观察因洋药税缠,部奏参难,伯相为之解释,事难平复,恐难相安。拟于封印前呈请开缺。袁子久观察现病风痰。潘梅园观察有调京办械器局之说。伯相左右办洋务者,人位寥寥。兄如开春北来,恰好机会,先到天津于北洋就得一事。天津密迩京城,然必须后徐徐布置入觐之计。弟意见若此,未知兄意以为何如? 弟于今春致官县丞,嗣因捐花样凑款迟误,使捷足者先登。现查补缺名次须在一二年之间,拟来年二月南旋。伯相有回省过年之说,尚未定也。函此敬请福安。弟泽椿谨禀。

十一月二十三日(12月18日)　壬子　晴

蓍青十九哥由上海来谈,留在梅谣晚餐。

二儿为予在苏州定织连升补服外褂一件，甚好。

翥青十九哥送予蓝洋绉面鸭鹜套裤一双，龙井茶两瓶。

十一月二十四日(12月19日) 癸丑 晴

偕小园、迩明往十九兄寓小坐，回寓午饭，检点行装。

汪树丹并颂臣侄之子来见。

上太子太傅文华殿大学士直隶爵督部堂李中堂鸿章：

敬禀者，窃职道久暌钧海，时切驰思，祇以鲜淑可陈，未便以俚牍芜言上烦宪听，而寸衷耿耿，莫可言宣。恭维宫太傅伯中堂勋隆韩范，望重粉榆，固三辅之金汤，迓九重之玉绶，引詹钧阁，莫馨饔轩。职道羝诗罢诵，跑落宽闲，溯自岭海归来，寄处安宜，倏经七载，囊中所蓄，久经羞涩无存，而宿累多多，时觉抱惭负负。虽年华未迈，尚可服官，奈远道长安，措资匪易。蓬庐闲处，实有进退维谷之情，素荷关垂，故敢言情略分，近闻幕府需员，或能俯赐栽培，俾驽骀下质常隶仁帡，亦私衷所企叩者也。职婿吴兆毅昨自金陵来寓，据述在津叩谒时，见伯中堂精神康泰，下惘弥欣，并蒙询及职道近状，尤深感泐。宝应自华县中丞归道山后，晨星落落。近日稼生廉使又携眷回寿，益觉独处一隅，奋飞不得耳。二儿臻喜以候选教谕，经江苏督粮成道委派海运绅董，稍有薪水借以补苴，来春须航海赴津。知厪宪怀，谨以附及，肃禀恭叩钧绥，伏乞垂鉴，职道○○谨禀。

覆霭卿大弟信，附后：

霭卿大弟如握，十一月廿二日由静峰弟加封递到来书，得悉一切，就谂公私适顺为慰。兄历碌如恒，服阕后本不作出山之想，奈以家累甚重，非谋一事不可。现拟日内到扬州南京一行，如能在南边得一书院，或盐务洋务各事均妙。否则俟开春再赴北洋，与伯相商酌。远承吾弟关切，届时当先有函达也。六叔大人代庖石港计经一载，现已交卸，闻此缺为脊苦之区，无多进项。至静峰弟，新调瓜埠缉私较保甲稍胜一筹，带有书来。箴兄在扬

精神甚健。吴婿现在兄寓读书,近来外间谋事甚不容易。二儿
奉江苏成粮道札委海运津通绅董,明春北上。外附来上伯相禀
一折,望吾弟代投,如谒见时伯相是何口气,即速详细寄来,勿畏
搦管也。此问近祉,五兄手泐。

十一月二十五日(12 月 20 日)　甲寅　晴　早南风旋转东北风小

沈青翁昨晚在舟中住宿。予于本日午刻登舟。王鹏九、杨小园、
问孚先诸君,吴婿兆毅、喆、喜、壹三儿子、幼女兆萱、莱官、爽官两孙,
粤官孙女,均来船,小话片时即扬帆,酉正抵界首驿泊。

附记各小孩年庚:

兆萱	光绪甲申年二月初二日亥时。
燕翾	光绪庚辰年十二月十七日子时。
燕翻	光绪壬午年九月二十四日酉时。
燕翃	光绪乙酉年五月二十日子时。
肇官	同治癸酉年七月十二日辰时。
棣官	光绪丙子年正月十五日戌时。
泷官	光绪丁丑年二月初二日未时。
粤官	光绪己卯年七月十四日寅时。
竺官	光绪壬午年十月十六日申时。
箓官	光绪乙酉年三月初九日寅时。

十一月二十六日(12 月 21 日)　乙卯　晴暖

卯正开船,戌正至邵伯镇,泊界首,至高邮州六十里。高邮至车
逻十五里,车逻至露筋初十八里,露筋初至邵伯三十三里,计程一百
二十六里。本日东北风,东大北小,尚顺当也。

十一月廿七日(12 月 22 日)　丙辰　晴　冬至

东北风巳初抵扬州东关泊。

子坚家信,并另致瓜埠静峰信,均发交亿大局,即行分寄。

午刻至安定书院晤子箴兄,精神甚旺。吕叔梅已自德化回,并晤
雨人八弟。瑾如侄孙,仲仁、八九等送子箴兄桥面茶、界首酱小菜、豆

腐干均交讫。又送五侄女乳名东姐添箱礼八色。

本日，李韵亭培松作消寒会，请予入席。同席者，子箴兄、刘树君、张午桥、黄子鸿、晏玮卿、何老二、□琴商、钱平甫诸君。韵亭之弟维之末陪。散后至树君、午桥两家致候。

至老先生寓晤师太。袁老四亦来。十九兄亦自宝应来。茶毕，偕十九兄至子箴兄书院晚饭，燕卿亦至，一桌九人。戌正回船。许性存来。又与十九兄谈至亥正后始散。

今日，燕卿、瑾如到舟中，予未回也。

十一月廿八日（12月23日） 丁巳 晴

候何芷舢、许静夫均，未晤。

至湾子街见伯融侄孙妇等，并三多、川官姊妹。

晤宋艾衫、陆静溪。所汇只允七厘，并云张蔼卿廿五已赴南京。

沈青翁邀同许性存、袁楚椿、吕叔梅及燕卿侄至醉仙居小酌，用钱二千二百文。

晚在子箴兄寓，同午桥、子鸿、雨人、瑾如、仲仁等晚餐。戌刻归船。

午桥、子鸿、静溪、静夫均来船，未晤。

用青芝洋蚨六元，送八九两元，仲仁小孩二元，叔梅小孩二元。青芝将此款带至怀中，行路遗失。另备六元，只可予认账开支。

伯融侄孙妇送来点心三合：□□饼八件、糖四包：酥片、董糖。

十一月廿九日（12月24日） 戊午 晴

寄儿女书云：

廿七抵扬，定初一赴金陵，蔼卿廿五亦赴金陵。静溪已晤，只肯七厘钱。午桥有约，来春另交。午翁即郭项亦在内，袁四适在此买物，交他办理。吴四爷薪水只银八两，王□云许师爷扣去武巨帮费五两，下余换票，无从带往程姓处，云吴四爷薪水尚须三四天方领。瑾如之父讨文，并未带来，可笑已极。十九爷廿八赴沪。吴老七馆地，他与大老爷商酌，不用守信。面找袁梁兄并栓侄装贤云云。

赴子箴兄书院。闻刘少途又来,趋而避之,刘去,与箴兄、静夫、性存坐谈片晌。

青芝在寓,有镇江人田姓婆媳来告侬助。青芝昔作客时,田曾照应,青芝念旧,送以洋蚨十元,以为卒岁之赀。

借老先生洋共五十元。备六元在外。

隆慧留予午饭,六大碗、四小碗、八碟,清酒一壶,荤素兼陈,颇有味。

薛姓小孩名三十孩,杨小园、吴子坚及二儿等为之说在汪典学习生意,言定明年四月到典。本日青芝命三十孩叩谢。三十孩,隆慧之戚也。

性存、叔梅送予开舟。

戌初,住三汊河。二十里。

十二月初一日(12月25日)　己未　早阴微日　竟日倏阴倏晴

辰初,自三汊河开行,酉正至私盐沟泊。共六十里。

心绪梦然,诚占两数特记于后:

"一帆风顺及时扬,稳度鲸川万里航。若到帆随湘转处,下坡骏马早收缰。"牙牌数。

"十日滩头坐,一日过九滩。东风须借力,人事自完全。"吕祖签。

十二月初二日(12月26日)　庚申　晴

西风,不能开行,兀坐舟中,百端交集,作《赠倪豹岑同年七律》二章,附记于后:

乞归小隐石头城,二水三山远近迎。

早署凤樵期志遂,不听蛮语便心清。

桂林囊橐惟诗稿,荆楚□堤有政声。

闻道朝廷资燮理,未容蓑笠事春耕。

豹岑自号九凤山樵,所著《两强勉斋诗集》刊于桂林。

老我频年白发催，偶摇短楫过江来。

云孤几平被风吹散，灰冷难教豆爆开。

诵到蓼莪空抱恨，话将荆布共含哀。豹岑与予先后悼亡。

多君爱护东篱菊，为是陶潜一手栽。谓同受知罗文恪公。

曾老汉，船户也，呈扬州至江宁路程单：

扬州东关，二十里；三汊河，二十里；瓜洲，三十里；十二圩，十里；私盐沟，十里；沙漫洲，二十里；大河口即东沟，二十五里；划子口，三十里；观音门，二十里，下关。

十二月初三日（12月27日）　辛酉　晴

西风稍兼北风，未初二刻西风稍小，舟子负纤开行三十里至大河口泊。未至大河口时船搁浅，两水手上岸负纤，不能登舟，杜许两价各持篙橹尽力协助。曾老汉赤身立水际推移，忽陷泥淖中，几至过顶。幸各持竹篙夹之，老汉手得竹篙方攀援而上，险极矣。此行江面本不应坐爬竿船，因老汉伺候多年，且其妻赴寓力请坐伊船过江，予依违其间，遂尔受惊不小。老翁何所求而冒危险若此耶？

十二月初四日（12月28日）　壬戌　晴

西风不顺，未开舟。

十二月初五日（12月29日）　癸亥　晴

辰刻东南风，扬帆而行，旋换东北风，忽又西风。下晚又东南风，酉正抵下关泊，计行七十五里。

十二月初六日（12月30日）　甲子　晴

早晨抵水西门，肩舆入城，至新廊吴畏翁家，其五令郎八令郎均见，留午餐。送畏翁藕粉八匣，点心二匣，桥尾一对，白干酒十斤。又送吴彦孙之儿子芹生，今年三岁。两圆洋钱。饭后静峰弟自瓜埠来至畏翁处，予先赴豹岑同年家拜晤未回，其家人云明日巳刻登舟北上，予只得回舟守候矣。晚约静峰同饭畅谈，至亥正后静峰归船，予亦倦而思卧矣。此行节节不适意，运气使然，无足怪也。命舟子开至旱西门泊。

孙仲山内侄挽联并祭席二圆，均托彦孙致送。

十二月初七日(12月31日)　乙丑　阴偶晴

巳刻,晤豹翁于舟,约同行,送至清江,旋开船至下关。吴彦孙来,留舟中午饭。到下关彦孙辞,骑马进城。豹翁二舟予一舟,用大火轮船拖带,东风太大,行一百八十里抵瓜洲泊。谦初二弟在予舟畅谈一日,晚与谦初同饭,又到豹翁舟中谈至亥正各散。豹翁之长子莱山,吾家和斋明经旭均晤面。

遣人至吴朝杰总戎署,询问小轮船,据云伊处无有。

谦初请予致书成月坪,向苏抚乞洋务局,信未录。

十二月初八日(1887年1月1日)　丙寅　晴

午正后抵扬州,寄宝应信。告知与豹翁同行。

至子箴兄书院。本日,五侄女于归冯氏,刘树君、张午桥、黄子鸿,家镜甫子颖次子。作大宾,果卿仲仁两侄送亲冯宅。许静夫、宋艾衫、郑申甫、周芝舫先生侄孙婿,盐大使,慈溪人。凌楷山、万秋圃、徐圣秋、雨人、仁甫、秀生等均在坐。

嘱燕卿买各件均齐。各件登入路用账内,又买小孩首饰各件。

在箴兄处晚饭后,至观音庵晤青芝、隆慧师太。

亥初回舟,与豹翁、和斋、莱山谈至子正二刻方睡。

送午桥、树君及子箴兄、燕卿侄、伯融侄孙妇等瓢儿菜、芹菜。

隆慧师太送兆萱:榴开见子羊角灯,湘莲一合,贡枣一合,葛粉一合,青豆一合,香椿二瓶,菜花二瓶,莱菔干二瓶,桂花糖二瓶。

十二月初九日(1月2日)　丁卯　晴

沈青翁送龙井茶四瓶,火腿一条。

午刻,子箴兄属陪豹岑中丞便酌,同席程尚斋、赵小溪、刘树君、张午桥、何芷舠。西初散。

晚,隆慧留饭,青芝、性存、燕卿相陪。

今日,往候尚斋、小溪、万秋圃、凌楷山、吴柏庄、刘俊卿,惟俊卿晤,见其堆《庐州府新志》数百部,索其一部。

亥刻回舟,未晤豹翁,因倦极欲卧也。

篋兄处来价云,太太送五老爷:蛋糕二,核桃酥一,点心三纸合,香肠廿二斤,琵琶鸭一对,小铁丝状元灯笼买十二个,分给诸小孩。赏燕卿侄下人二百文,晚间伺候登舟也。

早,芷舲来舟中小坐。将许性翁名条交芷舲,托其附属尚斋。

尚斋、柏庄来候,均未晤。

十二月初十日(1月3日) 戊辰 早阴晚雪 入夜稍大,次晨视之,约半寸许

东北风不顺,小轮舟拖带而行,豹翁大船搁浅,在六闸暂泊,令飞虎轮舟由六闸回迎。戌初舟与和斋、叔翁舟已至露筋祠,豹翁舟又搁浅,不能同泊,和斋在予舟晚饭。

早谦初来船,立谈数语即别。

十二月十一日(1月4日) 己巳 早阴已后漏日光

豹翁舟来,遂用两轮舟拖三舟行。

昨阅子祥二兄自如皋来书,复予贺其两孙入泮,无他语未录。

昨晤瑾如侄孙,知其乃祖诗文一包已由三儿寄至沈青芝处转交。

燮臣兄致九帅书,与豹翁商酌携至保定,再由豹翁再函寄金陵,计正月必发到也。

酉正泊六漫闸,与豹翁、家和斋、豹翁长郎莱山及王令之澍回晚餐。

戌正后许二雇小划子船至界首,向驿站借一马先赴宝应,子初一刻汤三水手回云,许二已骑马去矣,有马牌夫一人同行。夜雪旋雨。

十二月十二日(1月5日) 庚午 黎明尚微雨,巳刻晴

许二未刻迎至氾水。

西南风,开行,午刻过氾水,转西北风,大而且暴,即轮舟寸出难行。豹岑坐予小舟,用轮舟拖带,亥刻抵宝应。

付系豹岑丙戌仲夏乞病得请,仍奉病痊入觐之命,恭赋纪恩七律一章:

主恩稠叠岁三迁,持节炎荒漫七年。庚辰由粤臬提桂藩,复由

桂抚移粤督,皆未入觐。

　　句漏有砂难却老,越裳无贡费筹边。

　　白狼樂木军前乐,全爵瓴积梦里天。

　　自愧衰庸远被命,此行敢遽赋归田。

退一步斋和韵:

　　一荚祥蓂应序迁,荩臣趋阙祝尧年。

　　鹊炉香霭金阶上,蟾月宵临火树边。

　　琛赍新来重译国,霓裳旧咏大罗天。

　　东山起慰苍生望,种福都凭八识田。

杜叔秋来舟谒豹翁,相接三十里,复在刘家坝预备纤夫,豹翁甚感也。

亥正后抵寓,知儿辈已备两席,明午请豹翁、乔梓及王、方诸公。

十二月十三日(1月6日)　辛未　晴

送和斋四元。儿辈送莱山食物四色。

已刻,豹翁来寓,邀叔秋及万小亭相陪午饭。倪莱山、世熙、家和斋、旭、王鹭洲之澍另在书房一席。午正后登舟开行,夜丑正三刻抵淮关泊。

寄芰塘兄十三号信,录后:交豹翁至京,饬送。

　　十月望寄去十二号函,计早收到。子月朔奉九月卅日十二号函,备悉种种。缘俗冗未暇,是以久未泐报。弟子月廿七到扬晤箴翁,精神尚好,步履总不如前。复到江宁拟与豹翁小聚数日,乃甫到,而豹翁已买舟北上,相晤舟中,同行到扬,现送至袁浦,再回宝应。无意中得多聚,亦一快也,吴婿近况已细达豹老矣。燮翁致沉丈函非不欲早投,缘与沉老交非恒泛,脱一推却,面上太难,昨与豹翁商之,不必自递,俟豹翁抵保定后再加数行,一并封寄,能有关照固佳,否则,亦不着迹相,想尊意必以为然。友朋关切者,知弟境况,敦劝入都,第不知此中为难,情形垂老之年,仰面求人实所不屑。吾兄垂爱甚深,定当有以教我也。伯沅全眷于子月廿日起程返寿，其女之翁乔姓者，又闹得不堪，经弟与迩明说合，又给以四十元，方让乃媳归去。筱漪如君迄未到，仲山逝去，乃堂何以为情，较怀谷尤可悼惜。鬵翁回宝应一行，初一抵沪开局。二儿年内无庸到差，明春必须赴津，托查其头上选缺姓名，望示下为叩。小溪想屡晤谈，何时出都，年底能赶回否？伊沪局之差无甚生色，而补署两难，奈何！奈何！箴翁之五女素平八日于归冯氏，花费又复不少。果卿亦茫无头绪，似不捐花样，尚可从容不迫也。小兰缺本已题否？虎臣在东何若，均念念。宝应寓中上下平安。闻子听在武昌不甚得意。长孺医道能大行否？匆匆不多述。

寄孙燮臣侍郎书：封入芰六兄信内。

子月朔接阅芰翁书，知前布寸缄已邀青及，近谂起处胜常，至以为慰。弟服阕后赴扬州与箴翁盘桓数日，现至袁江送豹岑同年入都，岁事匆匆，即返宝应，承寄沅丈之函汇之匣中，因夏间甫至南京谒见，此番又复前往，恐涉冒昧。昨与豹翁商酌，俟渠到保定时，再加数行一并封递，似较面呈了无痕迹。至谋事之难，各处相等，只可听其自然。厚意殷拳，实深铭感矣。伯沅已偕令姨回寿。筱漪如君至今未到，仲山遽止于此，殊为悼惜。二嫂现回扬寓，老境若是，惟劝其强自排解而已。小溪抵京，想已把晤，未知何时南旋，渠得沪局差，薪水有限，或可望一保奖耳。余详芰翁信内，询之便悉云云。

十二月十四日（1月7日） 壬申 晴

已刻由淮关抵清江码头。

淮关明监督勋差人持帖至袁江道候。

午刻步进安澜门，东门。至中镇街许乐泉大令公馆，留午餐，乐翁两郎芨臣开文、启臣兴文均出见。饭毕，偕芨臣至赵家楼林小溪妹丈处，见蔚如甥，小溪次子。云小溪年内恐未必出京，欲候见李伯相也。茶话许久，至纪家楼元美店晤吕五、乔梓，遂出城别芨臣。归舟，与豹翁畅谈,豹翁以蜜枣两小木桶给诸小孩,徽州屯溪贡枣,可留自食。林蔚如送点心二匣,板鸭一对。

买天禄斋八件饼五斤,枣黄酥四斤,芝麻饼一斤,另大板鸭一对。

十二月十五日(1月8日)　癸酉　晴　南风冷

予卯刻即起,在豹翁船中畅谈。

许乐翁遣兴来。予本拟送豹翁至茶庵,因其改坐轿车赴万绿园,与诸当道拜别即长行。予以山人混迹衣冠中,大可不必,遂在岸上候送,握手依依,惟祝其一路平安也。

豹翁行后,王鹭洲、家和斋、倪莱山均登车,予视其开行即扬帆南下。

管带"飞凫""飞杭"两轮舟把总周德明仪征人,请拖带予舟而行,只好应允,赏舟中水手四番。豹翁有一差官,都可加游击衔,张玉堂,号宝书,寿州教门。其兄某亦保至副将,一路同来,人颇能干,将来可以有为。

午刻至淮关,遣杜喜到明监督勖衙门持帖,起居用示周到之意。

"飞杭"轮船拖带豹翁,下人高容回扬州,予只用其一船。

西初一刻抵宝应,步行登岸。

十二月十六日(1月9日)　甲戌　阴雨

迩明侄来谈。

命儿辈致果卿三侄信,附记于后:

　　　倪豹文初十日自扬州开舟,晚泊邵伯,十一日泊六漫闸,十二晚抵宝应。十三日大早,在退一步斋吃酒毕,即登鼓轮。十四日辰后到袁浦,十五日平明登车北上,并未乘舆。此数日内,老人家已将吾兄近况向其细达。豹丈云,沿途不发信,恐被物议有沿途受请托之语。俟抵保定后,有谢信致许仙丈,再为提及老人家。并向豹丈云信上切不可写请托等语,只说舍亲某人务求时加教训便得。至吾兄行号已开,请交和斋十二太爷。老人家事,豹丈允到保定与傅相商酌,相机而行。老人家于十五日乘轮回寓,因连日劳碌,身体发倦,未便作函,命弟达知也。

十二月十七日(1月10日) 乙亥 阴雨

十二月十八日(1月11日) 丙子 晴

接沈青翁信,寄来朱姨擦手背癣药,又袁四代买鱼翅,先来十二片。

接袁四楚椿信,云:

委办鱼翅十斤共二十四片,分两包寄扬,不料瓜关留下一包,欲报关税,已属该局给几文,日内即可到扬转呈。今先寄一包计十二片,该价英洋十四元,带力二百文,均由沈青翁垫付矣。

致沈青芝信,照录于后:

青芝先生阁下,日前在扬,时领雅教,屡扰郇厨,感泐匪可言喻,近维动定胜常为慰。弟别后初十日泊邵伯,十一日泊六漫闸,十二日抵宝应,十三日请倪帅吃酒毕即登鼓轮,于十四日到袁浦,十五日仍乘轮舟驶回本寓。连日劳碌,疲极,所幸眠食一切安好,堪慰远系。所借尊款本应兑还,奈无妥便,容为寄去可也。手此,即请道安。愚弟顿首。

青翁先生再启,前函缮就,又接手书,并袁楚兄代购鱼翅,只来一包,尚有一包未来。该价十四元,知由兄垫付,感之。兹有恳者,研卿六侄所买宝成楼小孩帽器十八小罗汉,一百文一个,共一千八百文。又寿星金底砝蓝面者,四百余文一个。此二件小姐要买,望兄知照研卿即为办出包好交便,年内寄到,计用洋二元上下即入元。此次十四元内再加两元,统俟账房连前项办齐托妥,便送上归赵不误,所诏耽迟不耽销也,此致不一。

接头品顶戴署理湖广总督裕受山制军覆信:十一月二十日自武昌省发。

子严仁兄大人阁下,顷奉惠缄,备承饰注,感甚就维,祥琴在鼓,礼服将周,行承九陛之恩,式协三迁之庆。临风引跂,积日驰忱。弟忝督兼圻,滋形历陆,幸辖部如恒粗谧。入冬气候暄暖,麦苗畅茁,再得早需祥霙,润布青畴,可期春稔也。承注及之,专泐复候,礼宜借完大版,诸惟爱照,不具。愚弟裕禄顿首。

再诵另笺,就审释服后尚不亟亟出山,承属一节自当为力,惟鄂中局面窘束,无可设筹。拟为函致曾九帅,代恳一谋。两江地大物博,或可暂寄鸾楼也。知系持闻,再请台安。弟又及。

照录崧镇卿中丞致宝应杜令谕:

兵部侍郎兼都察院右副都御史江苏巡抚部院崧,谕宝应县知悉,仰将发来安徽定远县人、二品衔前任广东肇阳罗道方○○,丁母忧服满,就近起服,请咨赴部引见案内咨移文两角,批两张,查收转给领赍,赴都投递,仍取领咨。起程日期详咨毋违,特谕。

光绪十二年十二月十一日

监印官文巡捕同知衔知县用候补县丞吴敦复

照录江苏巡抚发给咨文:吏部一件,吏科一件。

兵部侍郎兼都察院右副都御史江苏巡抚部院崧,为详请给咨事除外,今批给该员领赍后项公文,前赴吏部当台告投候掣批回,送销须至批者。

计赍公文一角封

右批给方○○准此

光绪十二年十二月十一日

巡抚部院押　　　　　　限△日缴

吏科咨文与吏部同,毋庸再录。

十二月十九日(1月12日)　丁丑　寅初飘雪,半刻许即止,竟日浓阴

潘太守学祖,现办河运。来禀见。

午后回拜潘太守未晤,至迩明侄寓茶话,归时已掌灯矣。

接楣生三侄十二月初三日自寿州来禀,照录于后:

敬禀者,侄媳患恙将近半年,延医调治,服药罔效,惨于光绪

十二年十一月二十六日辞世。侄伤感无已，回忆侄年已五十有一，忽遭此变，自怜哀孤，更觉伤心。即命子炳星遵制成服，择期安厝，谨以奉闻。

再禀者，前接揖赵来函，得悉叔父大人有事相商。侄本拟接信后即行起程，讵料遭此变故，不能分身，一俟事毕，定于来年春间束装赴宝应，特此禀闻。

儿辈云许世福和圃六太爷之婿。日前来告助，给其一千文。

十二月二十日(1月13日)　戊寅　阴

宝应县知县杜生法孟来禀，知本日封印道喜。

迩明侄来谈。午后偕小园、迩明往候郭二爷，见其形容消瘦，病仍可虑。茶话两刻回寓。

十二月二十一日(1月14日)　己卯　阴　入夜有雪不大
十二月二十二日(1月15日)　庚辰　阴晴不定　入夜飞雪花几阵

致子箴伯兄第二十六号信，照录于后：

子箴伯兄大人尊前，初九日别后，与豹翁初十日开舟，十二抵宝应，十三早饭毕即开行，夜抵淮关，十四在袁浦耽搁一天，十五豹翁登车北上，未乘轿，期迅速也。因岁事匆匆，弟即于是日用轮舟拖驶旋寓。近日顽躯尚适，寓中一是粗安。起复文书已达部，镇帅复给以入都引见咨文，然一时如何能启程，且从缓再说。好在非限期公事，去与不去均无妨也。谋馆一节悉由豹老经理，到保定时仍与合肥相商。昨受山制军来函，又为弟致书沈丈代其位置，尤可感耳。二儿年内勿庸赴沪开正，必须由沪至津，白受辛苦。闻其可与月弟同行，果尔则省却来往花费矣。小溪由月弟改派津局，大可就近至津候差，此等厚谊实为难得。顷接月坪书，始知之也。芰老无信，伯融亦杳无消息，东道大雪，岂有稽延耶？豹翁颇赞果卿，有一见即知其能干等语。临行属弟致意到保定时，发许仙坪方伯书必为一提。豹翁有《入觐纪恩》七律一章，属兄和韵，并与树君、午桥阅之，弟稿呈览。在浦时得电音,云吴清卿中丞廿四到浦,弟与之不识,大约年内定过扬州也。
闻瑾如返浦度岁,何日动身?叔梅在寓安好,念念。许乐泉匆匆
一晤,留我午餐,叙及友山中丞依然侨居榕垣,其幼郎新进过浦
赴闽。克臣仍在潍县,真不可解矣。余容再布,手奉,上颂年安。
　　许乃五来信,十二爷偷卖稻事,伊经管庄田,尚不肯认错,原信照
录于后,殊可恨也:

　　　　△△尊兄大人安览,顷接奉少爷赐函,捧诵深悉一是。借谂
履祉安康,潭第凝庥,曷胜欣慰。弟再四阻之不住,此即告禀八
太爷暨八爷,仍未能阻住,反与争闹。据云在扬早具信通知,行
期逼近,刻不能缓,何能等候回音?兄弟通融,暂移应急,不致与
弟作难耳。弟疑思各半,是以听脱万难,再阻无住耳。去岁十三
爷售稻,大爷在庐州亦难拦住。帮伙苦衷,更属畏尾,恳祈谅之。
办事不周,务祈原宥体恤,幸甚幸甚。兹值傅贵往扬之便,专此
叩请崇安。三位少爷均此候安。愚弟许乃五顿首。葭月初十日。
接江苏督粮道成月坪观察贺年信,套话不录,再启附后:

　　　　敬再启者,令亲林小溪兄原派沪局差遣,今因津通委员内有
迁动更调者,弟乘此机会,即以小溪兄调委津通局差事,已于前
日具文详院,想不日即当批准矣。知关雅系,用此布达。外有致
小溪兄一函,祈便中转交为荷,手此,再请台安。如弟桂顿首。

十二月二十三日(1月16日)　辛巳

朔风扑面,同云满天,始而碎雪飘荡,继则花飞六出,连阵而下,
入夜愈大。干旱得此,为之快甚。

约汪敬之、迩明侄来吃鸡粥,聚谈竟日。晚间予率儿孙等祀灶,
渠等亦各归家送灶也。

十二月二十四日(1月17日)　壬午

风尖有棱,雪花如掌,已成白战世界,积深三尺,价抵万金,丰年
之兆,可于此卜之矣。

接果卿三侄贺年禀,呈敬董糖酥糖各五斤。禀内云:

起服事扬州府吏需赏不奢，前报丁忧费十六元，现是喜事，又求加增，侄已告知，如加添或仍照十六元，亦无不可。苏抚院友王侃字莲史来信，并抄稿呈阅，如需点缀若干，即由宝应信局递苏交王侃亦可。王侃住苏州府署前善长巷。廿二日自高邮发。

发两湖总督裕受山制军贺年禀一扣，正禀套话不录，再禀照录于后：

敬再禀者，正缮函间，接奉钧覆，祗悉种切，沉圃制军处承赐信函嘘植，足征关爱有加，尤深感泐。倘将来得所位置，皆出自仁帡之赐也。谨此禀谢，再叩钧绥，伏惟垂鉴。职道○又禀。

发江苏粮储道成月坪观察贺年信，套话不录，再启附记于后：

敬再启者，正缮函间，适奉华函，知津通委员内有更调，已将林令之蘅改委津局，足征推分垂青，弥深感泐。现已函致林令，嘱其赶速到差，并勉其谨慎从公，以冀仰副栽培之至意。至台端致林令之函并未接到，想一时忘却，未封入耳。二儿承吾弟体恤，年内无庸来苏，一俟开春，即令其束装到差。余由二儿禀复，外手此，再颂台绥。兄又顿首。

儿辈有信慰椿生三侄，嘱其开正即来宝应。

十二月二十五日(1月18日)　癸未　早间日光偶露,旋又沉阴降雪

接沈青芝廿一来信，寄到代买镀金小罗汉十八个，寿星无现成者，另买圆帽器一个，计英洋二元，青翁代垫。又广东净丝烟十两。计钱二百六十文。

儿辈有信覆许乃五，仍令赔稻，余无话说。

十二月二十六日(1月19日)　甲申　竟日雪花

附录臻喜致芝塘六兄禀：交老福兴润局速寄。

六伯父大人尊前，敬禀者，十月初间林小溪姑丈入都曾泐禀函托其面呈，想早邀钧鉴。两月以来，未接京信，悬念之至。老人家本月十五送倪豹岑丈至袁浦，有第十三号信请豹丈带交，此信到京，当在正初矣。遥维福躬，康健加颂为慰。侄一切如常，寓中自老人家以序均各安好，堪以上纾远念。老人家服阕后，宝应县杜叔秋明府名法孟,丙寅老人家所取总署同文馆教习门生也。过情遵照新近寄籍人员章程办理,由宝应县径详苏抚起服请咨赴部引见,起服文书业已达部。中丞崧公复给以咨文,老人家颇有进退维谷之势,若不出山,家计日窘,年年亏空,如何是好;而进去一趟,所费又自何出? 即使东挪西凑勉此一行,得手好极,倘坐补原缺,广东是不能去,而又累上加累,大非所宜,盘旋至今,竟无善策。记得老人家两次去信,请到部查明道员服满卓异后,乞养开缺、丁忧服阕如赴部引见,应分两次,抑系并案,是何牌子,能免生补否? 至今未得回信,而小溪丈亦知苦衷,许到部设法,尚无消息也。侄思此等咨文虽无限期,亦不能过迟。老人家意可否先将咨文缴部,随后入都,抑报资斧不足请为展限,或另有办法,祈伯父大人即与书吏暗中商酌,早速示知,以便遵行,至切至叩。近窥老人家意,总想在南边得一差使,如淮军后路、粮台之类得点薪水,先行混着,以俟机遇。侄谆劝借债进京,有伯父与燮臣五舅必能代为打算入微,或谋一奏调,或谋一保荐,然后入引,岂不有趣? 花样甚多,不必拘执。吾伯同五舅与老人家素共心腹,断无不帮忙也。豹丈亦殷殷劝驾,允到保定与傅相面商,究不知能有位置否? 其情实可感耳! 侄明年四月满服,闻教谕班次第五,下半年能选缺否? 前曾上禀请查,念念! 绅董一差了无意味,拟二月到津,就便入都谒见伯父,一切自可面陈。闻伯融侄腊月四日出京,尚未见到,大约沿途为雨雪稽延。吾伯必有信交其携带,日来望眼欲穿矣。小溪丈本是沪局,昨成月坪叔来信,以津局人员内有迁动,已将溪丈改委津局。有此一举,将来补署较易。若非老人家谆托,又何能得此? 专肃。恭请福安。侄制○○谨上。

十二月二十七日(1月20日)　乙酉　早阴晚晴

还明侄来谈。

十二月二十八日（1月21日） 丙戌 晴

十二月二十九日（1月22日） 丁亥 大雪缤纷

儿辈有信致林蔚如甥，告知小溪得津局，顷阅蔚如回信，云已电达小溪矣。

海州直隶州知州杨和斋表兄来禀贺年，当即泐函复之。予亲笔批云：全柬一并敬璧，桑梓至戚，何客气乃尔，千万后勿复施。弟谨附顿首。

十二月三十日（1月23日） 戊子 雪较昨日尤大，平地上已积尺许矣

杜生法孟来辞岁，送予咸肉腿一对，绍酒一坛，肉包子一盘，细茶两瓶，全领。给代茶八百文，捐合钱二百文。

送杜生年礼四菜两点心，收去，代茶只给二百大钱。

迩明侄来，与吴婿儿孙辈陪予吃年饭。

分付合公馆不辞岁，不拜年，因儿辈未满其母之服也。

大人帐：

付高、陈二妈妈工钱五元　　付凤宝楼银器三件二元钱七百四文

付《瀛洲笔谈》二元　　　　付《定香亭笔谈》一元二角

付仁甫前后洋四元

计洋十四元　钱九百廿四文

又洋衣钩九百五十文

两次钱共一千八百七十四文

光绪丙戌八月初三日还清

《中国近现代稀见史料丛刊》已出书目